Os Templários

Os Templários

A LENDA E O LEGADO DOS GUERREIROS DE DEUS

GEORDIE TORR

The Templars
Copyright © Arcturus Holdings Limited

Os direitos desta edição pertencem à
Pé da Letra Editora
Rua Coimbra, 255 - Jd. Colibri - Cotia, SP, Brasil
Tel.(11) 3733-0404
vendas@editorapedaletra.com.br / *www.editorapedaletra.com.br*

Esse livro foi elaborado e produzido pelo

☎ (11) 93020-0036

Tradução Fabiano Flaminio
Design e diagramação Adriana Oshiro
Edição e revisão Larissa Bernardi e Thaís Coimbra
Coordenação Fabiano Flaminio

Impresso no Brasil, 2020

Dados Internacionais de Catalogação na Publicação (CIP)
Angélica Ilacqua - CRB-8/7057

Torr, Geordie

 Os templários : a lenda e o legado dos guerreiros de Deus / Geordie Torr ; tradução de Fabiano Flaminio. -- Brasil : Pé da Letra, 2020.
 256p.

Bibliografia
ISBN: 978-65-5888-050-9.
Título original: The Templars

1. Templários - História I. Título II. Flaminio, Fabiano

20-4141   CDD-271.7913

Índices para catálogo sistemático:
1. Templários - História

Créditos de imagem
Bridgeman Images: 108, 122
Getty Images: 66, 119, 136, 179, 187, 196
Lovell Johns: 6
Public Domain: 19, 24, 32, 84, 205, 212
Shutterstock: 238

Todos os direitos reservados. Nenhuma parte desta publicação pode ser reproduzida, armazenada num sistema de recuperação, ou transmitida, de qualquer forma ou por qualquer meio, eletrônico, mecânico, fotocopiador, de gravação ou outro, sem autorização prévia por escrito, de acordo com as disposições da Lei 9.610/98. Qualquer pessoa ou pessoas que pratiquem qualquer ato não autorizado em relação a esta publicação podem ser responsáveis por processos criminais e reclamações cíveis por danos. Esta editora empenhou-se em contatar os responsáveis pelos direitos autorais de todas as imagens e de outros materiais utilizados neste livro. Se, porventura, for constatada a omissão involuntária na identificação de algum deles, dispomo-nos a efetuar, futuramente, os possíveis acertos.

SUMÁRIO

Mapa da Terra Santa   6

Capítulo 1: Introdução   7
Capítulo 2: Definição do Cenário   10
Capítulo 3: A Ascensão dos Cavaleiros Templários, 1119-48   30
Capítulo 4: Consolidação, 1147–69   58
Capítulo 5: A Ascenção de Saladino, 1169–87   80
Capítulo 6: As Cruzadas Continuam, 1188–1244   114
Capítulo 7: A Perda da Terra Santa, 1245–1304   152
Capítulo 8: O Fim da Ordem, 1305–20   185
Capítulo 9: Os Templários e a *Reconquista*   201
Capítulo 10: Entendendo a Organização Templária   218
Capítulo 11: O Legado Templário   234

Cronologia   248
Glossário   250
Bibliografia   252
Índice Remissivo   254

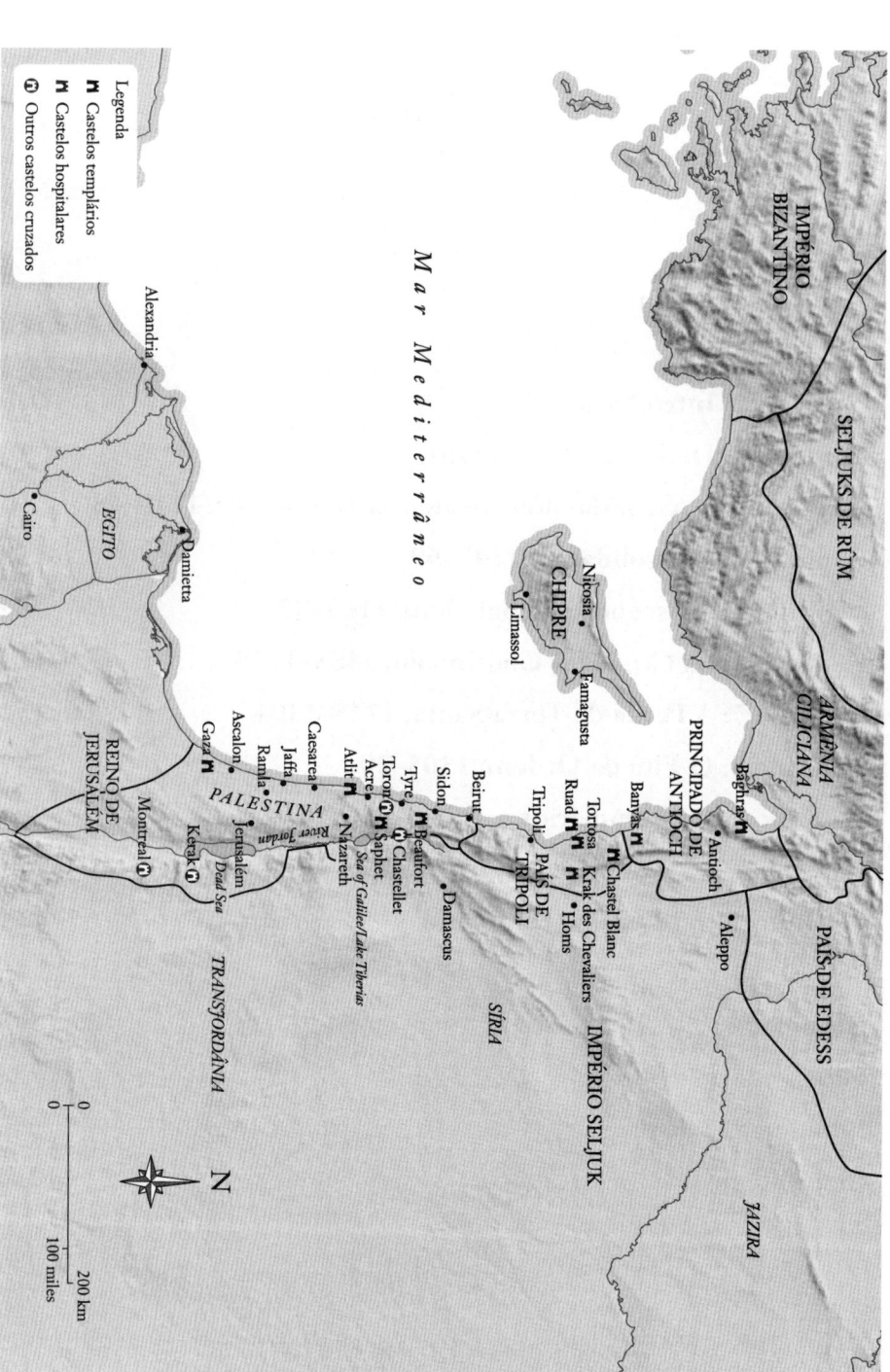

Capítulo 1
Introdução

Quando o século XI se aproximava do fim, o Oriente Médio estava, como tantas vezes em sua história, envolvido em um choque de civilizações. O cristianismo e o islamismo haviam ficado presos em uma intensa batalha sangrenta pelo controle da região porque ela continha locais profundamente santos para ambos os lados.

Com a propagação do Islã pelo Oriente Médio pondo em risco acesso à Terra Santa para os peregrinos cristãos, a Igreja na Europa mobilizou um vasto exército para a Primeira Cruzada, em 1096. Este colocou Jerusalém sob controle cristão pela primeira vez em quase 500 anos, mas o domínio dos Cruzados sobre a cidade sagrada foi precário. A guerra é uma coisa, a ocupação é outra e ter ganhado o controle de Jerusalém e do território adjacente (Israel/Palestina moderna) fez os Cruzados serem forçados a lidar com a dura realidade de defender seus ganhos e garantir a segurança dos cristãos que viviam lá e que viriam como peregrinos.

Neste turbilhão, um novo jogador - uma ordem de guerreiros monges, cristãos devotos, jurou defender seus irmãos. Seu papel rapidamente se expandiu de guarda-costas de peregrinos para protetor do reino, com a responsabilidade de manter uma coleção de castelos nas fronteiras. Tal combinação de deveres militares com piedade e austeridade do tipo monasterial não era única, mas isto era a primeira ordem dedicada e, talvez, a mais influente na Igreja Católica.

Formada no dia de Natal de 1119, na Igreja do Santo Sepulcro, em Jerusalém, um dos lugares mais santos do cristianismo, a Ordem - os Pobres Colegas-Soldados de Cristo e do Templo de Salomão, ou seja, os Templários - era um híbrido estranho. Era, antes de tudo, uma ordem militar, um exército extraterritorial privado cuja única lealdade verdadeira era a Deus e ao papado. Mas, era também uma ordem religiosa que construiu igrejas e realizou cultos; foi uma empresa - para alguns, a primeira

✝ CAPÍTULO 1

corporação multinacional do mundo - um importante proprietário de terras, um promotor imobiliário, uma teia de operações agrícolas, marítimas e de manufatura cujos lucros foram, eventualmente, arados novamente na luta contra os infiéis; e era um banco e financiador, emprestando dinheiro a nobres, guardando o tesouro real para reis e emitindo "cheques de viagem" para os peregrinos.

Respondendo apenas ao Papa, que deu à extraordinária Ordem poder através de uma série de direitos e privilégios especiais, os Templários atraíram generosas doações e ansiosos recrutas. Devotos, homens religiosos bem respeitados, lentamente se tornaram parte do tecido da Europa medieval. As Casas Templárias, suas sedes locais, poderiam ser encontradas em todo o continente, arrendando terras a agricultores inquilinos que operavam os mercados agrícolas, alimentando os pobres.

No campo de batalha, vestidos com um uniforme distinto, de uma túnica negra e um manto branco com uma cruz vermelha sobre o peito esquerdo, os cavaleiros templários rapidamente alcançaram uma reputação de honra, valentia, bravura e ferocidade na batalha. Entretanto, seus esforços não eram adequadamente suficientes para resistir ao poder dos exércitos muçulmanos, que foram unidos por poderosos líderes militares, como Saladino e os Cruzados - incluindo os Templários – foram expulsos da Terra Santa mais uma vez.

Com seu exílio do Oriente Médio, os Templários foram incapazes de cumprir seu dever principal. Então, de repente, tudo chegou ao fim. No espaço de menos de cinco anos, a Ordem passou de uma das organizações mais poderosas da Cristandade para deixar de existir. A morte dos Templários não foi provocada pelos muçulmanos inimigos, mas por seus aliados cristãos, por uma combinação de razões não ditas que se referiam, principalmente, ao dinheiro e ao poder, em vez de alegar contraordenações religiosas. Em outubro de 1307, menos de 200 anos após a fundação da Ordem, os Templários da França foram cercados e presos, seguidos por alguns que viviam em outros países. Acusados de inúmeros crimes hereges, muitos foram torturados e executados. Em 1312, a Ordem foi suprimida e, em 1314, o último Grande Mestre Templário foi queimado na fogueira.

INTRODUÇÃO ✣

Tal foi a velocidade desconcertante da queda que, inevitavelmente, levou a especulações sobre as atividades da Ordem, tanto antes como após sua dissolução. Estes rumores acabaram se transformando em uma mitologia completa quando membros da maçonaria teceram os Templários em sua própria história de origem e, desde então, essa mitologia tem sido embelezada com mais e mais teorias extravagantes.

Desde o final do século XX, o interesse pelos Templários, alegada a existência contínua e a influência sombria e clandestina sobre os assuntos mundiais, tem crescido. De fato, parece que hoje em dia a maior parte do conhecimento das pessoas sobre os Templários diz respeito a conspirações em que, supostamente, estiveram envolvidos e o tesouro que, teriam escondido.

Mas, sua verdadeira história é tão fascinante quanto a inventada, acontecendo em um dos períodos mais tumultuados da história da Europa e do Oriente Médio, um tempo de castelos e cavaleiros, de batalhas épicas e intrigas palacianas, de alianças mutáveis e traições terríveis que ressoam ao longo dos séculos.

Capítulo 2
DEFINIÇÃO DO CENÁRIO

Para entender as origens dos Templários, é necessário voltar cerca de 800 anos antes do início da Ordem. Sobre esses séculos, dois fatores-chaves estavam contribuindo, particularmente, para um mundo que teria um lugar para tal Ordem: o costume da peregrinação e as areias movediças do poder no Oriente Médio.

PEREGRINAÇÃO
A prática da peregrinação - pela qual os crentes viajam para lugares santos em busca de esclarecimento, perdão de pecados ou cura física - tem sido parte integrante da vida religiosa por quase tanto tempo quanto existem as religiões. Dentro da Igreja Cristã, suas origens estão no século IV d.C., quando os líderes da Igreja começaram a encorajar adoradores a visitar locais considerados sagrados pela Igreja como um roteiro à salvação através do perdão dos pecados. Deus era, geralmente, considerado eminentemente subornável: você poderia comprar uma boa fortuna ou mesmo uma passagem para o céu através de doações às causas religiosas ou realizando atos particularmente santos. Entre estes últimos estava a peregrinação.

Alguns historiadores apontam o início da peregrinação cristã entre 320 e 330 D.C., quando o Imperador Constantino - que havia se convertido ao cristianismo em 312 d.C., o primeiro imperador romano a abraçar a religião – renovou, ampliou os destinos de peregrinos existentes e criou novos. Sua mãe, Imperatriz Helena, empreendeu uma peregrinação a Jerusalém em 326 d.C. O patrocínio imperial da peregrinação cristã significou que cada vez mais se tornasse uma atividade importante entre a elite romana.

Havia santuários cristãos importantes na Europa, tais como a Igreja de São Tiago, em Santiago de Compostela, na Espanha e a Catedral de Canterbury, na Inglaterra. No entanto, o principal destino dos peregrinos cristãos era a Terra Santa, particularmente, Jerusalém.

DEFINIÇÃO DO CENÁRIO ✛

A peregrinação à Terra Santa proporcionou aos crentes uma ligação com a vida e a morte de Jesus. Entre os lugares mais populares estava o rio Jordão, que oferecia a oportunidade de reencenar o batismo de Jesus por João Batista, na esperança de receber a limpeza espiritual e até, fisicamente curativa. O mais reverenciado de todos, no entanto, era a Igreja do Santo Sepulcro, em Jerusalém, localizada no Gólgota, a Colina do Calvário, que o Novo Testamento identifica como o lugar onde Jesus foi crucificado, enterrado e renasceu. Esta igreja foi a primeira construída por Constantino, por volta de 326 d.C.

Quando as peregrinações começaram, a Terra Santa estava sob o domínio do governo cristão, sob a forma do Império Romano ou de seu sucessor, o Império Bizantino. Mesmo com a expansão muçulmana através do Oriente Médio, durante o século VII d.C., os governantes locais tipicamente permitiam que membros de outras religiões viajassem por suas terras em peregrinações. Os muçulmanos tinham suas próprias tradições de peregrinação; uma peregrinação a Meca era um dos cinco pilares do Islã. E os peregrinos cristãos eram, frequentemente, recebidos como uma valiosa fonte de renda - a peregrinação era essencialmente uma indústria pro-turística. Os habitantes locais estavam sempre prontos para fazer um ou dois dinares a partir dos relativamente indefesos peregrinos, seja através de taxas de admissão, deveres, a venda de privilégios, dinheiro de proteção ou a simples extorsão.

No entanto, fazer a peregrinação era extremamente perigoso. As rotas marítimas através do Mediterrâneo eram propensas ao naufrágio e à pirataria, enquanto a rota terrestre era ainda pior. Na Europa, os peregrinos a caminho da Terra Santa foram isentos de pedágios e protegidos por pesadas penalidades enfrentadas por qualquer pessoa que os atacasse. Mas, quando chegavam à Ásia Menor e à Terra Santa - geralmente viajando em pequenos grupos – eram alvo fácil para os bandidos, que os atacavam e matavam pelo dinheiro que tinham costurado em suas roupas. O fato de os peregrinos serem proibidos de portar armas também não ajudava. Seus cadáveres eram deixados a apodrecer onde caíam, fazendo o crime ainda mais hediondo aos olhos de seus companheiros cristãos, pois a essas vítimas era negado um enterro adequado.

✢ CAPÍTULO 2

EXPANSÃO MUÇULMANA

Entre 634 e 641 d.C., as forças muçulmanas assumiram o controle da Síria, Pérsia, Turquia, Armênia e Palestina em uma campanha militar liderada pelo califa Rashidun Umar, um companheiro e sucessor do profeta Muhammad. Entre as muitas batalhas que travaram, uma teve um efeito particularmente profundo sobre o futuro da região. Em abril de 637 d.C., após um cerco de seis meses, Sophronius, Patriarca de Jerusalém, rendeu-se à Umar, trazendo fim ao controle cristão da cidade. Dizem que quando Umar chegou a Jerusalém, ele desmontou de seu camelo e entrou na cidade santa a pé, como um sinal de respeito. Em um gesto de tolerância religiosa – uma posição defendida pelo próprio Muhammad - os governantes muçulmanos da região continuaram a permitir que os cristãos e os judeus realizassem peregrinações a Jerusalém.

O sucessor de Umar, o califa Uthman, continuou a expansão muçulmana, capturando Chipre e, durante um ataque a Constantinopla, incendiando a frota bizantina. O Islã, então, se espalhou ainda mais sob a Dinastia Umayyad, que foi estabelecida em Damasco, em 661 d.C. Durante o século VIII d.C., as cidades cristãs na Península Ibérica, incluindo Sevilha, Granada e Barcelona, foram invadidas pelos exércitos saqueadores árabes de Umayyad. Os invasores muçulmanos até atravessaram os Pireneus para a França, onde atacaram cidades tais como Bordeaux, Carcassonne e Tours, antes de serem, em grande parte, conduzidos de volta pelo avô de Carlos Magno, Charles Martel, em 732 d.C. Entretanto, conseguiram ocupar partes de Languedoc e Provence por várias décadas. Em outros lugares, as terras cristãs continuaram a ser atacadas.

Apesar da agressão envolvida nestes conflitos religiosos, os governantes muçulmanos de terras cristãs, geralmente, permitiam que os habitantes originais praticassem suas religiões escolhidas; mosteiros cristãos, igrejas e comunidades na Síria e na Palestina não eram, em grande parte, molestadas. No entanto, foram impostas numerosas restrições sobre as práticas de religiões não-muçulmanas, incluindo a proibição da construção de novas igrejas e sinagogas, toque de sinos de igreja e expressões públicas de fé. Além disso, os cristãos e os judeus eram proibidos de carregar armas, montar cavalos, testemunhar contra os muçulmanos nos tribunais e casar-se com mulheres muçulmanas, e eram forçados a usar roupas que os distinguissem de muçulmanos. Qualquer pessoa apanhada tentando converter muçulmanos a sua própria religião, era executada.

EUROPA MEDIEVAL

Enquanto isso, a Europa estava passando por uma grande reorganização de suas estruturas políticas, sociais, econômicas e culturais com a ocupação romana terminada, em meados do século V, e os povos germânicos começaram a estabelecer novos reinos. As tradições imperiais romanas que antes dominavam, foram varridas para longe, a difusão do cristianismo, iniciada durante a ocupação, crescia num ritmo acelerado e, eventualmente, tomou conta de toda a Europa.

No alvorecer do século II, estas tendências estavam aceleradas. Grande parte da Europa viu um desenvolvimento significativo na economia e expansão territorial, assim como o crescimento demográfico e urbano. A essa altura, o cristianismo desempenhava um papel central na vida das pessoas; muitos iam à igreja todos os dias e rezavam cinco ou mais vezes ao dia. Era uma crença generalizada de que um reino espiritual existia em paralelo ao reino material, e que o céu ou o inferno aguardavam aqueles que morriam. As coisas boas na vida das pessoas eram consideradas como o resultado do favor de Deus; o infortúnio era trazido às pessoas por seus pecados.

A Igreja era o pilar central da sociedade e estava lá para marcar os vários estágios na vida de uma pessoa, desde o batismo até sepultamento, passando pelo casamento, festivais, confissões e últimos ritos. Teve um papel central no governo e poderia ajudar os monarcas a levantar um exército em tempos de guerra. Instituições religiosas, tais como mosteiros e conventos, eram tanto centros de aprendizado quanto atores ricos e poderosos da sociedade.

Em toda a Europa, o cristianismo, sob a forma do que seria mais tarde conhecido como catolicismo romano, era a única religião reconhecida. Paganismo, judaísmo e outras crenças existiam, mas elas eram tratadas com desconfiança e, às vezes, perseguidas e suprimidas. Durante a Idade

✣ CAPÍTULO 2

Média, a Igreja Católica expandiu ativamente sua infraestrutura, construindo vastas catedrais e criando universidades. Membros da Igreja, como bispos e arcebispos, moldaram as leis da terra e desempenharam papéis de liderança no governo. O verdadeiro poder, no entanto, estava nas mãos do papado, com sede em Roma. O poder do Papa era tão grande que poderia até excomungar um rei.

Mas, havia problemas na Igreja. A ruptura do Império Romano, durante o século V d.C., transferiu o poder para os romanos orientais de língua grega ou Império Bizantino, com sua capital em Constantinopla (nos tempos modernos Istambul, na Turquia). Nos séculos seguintes, houve disputas regulares sobre as questões de teologia e primazia entre os romanos da Igreja Católica do Oeste e a Igreja Ortodoxa do Leste. Eventualmente, em 1045, estes chegaram a um ponto alto, o que hoje em dia é conhecido como o Grande Cisma. Os líderes das duas Igrejas - o Patriarca de Constantinopla, Michael Cerularius, e o Papa Leo IX - excomungaram um ao outro, criando uma ferida que nunca mais foi verdadeiramente curada. Esta divisão aprofundou a desconfiança mútua existente entre Bizâncio e a Europa, que foi agravada pela perda dos primeiros territórios no sul da Itália a uma invasão normanda logo em seguida.

TENSÕES CRESCENTES
Em Jerusalém, controlada pelos muçulmanos, as relações entre as religiões tinham sido, em sua maioria, boas. No entanto, com o tempo, as tensões aumentaram e, no século X, os muçulmanos começaram a ser mais agressivos com os "infiéis" que viviam entre eles. Em 938 d.C., uma multidão atacou os cristãos que participavam da palma anual na Procissão dominical e atearam fogo ao Martírio da Igreja do Santo Sepulcro, causando, também, danos significativos à rotunda adjacente de Anastasis. A igreja foi atacada novamente em 966 d.C., quando o telhado do Martyrium foi incendiado e o Patriarca queimado vivo. A entrada oriental para a basílica foi tomada e convertida em uma mesquita.

Por volta desta época, a expansão territorial árabe diminuiu à medida que o apetite pela guerra começou a desvanecer-se. Os bizantinos come-

DEFINIÇÃO DO CENÁRIO ✣

çaram a desfrutar vitórias no Mediterrâneo oriental e no Oriente Médio, recapturaram Creta, em 961 d.C., Chipre, em 965 d.C., e tomaram Antioch, Aleppo e Latakia, em 969 d.C. Estes últimos sucessos significavam que os bizantinos, agora, controlavam uma faixa costeira que se estendia através da Síria até Trípoli e o norte do Líbano. Na esperança de estender o controle ainda mais, em 975 d.C., o Imperador John Tzimiskes lançou uma campanha para retomar o controle de Jerusalém, que ainda era uma cidade esmagadoramente cristã. Ele conseguiu conquistar Damasco; Nazaré e Cesaréia também se submeteram a ele. Os líderes muçulmanos de Jerusalém suplicaram-lhe termos de rendição, mas ele decidiu, primeiro, tentar tomar os castelos restantes controlados por muçulmanos ao longo da costa mediterrânea. Ele morreu repentinamente, no entanto, e o momento estava perdido: Jerusalém permaneceu em mãos muçulmanas.

No início do século XI, a situação se deteriorou ainda mais para os cristãos. Em 1004, os xiitas muçulmanos governantes do Egito, norte da África, Palestina e sul da Síria, o Fatimid Caliph al-Hakim bi-Amr Allah, lançou uma campanha anticristã que levou ao confisco de bens da igreja, apreensão e queima de cruzes e à queima de igrejas. Com sede no Egito, os líderes do Califado de Fatimid afirmaram ser descendentes da filha de Muhammad, Fátima. As leis anticristãs foram aprovadas e os cristãos sofreram perseguições regulares. Na década seguinte, mais de 30.000 igrejas foram destruídas; numerosos cristãos foram forçados a se converter ao islamismo e muitos outros fugiram para o território bizantino. E, em 1009, al-Hakim atingiu o coração do cristianismo quando ordenou a destruição da Igreja do Santo Sepulcro.

Al-Hakim desapareceu misteriosamente em uma noite de fevereiro de 1021, e seu filho e sucessor, Abu'l-Hasan, Ali al-Zahir li-I'zaz Din Alhah, deu a Constantino IX Monomachos, o imperador bizantino na época, permissão para reconstruir a igreja por conta própria e arcar com as grandiosas despesas. A reconstrução, em 1048, só foi adiante depois de muita negociação; entre as concessões feitas pelos bizantinos estava a abertura de uma mesquita em Constantinopla e a liberação de 5.000 prisioneiros muçulmanos.

✣ CAPÍTULO 2

Abu'l-Hasan também permitiu a passagem de peregrinos não-muçulmanos através de suas terras, embora na esteira do período de perseguição religiosa, a peregrinação tenha se tornado cada vez mais perigosa, uma situação não ajudada pela falta de lei geral em todo o Meio Leste. Numerosas restrições foram impostas aos peregrinos - eles tinham que se vestir de uma certa maneira, só poderiam entrar em cidades ou vilas a pé e foram proibidos até mesmo de olhar para uma mulher muçulmana.

OS SELJUKS

A fim de manter seu domínio, os líderes muçulmanos começaram a contar com o apoio de estrangeiros para lutar por eles – principalmente, membros de várias tribos turcas que haviam começado a se mudar para os territórios do Califado Abbasid, por volta de 970 d.C. Recentemente convertidos em sunitas, ramo do Islã, esses nômades agressivos, originalmente da Ásia Central, eram ferozmente hostis tanto para os não-muçulmanos como para os membros do ramo xiita do Islã. E tinham seus olhos no poder.

Em 1055, um sultão dos Seljuks, uma facção turca que se originou nas estepes do que é agora o Cazaquistão, depôs o califa árabe em Bagdá. Dezesseis anos depois, na Batalha de Manzikert, na Anatólia oriental, os Seljuks derrotaram o exército bizantino, massacrando milhares de soldados e capturando outros milhares. Eles assumiram o controle do norte da Síria e, depois, arrancaram Jerusalém dos Fatimids sem luta, em 1073.

A derrota bizantina em Manzikert enviou ondas de choque através da Europa. Em 1074, o Imperador Bizantino, Miguel VII, enviou um apelo ao Papa Gregório VII, pedindo ajuda em seu conflito com os Seljuks. O Papa estava interessado em ajudar, mas estava preocupado com uma disputa de poder entre o papado e os territórios centro-germânicos que ficariam conhecidos como o Santo Império Romano.

Enquanto isso, os Seljuks continuavam a expandir seus territórios. Em 1076, eles tiraram Damasco dos Fatimids. Mais tarde, naquele ano, uma revolta em resposta ao brutal governo Seljuk de Jerusalém permitiu que os Fatimids retomassem a cidade - apenas para perdê-la, novamente, no ano seguinte, após o cerco dos Seljuks. Quando Jerusalém se rendeu,

DEFINIÇÃO DO CENÁRIO ✝

os turcos mataram todos os seus muçulmanos (que eram xiitas) - cerca de 3.000 deles - e uma proporção considerável da população de judeus. Inusitadamente, os cristãos da cidade foram poupados em grande parte. Em pouco tempo, porém, os Seljuks voltaram aos seus modos cruéis, trabalhando para livrar a cidade de qualquer pessoa que não fosse sunita muçulmana. Cristãos, judeus e pagãos foram reunidos e executados; lugares de adoração foram arrasados.

Durante a década de 1080, os bizantinos começaram a recuperar algumas das terras que haviam perdido para os muçulmanos, recuperando território ao longo do Mar Negro e ao redor do Mar de Mármara, mas se fosse para obter ganhos significativos, iriam precisar de ajuda. Em março 1095, o Imperador Bizantino Alexius I Comnenus, enviou uma carta e uma delegação ao Papa francês Urbano II, em Piacenza, Itália. Na carta, ele descreveu as atrocidades sofridas pelos habitantes de Jerusalém nas mãos dos Seljuks e sugeriu que os católicos e bizantinos se unissem para formar uma coalizão militar cristã para expulsar os muçulmanos da Terra Santa. Até então, os bizantinos haviam perdido a maior parte da Anatólia para os turcos. O Imperador salientou que já não era seguro para os cristãos fazer peregrinações a Jerusalém e ao resto da Terra Santa. O Papa foi influenciado pelo que leu e convocou uma reunião de líderes religiosos e leigos em Clermont, na Auvergne, no centro da França.

O CONSELHO DE CLERMONT

O conselho se reuniu em 18 de novembro de 1095. Cerca de 300 clérigos, incluindo 13 arcebispos, passaram nove dias dentro da Catedral de Clermont discutindo assuntos da Igreja. Depois, em 27 de novembro, o Papa Urbano II conduziu os delegados clericais a um campo aberto, onde seu trono havia sido colocado diante de uma multidão constituída pela maior parte da população da cidade. O Papa havia deixado saber que, neste dia, o penúltimo dia do conselho, faria um discurso em resposta a um apelo de assistência do Oriente, e a multidão que se reunia era muito grande para caber dentro da catedral, então, novos arranjos tiveram que ser feitos.

✝ CAPÍTULO 2
===

A partir de seu trono, Urbano dirigiu-se à multidão, detalhando as ameaças que a cristandade enfrentava. Um orador persuasivo e carismático apelou aos presentes para que pegassem em armas contra "os infiéis" e se unissem aos bizantinos para libertar a Terra Santa. Ele enfatizou a honra do cavalheirismo e prometeu que aqueles que participassem seriam absolvidos de seus pecados. A multidão, entrincheirada pela oração do Papa de boa aparência, saudou o discurso com gritos de "Deus quer"! Aqueles que optaram por participar da campanha receberam cruzes vermelhas feitas de tecido. Quando haviam feito seus votos, anunciaram sua participação costurando a cruz à esquerda do ombro de sua sobrecapa, um símbolo que lhes forneceu um número de privilégios e isenções, principalmente, relacionados à tributação e processo legal. Foi aqui que o conceito de "levar a cruz" originou-se; assim como o termo "cruzada", que não era usado na época - derivado do *crux*, o latim para "cruz".

Após o conselho, o Papa fez de Adhemar, Bispo de Le Puy, a primeira pessoa a dar um passo à frente e pedir para se juntar à cruzada sagrada, seu representante na expedição, assim como seu líder espiritual. O Bispo havia feito uma peregrinação a Jerusalém nove anos antes. O Conde Raymond de Toulouse, que liderou os cavaleiros de Provence, foi o primeiro lorde secular a se unir. Ele foi seguido por William, o filho do Conquistador Robert, Duque da Normandia, que liderou os cavaleiros do norte da França; Bohemond, Príncipe de Taranto, que liderou os cavaleiros normandos do sul da Itália, incluindo seu sobrinho Tancred; e Godfrey de Bouillon, que liderou os cavaleiros de Lorraine. Embora Adhemar estivesse oficialmente encarregado da expedição, estes nobres eram os líderes seculares da campanha.

Urbano II também convidou uma série de outros países católicos para participar, mas a maioria estava relutante por uma razão ou outra. A Inglaterra, por exemplo, ainda estava dividida seguindo a Conquista da Normandia de 1066 e a Espanha estava preocupada com uma invasão muçulmana própria. Assim, a França se tornou a líder, de fato, do que seria conhecida como a Primeira Cruzada.

DEFINIÇÃO DO CENÁRIO

O Papa Urbano II dirigindo-se ao Conselho de Clermont, em Auvergne, França. Em 27 de novembro de 1095, o Papa fez um discurso ao concílio no qual fez o chamado às armas que, eventualmente, levou à Primeira Cruzada e à captura de Jerusalém.

A PRIMEIRA CRUZADA

Os quatro principais exércitos Cruzados deixaram a Europa para Constantinopla em agosto de 1096, após a colheita do verão. Sua força combinada era de dezenas de milhares de fortes (estimativas do tamanho de todo o exército variam, mas, provavelmente, era perto de 30.000-35.000, incluindo 5.000 de cavalaria) e foi acompanhada por um grupo de quase metade dessa grande tropa, composta de homens, mulheres e

CAPÍTULO 2

crianças pobres, muitos dos quais nunca haviam saído de sua aldeia ou cidade natal, entre eles, alguns fanáticos religiosos.

Anna Comnena, filha do Imperador Bizantino Alexius, registrou assim a aproximação do exército dos Cruzados a Constantinopla: "Eles se reuniram de todas as partes, um após o outro, com armas, cavalos e todos os outros equipamentos de guerra. Cheios de entusiasmo e ardor que lotaram cada estrada. Com esses guerreiros veio um grande número de civis, superando a areia da costa do mar e as estrelas do céu, carregando palmeiras e cruzes sobre seus ombros. Havia mulheres e crianças, também, que tinham deixado seus próprios países. Eram como afluentes juntando-se a um rio, de todos os cantos, eles seguiam em nossa direção, com força total".

Quando esta força indisciplinada, completa com burros e carroças, montou um acampamento fora dos muros de Constantinopla, no inverno e na primavera de 1096-7, deixou Alexius consternado. Quando havia solicitado a assistência do Papa, havia imaginado uma pequena força bem treinada e bem armada de cavaleiros, não uma ralé indisciplinada. E ele tinha razão em se preocupar: não demorou muito para que alguns dos Cruzados começassem a pilhar aldeias nas proximidades. Na esperança de impor algum tipo de controle - e em troca de alimentos e suprimentos - ele extraiu um juramento dos líderes da Cruzada para "restaurar ao Império Romano quaisquer cidades, países ou fortalezas que eles tomassem e que antes pertenciam a eles".

Em maio, a expedição, que agora contava com um grande contingente dos soldados bizantinos, deixou Constantinopla e marchou sobre a antiga cidade de Nicaea (parte da atual Iznik, na Turquia), que os Seljuks haviam capturado em 1081 e feito a capital do recém-declarado Sultanato de Rum. A cidade foi fortemente defendida, porém, a força combinada bizantina e cruzada simplesmente a cercou e, cinco semanas mais tarde, era deles. Eles, então, marcharam em direção à cidade de Antioquia (atual Antakya na Turquia), lutando uma série de batalhas ao longo do caminho.

O CERCO DE ANTIOQUIA

Antioquia tinha sido um baluarte bizantino e suas paredes eram consideradas impenetráveis. Os Cruzados, chegando em 20 de outubro de 1097,

DEFINIÇÃO DO CENÁRIO ✝

mais uma vez, optaram por fazer um cerco, mas, desta vez, o sucesso foi muito mais lento. Três meses se passaram e os suprimentos dos Cruzados começaram a diminuir. Muitos morreram de fome e muitos desertaram. Voltando em direção a Constantinopla, alguns desses desertores se depararam com o exército bizantino, que estava marchando em direção a Antioquia para reforçar o exército dos Cruzados. Quando os desertores explicaram, erroneamente, que todos os Cruzados tinham morrido de fome, os bizantinos viraram e voltaram para casa.

Enquanto isso, a força Cruzada, tão reduzida, finalmente, conseguiu romper as paredes de Antioquia, apenas para ficar cara a cara com uma força de 75.000 Seljuks que tinham chegado recentemente de Mosul (atual Iraque). Os Cruzados ficaram encurralados.

Em 10 de junho de 1098, um camponês de nome Peter Bartholomew solicitou uma audiência com o Bispo Adhemar e Raymond de Toulouse, o nobre mais alto da Cruzada. Bartholomew falou sobre uma série de visões que havia tido, nas quais Jesus e Santo André lhe diziam que a Lança Sagrada - a lança usada para perfurar Cristo para verificar se ele estava morto enquanto estava na cruz - estava enterrada sob o altar-mor na Catedral de São Pedro, em Antioquia. A história logo se espalhou através dos Cruzados encurralados pelo exército, elevando as esperanças dos soldados. No dia seguinte, um monge chamado Stephen de Valência contou a Adhemar e Raymond sobre uma visão que tinha tido, na qual Jesus e Maria prometeram ajudar as tropas. Dois dias mais tarde, em 14 de junho, um meteoro foi visto cair no acampamento. O avistamento foi considerado um bom presságio e o Bispo deu permissão para cavar sob o altar.

No dia seguinte, vários Cruzados iniciaram a escavação. Entre eles estava Peter Bartholomew, que saltou para o poço e cavou uma velha ponta de lança, que ele segurava no alto e proclamava ser da Santa Lança. Embora Adhemar acreditasse que a relíquia era falsa, os outros a consideravam um sinal de que Deus estava apoiando os Cruzados. À medida que a notícia do achado se espalhava, elevava os espíritos dos desmoralizados lutadores. Bartholomew disse que tinha recebido uma nova visão, em que Santo André disse que o exército dos Cruzados seria vitorioso se eles jejuassem por cinco dias. Já com fome, os soldados foram sequestrados de ainda mais energia pelo jejum, mas a crença de que tinham o apoio os estimulou e, em 28 de junho, liderados por Bohemond, e com o historiador Raymond d'Aguilers carregando a Lança Sagrada, os Cruzados, finalmente, fugiram de Antioquia.

Enquanto tudo isso estava acontecendo, os contingentes turcos e árabes dentro da força muçulmana estavam brigando entre si. Isto tinha deixado as tropas desmoralizadas e, quando foram atacadas pelos Cruzados rejuvenescidos, foram rapidamente derrotadas. Bohemond permaneceu na cidade como Príncipe de Antioquia, renegando, assim, o acordo dos Cruzados com Alexius, enquanto o restante do exército dos Cruzados marchou para Jerusalém.

A CONQUISTA DE JERUSALÉM

Em 7 de junho de 1099, quando os Cruzados finalmente puseram os olhos em Jerusalém – uma cidade murada, no topo de uma colina baixa - depois de cobrir quase 3.000 milhas (4.800 km), os 35.000 originais tinham diminuído para cerca de 14.000 nas tropas, incluindo cerca de 1.300 cavaleiros. Quando Iftikhar ad-Daula, o governador da cidade de Fatimid, viu as tropas se aproximando, ordenou que todos os poços fora das muralhas da cidade fossem envenenados, todo o gado removido e os portões da cidade fechados. Ele também ordenou que todos os cristãos de Jerusalém - que eram milhares - fossem expulsos da cidade no caso de oferecerem apoio às forças que chegavam.

Os Fatimids haviam retomado Jerusalém dos Seljuks em agosto do ano anterior, após um cerco relativamente curto, envolvendo cerca de 40 máquinas de cerco. Quando os Cruzados chegaram, a cidade já estava bem abastecida e seus habitantes tiveram acesso a uma rede subterrânea de abastecimento de água doce. Abrigaram uma grande guarnição das tropas árabes e sudanesas, assim como um recém-chegado contingente de 400 soldados da cavalaria egípcia de elite. Os Cruzados exaustos, por outro lado, tinham estoques limitados de alimentos e água.

Em 13 de junho, atacaram a cidade, invadindo as defesas externas, mas não conseguiram romper os muros. Uma semana depois, seis navios da

DEFINIÇÃO DO CENÁRIO ✣

Inglaterra e de Gênova carregando armas e material fresco chegaram ao porto vizinho de Jaffa, que havia sido abandonado por seus habitantes. Os Cruzados usaram os recém-chegados materiais para construir uma série de máquinas de cerco, bem como escadas e outros dispositivos. Na noite de 13 de julho, montaram ataques no norte e no sul, e na manhã de 15 de julho, as paredes foram, finalmente, quebradas e uma grande força Cruzada capturou uma parte interna da parede norte. Os portões da cidade foram abertos e os Cruzados entraram em grande volume. A entrada deles desencadeou um frenesi de sangue, enquanto os combatentes cristãos se preparavam para matar a todos que encontrassem. Iftikhar ad--Daula subornou Raymond de Toulouse para poupar sua vida e a de seus guarda-costas; eles foram os únicos muçulmanos a escapar. A maioria dos combatentes muçulmanos havia se retirado para o Monte do Templo, onde eles, eventualmente, se renderiam a Tancred, que lhes deu seu estandarte para garantir sua proteção. No entanto, na manhã seguinte, os Tafurs, fanáticos religiosos fervorosos que estavam lutando com os Cruzados, mataram todos. Eles também atearam fogo a uma sinagoga na qual a maioria dos judeus da cidade haviam ficado em refúgio, argumentando que mereciam morrer porque tinham se aliado aos muçulmanos.

O REINO DE JERUSALÉM
Com Jerusalém de volta às mãos dos cristãos, a maioria dos Cruzados voltou para a Europa. De acordo com Fulcher de Chartres, que estava entre a primeira geração de colonos cristãos da cidade, por volta de 1.100, até 300 cavaleiros e um número similar de soldados a pé, foram encontrados na área ao redor de Jerusalém.

Dois dias após a captura da cidade, os líderes do exército dos Cruzados se reuniram para decidir quem ficaria e governaria como monarca do novo reino declarado. Primeiramente, a coroa foi oferecida a Raymond de Toulouse, que tinha boas relações com Adhemar e o Imperador dos bizantinos, Alexius. Entretanto, seus soldados estavam ansiosos para voltar para casa e ele não tinha ilusões sobre sua falta de popularidade entre os outros Cruzados, por isso, relutantemente, recusou a oferta.

✝ CAPÍTULO 2

Os exércitos Cruzados sitiam Antioch. Depois que a cidade caiu, em 3 de junho de 1098, após um brutal cerco de oito meses, os Cruzados vitoriosos foram sitiados antes de, finalmente, repelirem seus inimigos muçulmanos graças à descoberta miraculosa de uma relíquia sagrada na Catedral de São Pedro.

Em 22 de julho, Godfrey de Bouillon aceitou a posição, mas recusou-se a usar uma coroa, argumentando que seria errado fazer isso em uma cidade onde Jesus tinha sido forçado a usar uma coroa de espinhos. Ele também se recusou a tomar o título de rei na cidade santa de Cristo, escolhendo o título de "Defensor do Santo Sepulcro". Godfrey estabeleceu seu palácio na Mesquita do Al-Aqsa, no Monte do Templo, como ele acreditava que tinha sido construído no local do Templo de Salomão. Um gradeamento de ferro e uma cruz foram colocados sobre a Cúpula da Rocha (outro edifício sagrado islâmico no Monte do Templo), e ela foi transformada em uma igreja cristã, renomeada Templum Domini (o Templo do Senhor). Daimbert, um arcebispo de Pisa, na Itália, foi nomeado Patriarca Católico e encarregado de supervisionar os cristãos latinos do reino; utilizou o Templo do Senhor como sua residência pessoal.

O reinado de Godfrey de Bouillon durou menos de um ano. Ele morreu em 18 de julho de 1100 e foi sucedido por seu irmão, Baldwin de Boulogne, que se tornou rei Baldwin I de Jerusalém. Ao tomar o trono, o problema mais premente de Baldwin era garantir a segurança dos milhares de peregrinos que haviam começado a voltar para a Terra Santa em números crescentes. Enquanto na maior parte da região as cidades eram relativamente seguras, as viagens entre elas eram perigosas, com numerosos bandidos - principalmente beduínos, turcos e egípcios - que se ocupavam de peregrinos, particularmente na estrada que ligava Jaffa a Jerusalém. Na melhor das hipóteses, os peregrinos eram assaltados; na pior, eram mortos, em alguns casos, centenas de cada vez.

OUTREMER
Durante este período, por volta do início do século XII, o território da Terra Santa, que agora estava sob controle cristão, foi dividido em quatro estados: o Condado de Edessa, o Principado de Antioquia, o Condado de Trípoli e o Reino de Jerusalém. Na Europa, esses estados ficaram conhecidos coletivamente como Outremer, do francês "ultramar": *outre-mer*.

O Reino de Jerusalém cobria uma área que se assemelhava muito ao reino histórico de David e Salomão, acolhendo o que é agora o estado de Israel, assim como a margem oriental do rio Jordão, sul do Líbano e sudoeste da Síria, incluindo as Colinas de Golan. O Condado de Edessa, que se estendeu ao rio Eufrates, foi estabelecido por Baldwin de Boulogne, em 1098; o Principado de Antioquia foi estabelecido no mesmo ano, por Bohemond. O Condado de Trípoli, que acolheu o que é agora o norte do Líbano e da Síria costeira, foi esculpido por Raymond de Toulouse em uma série de campanhas que vão de 1102 a 1109. O Reino de Jerusalém

CAPÍTULO 2

reivindicou o senhorio feudal sobre todos os estados Cruzados, mas, raramente, o aplicou.

Dentro de Outremer, os soldados e as classes governantes eram compostos por europeus, principalmente franceses, enquanto as operações comerciais eram, em grande parte, dirigidas por nativos do que viria a ser a Itália. A maioria desses migrantes estrangeiros, conhecidos localmente como Franks, fizeram tentativas de se integrar com a população indígena, adotando vestimentas e costumes locais, e casamentos com cristãos locais. Como observou Fulcher de Chartres, o cronista da Primeira Cruzada: "Agora, nós, que éramos ocidentais, nos tornamos orientais. Aquele que era italiano ou francês, nesta terra, se tornou um galileu ou um palestino. Aquele que era um estrangeiro se tornou um nativo, aquele que era um imigrante é, agora, um residente".

Na época, existiam divisões profundas dentro do mundo muçulmano. O Califado de Bagdá, que havia sido tomado pelos Seljuks em 1055, estava em conflito com os Fatimids no Egito. Havia, também, as rivalidades faccionais aquecidas entre os Seljuks. Estas divisões transformaram o Oriente Médio em uma manta de retalhos de emirados islâmicos, em que os estados cristãos de Outremer, inicialmente, encaixaram-se razoavelmente pacíficos. Enquanto os Franks, às vezes, entravam em conflito armado com seus vizinhos muçulmanos, também faziam alianças e negociavam com eles.

O NASCIMENTO DE UMA NOVA ORDEM

Apesar da clara necessidade de algum tipo de proteção para os peregrinos, as origens reais dos Templários permanecem envoltas em mistério, pois não existem relatos contemporâneos definitivos de sua formação. Vários relatos foram escritos nas décadas seguintes, mas apresentaram versões conflitantes dos eventos que conduzem ao pedido da aceitação oficial. A história popular dos Templários, escrita por William de Tyre, afirma que a ideia inicial para o pedido foi somente a de Hugh de Payns, um vassalo e, possivelmente, um primo de Hugh de Troyes, Conde de Champagne, que permaneceu na Terra Santa quando seu mestre retornou à França depois de completar sua peregrinação; no entanto, a maioria dos historiadores descarta esta versão de eventos.

DEFINIÇÃO DO CENÁRIO ✛

Planos para criar uma força de cavaleiros, cuja razão de ser era proteger os peregrinos, parecem ter sido concebidos, pela primeira vez, por volta de 1114 ou 1115. Poderia ser que Hugh de Troyes tenha concebido a ideia durante as discussões com Baldwin I e/ou Daimbert durante sua peregrinação, ou talvez, o rei ou o Patriarca tenha pedido a Hugh para partir com sua comitiva de cavaleiros na Terra Santa para esse fim. Nesse tempo, já havia um grupo pequeno, independente e não-oficial de cristãos em Outremer que estava tentando proteger alguns dos locais sagrados da região.

De qualquer forma, após o retorno de Hugh de Troyes à França, em 1115, Hugh de Payns propôs formar uma ordem de monges militares em Jerusalém, quase certamente a pedido de seu mestre. A ideia de uma ordem cristã militarista tinha antecedentes contemporâneos. Nas décadas anteriores, uma série de nobres inferiores na Europa tinha se armado e se reunido em grupos para proteger igrejas e mosteiros locais. Muitos passaram a se juntar à Primeira Cruzada. No entanto, estes grupos, em sua maioria, careciam de reconhecimento oficial e os Templários foram a primeira ordem com um propósito especificamente militar a ser criada pela Igreja Católica.

Hugh de Payns, provavelmente, recrutou seus companheiros cavaleiros na Igreja do Santo Sepulcro, que foi um ponto focal para os peregrinos em Jerusalém, particularmente aqueles que viajaram como parte da Primeira Cruzada; todos os Cruzados tinham que rezar na igreja na chegada a Jerusalém a fim de completar seus votos. Hugh e os outros cavaleiros formaram um grupo solto, conhecido como confraternidade, em que todos fizeram um juramento de obediência a Gerard, o primeiro da igreja. Em troca, a igreja lhes fornecia alimentos e alojamentos. Mas, eles tinham pouco para manter-se ocupados e passavam a maior parte do tempo ociosos.

Em 2 de abril de 1118, Baldwin I morreu repentinamente. Ele foi bem sucedido por seu primo, Baldwin de Le Bourg, que se tornou Baldwin II. Então, três semanas após a morte do rei, o Patriarca Arnulf também faleceu; seu posto foi ocupado por Warmund da Picardia, um clérigo formidável que veio de uma família proeminente do norte da França.

+ CAPÍTULO 2

Baldwin II era um homem corajoso e receptivo, que fazia seu melhor para assimilar a população local. Nascido em cerca de 1060, ele participou da Primeira Cruzada, lutando com seu primo, Godfrey de Bouillon. Depois que Jerusalém foi capturada, ficou para trás, servindo como o segundo Conde de Edessa, entre 1100 e 1118. Em 14 de abril de 1118, tornou-se rei de Jerusalém.

Na época, a cidade de Jerusalém era relativamente subpovoada devido ao massacre no final da Primeira Cruzada. Embora a cidade tenha recebido milhares de peregrinos, poucos optaram por permanecer lá. No entanto, os peregrinos visitantes foram a fonte da maior parte da renda de Jerusalém, portanto, sua segurança era, obviamente, uma preocupação para o rei.

No ano seguinte, dois eventos chamaram ainda mais a atenção de Baldwin II sobre a segurança dos peregrinos. O primeiro ocorreu na Páscoa. A cada ano, no Sábado Santo, os cristãos reuniam-se na Igreja do Santo Sepulcro para testemunhar o chamado milagre do fogo celestial, no qual uma lâmpada que estava ao lado da rocha do túmulo de Cristo se acendia espontaneamente. A chama sagrada da lâmpada seria, então, usada para acender velas e lâmpadas mantidas pelos fiéis. No Sábado Santo de 1119 - 29 de março - depois do milagre, cerca de 700 fiéis estavam fora da igreja, no deserto, planejando banhar-se no Rio Jordão e dar graças a Deus. No entanto, o rio ficava a umas 20 milhas (32 km) de Jerusalém e, quando os cristãos desceram das montanhas para o vale do rio, se depararam com um grupo de sarracenos armados que os atacaram. Os peregrinos, em grande parte desarmados e exaustos da viagem através do deserto - durante o qual muitos tinham estado em jejum – não reagiram aos muçulmanos, que mataram 300 deles e capturaram uns 60 mais.

Então, em 28 de junho, Roger de Salerno, que havia se tornado regente de Antioquia em 1112 (o príncipe Bohemund II era muito jovem para governar), foi morto durante a Batalha de *Ager Sanguinis* (o Campo de Sangue), no qual o exército de Antioquia foi aniquilado pelo exército de Ilghazi de Mardin, o governante de Aleppo. Milhares de cristãos foram mortos, tanto durante a batalha como depois, quando centenas de prisioneiros foram espancados, esfolados, apedrejados e decapitados.

DEFINIÇÃO DO CENÁRIO ✠

Com Bohemund II com apenas 11 anos de idade, Baldwin II assumiu a regência de Antioquia e iniciou uma campanha para reconquistar o território que tinha sido perdido para as forças de Ilghazi. Esta responsabilidade adicional significava que ele estava particularmente interessado em alguém para assumir o comando da segurança dos peregrinos. E quem melhor para fazer isso do que o grupo de cavaleiros da Igreja do Santo Sepulcro?

Então, no final de 1119, nove cavaleiros formaram uma confraria que seria conhecida como os Pobres Colegas-Soldados de Jesus Cristo. No dia de Natal, na Igreja do Santo Sepulcro, aqueles nove - Hugh de Payns, Godfrey de St Omer, Andrew de Montbard, Payen de Montdidier, Archambaud de St Agnan, Geoffrey Bisol, Rossal, Gondemar e um outro que nunca foi identificado – ajoelharam-se diante de Baldwin II e do Patriarca Warmund e emitiram seus votos de pobreza, castidade e obediência. De acordo com William de Tyre, os primeiros templários eram "nobres cavaleiros" que se comprometeram a proteger cristãos e locais santos cristãos no Reino de Jerusalém, usando a força, se necessário.

CAPÍTULO 3
A Ascensão dos Cavaleiros Templários, 1119-48

Pouco se sabe sobre os primeiros anos de existência dos Templários. Sabemos, entretanto, que o nome Templário e muitas das lendas posteriores relacionadas à Ordem derivam de sua nova base em Jerusalém, que se acredita ser o local do antigo Templo de Salomão. Mas, só oito anos após sua formação é que entraram na consciência popular, quando um grupo de Templários retornou para a Europa, para obter apoio. Isto trouxe um reconhecimento formal, direitos de varredura e, eventualmente, o uniforme distintivo de uma cruz vermelha sobre um manto branco com o qual os Templários serão para sempre associados.

O TEMPLO DE SALOMÃO

Quando a ordem dos Pobres Colegas Soldados de Cristo foi primeiramente formada, o rei de Jerusalém, Baldwin II, colocou de lado uma ala do palácio real na Mesquita de al-Aqsa para uso como sua sede. A mesquita está situada no topo de uma grande colina conhecida como o Monte do Templo, no que é agora a Cidade Velha de Jerusalém. Dominada por três estruturas construídas durante o início do período de Umayyad (final do século VII) – a Mesquita al-Aqsa, a Cúpula da Rocha e a Cúpula da Corrente – o Monte do Templo tem sido venerado como um local sagrado por judeus, cristãos e muçulmanos há milhares de anos.

    Os Cruzados, acreditando que o Monte do Templo estava nas ruínas do muito venerado Templo de Salomão, referiam-se à Mesquita al-Aqsa como *Templum Solomonis*. Quando a Ordem se mudou para dentro do templo, modificou seu nome, tornando-se Pobres Companheiros Soldados de Cristo e do Templo de Salomão. Esse enorme nome era, normalmente, abreviado para Cavaleiros Templários ou Templários

A ASCENSÃO DOS CAVALEIROS TEMPLÁRIOS, 1119-48 ✠

Cavaleiros. O selo oficial dos Grandes Mestres Templários apresentava uma ilustração do Templo de Salomão.

O Templo de Salomão foi o primeiro templo permanente na história dos judeus. Anteriormente, os judeus tinham sido, em grande parte, nômades, habitando em tendas e tabernáculos portáteis. Diz-se que Salomão começou a construção do templo por volta de 957 d.C., em um local escolhido por seu pai, David, o segundo rei dos judeus. Além de ser um local de culto, foi projetado para abrigar a Arca do Pacto, o recipiente que continha as tábuas da pedra sobre os quais foram escritos os Dez Mandamentos passados a Moisés. Diz-se que o templo foi destruído, reconstruído e, depois, destruído novamente.

O local do Templo de Salomão tem um grande significado para o judaísmo, o islamismo e o cristianismo. É o local mais sagrado do judaísmo, o lugar para o qual os judeus se voltam durante a oração. Tanto para judeus quanto para cristãos, ele marca o lugar onde Deus reuniu a terra para criar Adão; onde Caim, Abel e Noé ofereceram sacrifícios a Deus; onde Abraão quase sacrificou seu filho, Isaac; onde Jacó sonhou com anjos; e, para os cristãos, é também onde Jesus expulsou os cambistas de dinheiro.

Em 691 d.C., o califa Umayyad Abd al-Malik encomendou um santuário - chamado Qubbat Al-Sakhara (Cúpula da Rocha) - a ser construído sobre o local para marcar o lugar onde, de acordo com o Alcorão, o Profeta Muhammad fez seu caminho para o céu com o Anjo Gabriel na chamada Jornada Noturna. Vinte e quatro anos mais tarde, a Mesquita al-Aqsa (Mesquita mais distante) foi construída ao lado do santuário. Pela tradição muçulmana, Gabriel transportou Muhammad da Mesquita Sagrada, em Meca, para o local da Mesquita al-Aqsa durante a Jornada Noturna e, por isso, a mesquita representou o lugar mais distante a partir do qual o profeta entrou no Paraíso. Juntos, o santuário e a mesquita formam o terceiro lugar mais sagrado do Islã. A Mesquita original al-Aqsa foi destruída por terremotos em 1033 e reconstruída dois anos mais tarde. Foi este edifício que foi habitado pelos Templários; ainda hoje está de pé.

✝ CAPÍTULO 3

Embora Baldwin II tenha sido o primeiro rei Cruzado a viver no Templo de Salomão, ele passou grande parte de seu tempo em Antioquia e pouco fez para torná-lo habitável, uma tarefa que os Templários assumiram quando se mudaram para lá. Durante os cerca de 70 anos durante os quais ocuparam o local, acrescentaram anexos abobadados, uma abside, claustros, uma igreja, escritórios e alojamentos. Colocaram seus cavalos em estábulos nos extensos espaços sob o edifício. Eles também, cuidadosamente, estudaram os materiais e métodos de construção que haviam sido utilizados na Cúpula da Rocha e, depois, utilizaram-nos quando construíram suas próprias igrejas na Europa.

Uma vista aérea do Monte do Templo, incluindo a Mesquita da abóboda dourada al-Aqsa. Após a formação dos Templários, foi dada a ordem de alojamento dentro da mesquita, que acreditavam ter sido construída no local original do Templo de Salomão.

A ASCENSÃO DOS CAVALEIROS TEMPLÁRIOS, 1119-48 ✠

DIAS ANTERIORES

Em 16 de janeiro de 1120, Baldwin II e o Patriarca Warmund convocaram um conselho para estabelecer um conjunto de leis ou cânones escritos para governar o recém-formado Reino de Jerusalém de uma forma que seria agradável a Deus. Após uma semana de deliberação, o Conselho de Nablus emitiu 25 regras, abrangendo tanto as religiosas como temas seculares. O cânon 20 tinha um significado particular para os Templários. Sua primeira linha dizia: "Se um clérigo pegar em armas por causa da defesa, ele não é considerado culpado". A emissão deste decreto tem sido tomada por muitos como um sinal do reconhecimento oficial dos Templários pela Igreja, embora esse reconhecimento só cubra o Outremer.

Por volta desta época, Baldwin II, seus nobres, Warmund e seus padres proporcionaram aos Templários uma pequena renda - o imposto de receitas de algumas aldeias próximas a Jerusalém - o suficiente para pagar provisões básicas, roupas e alimentos para seus cavalos. Pelos próximos poucos anos, os cavaleiros se basearam, principalmente, na caridade para suprir suas necessidades. Eles até usavam roupas doadas e aceitavam restos de comida dos Hospitalários de São João de Jerusalém, uma ordem religiosa cuja *raison d'être* era fornecer ajuda aos peregrinos doentes.

Mais tarde, naquele ano, os Templários receberam um visitante da França. Fulk V, Conde de Anjou, em peregrinação por Jerusalém, escolheu ficar no Templo Salomão, onde conheceu Hugh de Payns e tomou conhecimento da nova Ordem. Ele ficou tão impressionado que se matriculou como associado dos Templários e, ao retornar à França, no final do 1121, comprometeu-se a dar-lhes um pagamento anual de 30 *livres angevines* (libras de Anjou) para pagar a manutenção de dois cavaleiros. Seu exemplo persuadiu vários outros nobres franceses a fazer o mesmo, incluindo Hugh de Troyes.

De acordo com os primeiros relatos sobre a formação da Ordem, os nove cavaleiros originais permaneceram seus únicos membros durante os primeiros anos. Porque foi assim, dado que seu objetivo principal

CAPÍTULO 3

de proteger os peregrinos e a Terra Santa teria exigido segurança em números maiores, não está claro. De acordo com alguns relatos posteriores, os possíveis membros foram adiados pela extrema austeridade, mas, também, é possível que houvesse realmente mais membros - que as contas iniciais sejam imprecisas, seja por culpa ou por projeto, que o mito dos nove se adequava a um propósito.

Os cavaleiros Templários rapidamente atraíram uma certa notoriedade. Diziam que eles eram taciturnos e que suas atividades eram, em grande parte, escondidas das pessoas de fora que, naturalmente, especulavam sobre o que a Ordem secreta poderia ser até então. O fato de estarem alojados em um local que era central para as três principais religiões de Jerusalém, sem dúvida, aumentava a intriga. É provável, no entanto, que durante esses primeiros anos os cavaleiros preocupavam-se principalmente com simples administração e planejamento antecipado para a Ordem.

Em 1125, Hugh de Troyes deserdou seu filho Odo, entregou controle de todas as suas terras em Champagne para seu sobrinho Theobald, entregou todos os seus outros bens e fundos, e retornou para a Terra Santa para juntar-se aos Templários. No processo, teve que fazer um juramento de fidelidade a seu antigo vassalo, Hugh de Payns, que tinha sido promovido recentemente a Grande Mestre do Templo.

No ano seguinte, Baldwin II escreveu a Bernard de Clairvaux, um monge cisterciense que estava entre os mais populares e poderosos homens religiosos de sua época, descrevendo a nova ordem religiosa e sua intenção de enviar alguns de seus membros de volta à Europa a fim de solicitar a aprovação papal para sua missão e fundos para realizá-la. Ele pediu o apoio de Bernard nestes assuntos, assim como sua ajuda na elaboração de um conjunto de regras para governar o comportamento e a missão dos Templários.

Nascido em 1090, de uma família da baixa nobreza que vivia nos arredores de Dijon, na Burgundy, Bernard de Fontaines-les-Dijon, como era originalmente conhecido, juntou-se à ordem dos monges cistercienses em 1112, após a morte de sua mãe. Um grupo radical de

A ASCENSÃO DOS CAVALEIROS TEMPLÁRIOS, 1119-48 ✝

ascetas reformadores religiosos, os cistercienses, em sua maioria, se isolavam do resto do mundo, vivendo de forma simples, vestidos com roupas sem adornos, com hábitos brancos feitos de lã não tingida. Eles viviam uma dura e austera vida, acreditando que suas dificuldades os aproximassem de Deus pelo incentivo de seu desenvolvimento espiritual. O jovem Bernard era tão impressionado com a Ordem que convenceu quatro de seus irmãos (um dos quais era casado), um tio e outros 26 homens jovens a juntar-se a ele.

Em 1115, Bernard foi encarregado de montar uma nova abadia em um terreno em um vale remoto perto de Troyes, a capital de Champagne que tinha sido doado à Ordem por Hugh de Troyes, com quem Bernard desfrutava de uma estreita amizade. Ele nomeou o novo monastério Clair Vallée (Vale da Luz) que, eventualmente, evoluiu em Clairvaux. Bernard era um homem devoto, persuasivo, eloquente e Clairvaux floresceu rapidamente. Os cistercienses também estavam crescendo em influência e estatura, trazendo mais influência, responsabilidade e notoriedade para Bernard, que cresceu para se tornar o mais amplamente respeitado monge de seu tempo – ele foi canonizado pouco mais de 20 anos depois de sua morte. Ele foi solicitado para aconselhar os Papas, escreveu e falou amplamente - enfatizando a humildade, a modéstia e o amor de Deus, mas, também, exortando cristãos para unir-se à luta contra o inimigo muçulmano. Tão grandes foram sua fama e influência que o Papa Eugenius III foi levado a escrever relatando que "dizem que você é o Papa e não eu".

Além de sua amizade com Hugh de Troyes, Bernard tinha aproximação com vários outros Templários. Pensa-se que era um primo distante de Hugh de Payns e sobrinho de Andrew de Montbard. Dois dos cavaleiros originais conhecidos apenas como Rossal e Gondemar haviam sido monges cistercienses no monastério de Bernard; em 1117, ele os havia libertado formalmente de seus votos monásticos para ir e lutar na Terra Santa. Todos os Templários iniciais tinham um passado semelhante ao de Bernard - membros da nobreza inferior que cresceu na região de Champagne.

✝ CAPÍTULO 3
===

Como delineado em sua carta, em 1127, Baldwin II enviou Hugh de Payns, Godfrey St Omer, Payen de Montdidier, Robert de Craon e Andrew de Montbard de volta à Europa a fim de recrutar mais homens, ostensivamente, para um ataque planejado a Damasco, solicitar mais doações para os Templários - e fazer lobby para o reconhecimento papal da Ordem. Chegando a Paris, no outono, Hugh recebeu doações substanciais de prata, armaduras e terras. O primeiro a doar à causa, em outubro de 1127, foi o Conde Theobald de Blois, sobrinho de Hugh de Troyes, que deu aos Templários tudo o que possuía em Barbonne, Sézanne e Chantemerle.

Entre os outros que navegaram para a França estavam William of Bures, Príncipe da Galileia e segurança real de Baldwin II, e Guy de Brisebarre, Senhor de Beirute. Baldwin II, que teve quatro filhas e nenhum herdeiro masculino, tinha decidido oferecer a mão de sua filha mais velha, Melisende, para Fulk V, e enviou William e Guy para tentar persuadi-lo a aceitar a oferta. Suas súplicas provaram ser bem sucedidas e, em 1129, Fulk passou sua sede do condado de Anjou para seu filho Geoffrey e viajou para Jerusalém para se casar com Melisende, garantindo, assim, a sucessão e o fortalecimento dos laços políticos entre Oriente e Ocidente. Os dois se casaram em 2 de junho de 1129.

Hugh de Payns viajou em seguida para a Normandia, onde conheceu Henry I, rei da Inglaterra, que o presenteou com uma doação de ouro e prata, e deu-lhe permissão para solicitar fundos à Inglaterra. Depois de cruzar o canal e encontrar uma série de nobres ingleses, Hugh recebeu vários trechos de terra, a maioria em Lincolnshire e Yorkshire. Ele, então, viajou para a Escócia, onde recebeu outras doações, incluindo as terras de Balantrodach, um presente do rei David, que se tornariam a sede escocesa dos Templários. À medida que se movimentava na Grã-Bretanha, acompanhado por dois outros Templários e dois clérigos, atraiu muitos novos recrutas para a Ordem. A visita de Hugh à Inglaterra também resultou no estabelecimento do primeiro preceito dos Templários na Inglaterra, no final do que se tornou Chancery Lane em Holborn, depois uma parte rural de Londres. Uma igreja redonda

A ASCENSÃO DOS CAVALEIROS TEMPLÁRIOS, 1119-48 ✠

- projetada para ecoar a Igreja do Santo Sepulcro - foi construída no local a partir da pedreira em Caen, na Normandia.

De volta à França, Hugh e os outros Templários visitaram Thierry d'Alsace, Conde de Flandres, que estava bem disposto aos Templários e encorajou seus barões a doar generosamente à Ordem ao mesmo tempo em que confirmava, também, as doações feitas aos Templários por seu predecessor, William Clito - principalmente o direito ao alívio feudal em sua terra. O grupo, então, voltou para Troyes no início de 1129, onde recebeu de Preize de Raoul Crassus e sua esposa, Hélène, uma casa, uma granja, terras e campos perto do subúrbio. Esta doação quase, certamente, se tornou o comando de Troyes.

O CONSELHO DE TROYES

Em 13 de janeiro de 1129, Troyes sediou um conselho da igreja reunido pelo Papa Honório II. Embora o próprio Papa não tenha comparecido, vários outros clérigos de alta patente o fizeram, incluindo Bernard de Clairvaux, assim como vários nobres.

Em um discurso ao conselho, Hugh de Payns descreveu as origens da ordem do Templo e sua missão de proteger os peregrinos visitando a Terra Santa. Seu discurso apaixonado converteu um número na audiência que tinha sido cética em relação aos Templários e à contradição que pareciam encarnar entre a violência e a fé. Bernard de Clairvaux, então, se levantou para falar, implorando àqueles presentes para dar à Ordem seu total apoio, pois só ela poderia garantir a segurança dos cristãos que queriam visitar a Terra Santa. Sem os Templários, disse ele, Jerusalém podia muito bem ainda estar nas mãos dos infiéis muçulmanos, então, nenhum cristão poderia visitar com segurança a Cidade Santa.

Estes dois oradores apaixonados e articulados balançaram o conselho, o qual concordou em dar aos Templários seu total apoio. Hugh solicitou que fosse dado aos Templários um hábito oficial – efetivamente um uniforme - para marcá-los como uma ordem oficial; antes do conselho, eles tinham usado túnicas simples, como cavaleiros comuns. A eles foi devidamente concedido o direito de usar hábitos brancos semelhantes aos usados pelos cistercienses, o branco significando pureza. Alinhados com outras ordens religiosas, os Templários também receberam um conjunto de 72 regras que deveriam seguir, a maioria das quais foram concebidas por Bernard de Clairvaux baseado, em grande parte, nas restrições impostas aos membros de outras ordens monásticas; questões militaristas foram ignoradas em sua maioria. Este regulamento original, que ficou conhecido como a Regra Primitiva, foi posteriormente atualizado em várias ocasiões, evoluindo para o que é conhecida como a Regra Latina. É importante ressaltar que as regras reconheceram o direito da Ordem de possuir terras e recolher o dízimo, abrindo caminho para, posteriormente, obter um sucesso financeiro significativo.

Algum tempo entre o final do conselho, em 1129 e 1136, a mando de Hugh de Payns, Bernard de Clairvaux escreveu um endosso dos Templários que poderia ser amplamente distribuído para ajudar a obter suporte para a ordem nascente. Em *De Laude Novae Militiae* ("Em Louvor do Novo Cavaleiro"), uma série de 13 pequenos sermões, Bernard descreveu os Templários como "um novo tipo de cavaleiro" que "infatigavelmente trava um combate duplo, contra a carne e o sangue, contra as hostes espirituais do mal nos céus". "Um cavaleiro Templário é, verdadeiramente, um cavaleiro destemido e seguro de todos os lados, pois sua alma é protegida pela armadura da fé, como apenas o seu corpo é protegido pela armadura de aço", escreveu ele. "Ele é duplamente armado e não precisa temer nem demônios, nem homens". Ele também apresenta uma defesa para a matança que seria, inevitavelmente, uma parte de suas atividades, descrevendo-a como "malicídio" - o assassinato do próprio mal - em vez de homicídio, que era um pecado mortal.

DERROTA PERTO DE DAMASCO
Enquanto Hugh de Payns estava na França, assegurou a Fulk V de Anjou apoio para uma tentativa de ganhar o controle de Damasco. Baldwin II tinha feito um ataque infrutífero à cidade em 1126 e, agora, estava ansioso para montar uma nova tentativa de tirá-la das mãos

A ASCENSÃO DOS CAVALEIROS TEMPLÁRIOS, 1119-48 ✚

dos muçulmanos. Damasco tinha um enorme significado estratégico para os estados Cruzados. Situada no sopé das montanhas antiLíbano, no sudoeste da Síria, a cidade ficava ao lado da parte mais estreita da Outremer, tornando relativamente fácil para que as forças damascenas cortassem o abastecimento e as comunicações entre o Reino de Jerusalém, ao sul, e o Condado de Trípoli, ao norte.

Após o Conselho de Troyes, Hugh de Payns retornou para a Terra Santa, chegando a Acre em maio de 1129. Com ele, estavam Fulk V e um grande grupo de novos recrutas. Eles logo viram ação. Em setembro, uma tentativa de purgar os Assassinos - uma seita muçulmana muito temida, Nizari Ismaili, conhecida pela morte de seus inimigos em locais públicos, que tinha chegado a Damasco alguns anos antes - pelo governador da cidade, Buri, levou a motins. Na esperança de capitalizar sobre o caos, Baldwin II se reuniu com o Conde de Trípoli, o Conde de Edessa, o Príncipe de Antioquia e seus exércitos, juntamente com um contingente de Templários e partiu para Damasco; o exército combinado foi dito como sendo dezenas de milhares de soldados. Em novembro, eles marcharam para um lugar chamado Ponte de Madeira, apenas 6 milhas (10 quilômetros) a sudoeste de Damasco, onde montaram acampamento. Entre eles e Damasco estava o exército de Buri, à espera do inevitável ataque.

O impasse se arrastou por vários dias. Em seguida, William de Bures liderou um grande grupo de cavaleiros em uma expedição de forragem, viajando 20 milhas (32 quilômetros) ao sul, para um lugar chamado Mergisafar. Ali, o grupo se dividiu, formando grupos menores e pequenos desprendimentos que percorriam uma ampla área em uma busca indisciplinada de saque. Quando Buri recebeu notícias desta quebra de disciplina, liderou seus melhores lutadores em um ataque aos cristãos insuspeitos. A cavalaria turca, levando a vantagem de seu conhecimento superior do território, rasgou nas tropas francas, massacrando tanto a infantaria como os cavaleiros. William e outros 45 escaparam para trazer a notícia devastadora a Baldwin II, que ficou indignado com a derrota e, imediatamente, mobilizou as tropas para um contra-ataque.

CAPÍTULO 3

No entanto, enquanto estavam se preparando para se envolver com o exército muçulmano, os céus fecharam e uma poderosa trovoada varreu o campo de batalha, transformando-o em um mar de lama dissecado por torrenciais rios efêmeros. Os cristãos tomaram a tempestade como um sinal de Deus de que estava descontente com suas ações pecaminosas e que deveriam ficar em retiro, o que fizeram devidamente.

FICANDO ESTABELECIDOS
Em agosto de 1131, Baldwin II ficou gravemente doente após uma viagem a Antioquia. Com a morte claramente iminente, começou a fazer planos para sua sucessão antes de pedir para ser transferido para o palácio do Patriarca, perto da Igreja do Santo Sepulcro. Lá, ele delegou o reino a Fulk V, Melisende e seu filho menor, Baldwin. Depois de fazer os votos monásticos e entrar na seção do colegiado do Santo Sepulcro, morreu em 21 de agosto. Cerca de três semanas mais tarde, em 14 de setembro, a coroação de Melisende e Fulk aconteceu.

Durante este período, a participação em expedições militares, tais como o desastroso ataque a Damasco, foi antes a exceção do que a regra para os Templários, cujas responsabilidades eram maiores nas guarnições das fronteiras do que em expedições militares. Desde o início dos anos 1130, foi dada a eles a tarefa de defender o Belen Pass (também conhecido como os Portões da Síria), cerca de 15 milhas (24 quilômetros) ao norte de Antioquia. Foi através desta lacuna nas montanhas Amanus que Alexandre o Grande ultrapassou, 1.400 anos antes, depois de derrotar o exército persa na Batalha de Issus. Mais recentemente, os exércitos da Primeira Cruzada haviam feito seu caminho através da passagem a caminho do Oriente Médio. O mais importante, agora, era a fronteira norte de Outremer e, portanto, taticamente, era altamente significativa.

Os Templários construíram ou reconstruíram vários castelos e fortalezas para defender a fronteira. O mais importante de todos foi Baghras, que se situava bem acima da aproximação sul do desfiladeiro; os outros estavam espalhados pelas montanhas. Isso apontou que os Templários

A ASCENSÃO DOS CAVALEIROS TEMPLÁRIOS, 1119-48 ✠

estavam se protegendo contra incursões pelos armênios cilicianos e pelos gregos bizantinos, em vez de contra-ataques muçulmanos.

Em 24 de maio de 1136, Hugh de Payns morreu, aparentemente na Palestina e, provavelmente, de causas naturais. Ele foi bem-sucedido como Grande Mestre por Robert de Craon, quem se propôs a assegurar uma série de bulas Papais (decretos oficiais) que dariam liberdade aos Templários para se mover e agir em toda a Europa e na Terra Santa. A primeira foi emitida em 29 de março de 1139, pelo Papa Inocêncio II. *Omne Datum Optimum* (latim para "cada presente perfeito", uma citação da bíblica Epístola de James) deu aos Templários o aval oficial do Papa, proporcionando-lhes proteção papal e aprovando, oficialmente, a Regra Templária. Ela isentava os Templários das leis locais, permitindo passar livremente por toda e qualquer fronteira, e evitava o pagamento de impostos e dízimos; a única autoridade à qual eles tinham que se submeter era à do Papa. Também acrescentou uma classe hierárquica de sacerdotes aos Templários, tornando os membros da Ordem responsáveis perante o Grande Mestre e permitindo que os Templários guardassem seus despojos de guerra.

A seguir, em 1144, veio a *Milites Templi* ("Soldados do Templo"), emitida pelo Papa Celestino II. Além de fornecer aos Templários proteção eclesiástica, esta bula papal encorajou os fiéis a contribuir com sua causa e permitir que os Templários fizessem suas próprias cobranças uma vez por ano, mesmo em áreas que estavam sob interdição, lançando, assim, as bases para a Ordem de riqueza significativa, pela qual acabou se tornando conhecida. No ano seguinte, o Papa Eugênio III emitiu *Militia Dei* ("Soldados de Deus"). A mais controversa das três bulas, efetivamente consolidou a independência dos Templários em relação às hierarquias locais da Igreja, permitindo à Ordem receber o dízimo e as taxas de sepultamento, construir igrejas, cobrar impostos prediais de seus inquilinos e enterrar seus mortos em seus próprios cemitérios.

ZENGI: UM ESPINHO NO LADO DOS CRUZADOS

No final de 1138, o Reino de Jerusalém era um Estado enfraquecido; grande parte da região ao redor foi infestada por bandidos que reali-

CAPÍTULO 3

zaram batidas em todo o reino. Em 1137, o bastião de Ba'rin (então conhecido como Montferrand), no sul do reino, tinha caído para Imad ad-Din Zengi, o impiedoso e ambicioso *atabeg* (governador) de Mosul e Aleppo, que estava a caminho de se tornar o líder muçulmano mais poderoso da Síria. Durante o precedente conflito, milhares de tropas Cruzadas haviam sido mortas, Raymond de Trípoli capturado, rei Fulk e 18 Templários forçados a refugiar-se no interior do castelo. Desconhecendo que uma grande força cristã estava a caminho, Fulk se rendeu a Zengi e teve que pagar um resgate de 50.000 dinares para garantir a liberdade das tropas e a sua. A derrota deixou Jerusalém desesperadamente carente de lutadores.

Em 1138, Mu'in ad-Din Unur al-Atabeki, o *atabeg* turco de Damasco, enviou o diplomata árabe e cronista Usamah ibn Munqidh a Jerusalém na esperança de formar uma aliança com Fulk. Ele estava preocupado com as intenções de Zengi, que tinha cercado brutalmente Damasco em 1135. As discussões foram promissoras, mas foram necessários mais dois anos de diplomacia antes de se chegar a um acordo.

Durante o verão de 1139, Thierry d'Alsace, Conde de Flandres, chegou a Jerusalém em peregrinação, junto com um pequeno exército. Thierry tinha sido um dos primeiros adeptos dos Templários e Fulk V aproveitou sua chegada para se casar com sua filha, Sybilla. Ele também alistou Thierry e suas tropas em uma campanha para assumir uma banda dos piratas que viviam nas montanhas perto de Ajlun, na região de Gilead, os exércitos combinados cercaram a fortaleza dos bandidos.

Enquanto o cerco acontecia, um grupo de turcomanos explorava o estado enfraquecido do Reino de Jerusalém para saquear a vila periférica de Tecua. A força templária que tinha sido abandonada para guardar a Cidade Santa reuniu-se para enfrentar os turcos, mas, até então, Fulk e Thierry estavam retornando a Jerusalém com seus exércitos. Os turcos espalhados ao sudoeste pelas planícies de Ascalon (moderno Ashkelon) se recusaram a lutar. Os Francos, sentindo a vitória, perseguiram o inimigo, mas, no processo, seus exércitos se separaram. Os turcos rapidamente se reagruparam e atacaram, cortando os Francos em pedaços. Robert de Craon reuniu os cavaleiros Templários, que se encarregaram da batalha, e os turcos acabaram se retirando, mas mais da metade do contingente templário foi morto com um grande número de outros cavaleiros francos.

Em 1139, Zengi escreveu para o emir de Damasco, pedindo-lhe que entregasse a cidade em troca de qualquer outra cidade ou reino que desejasse. Quando sua oferta foi recusada, Zengi sitiou a cidade. Em março seguinte, o emir morreu e Mu'in ad-Din assumiu o controle de Damasco. Enquanto o cerco se arrastava, Mu'in ad-Din apelou para rei Fulk por ajuda. Em resposta, Fulk começou a mobilizar as tropas francas. Quando Zengi descobriu isto, levantou o cerco e deslocou suas próprias tropas para o sul, na esperança de interceptar os francos antes que pudessem se unir e marchar sobre Damasco. Mas, era tarde demais e, em vez de lutar com a grande força cristã, ele decidiu se retirar para lutar outro dia. Em comemoração, ambos Mu'in ad-Din e Usamah viajaram para Jerusalém em visita de estado a convite de Fulk.

Embora Usamah considerasse os francos infiéis, ao longo do tempo que passou com eles, veio a gostar deles pessoalmente. Ele escreveu sobre um cavaleiro: "Ele era da minha íntima amizade e manteve tão constante companhia que começou a me chamar de 'meu irmão'. Entre nós havia laços mútuos de amizade e fraternidade". Ele também estava impressionado com o fato de terem feito questão de lhe fornecer um lugar para rezar: "Quando visitava Jerusalém, costumava ir para a Mesquita al-Aqsa, onde meus amigos Templários estavam hospedados. Ao longo de um dos lados do edifício havia um pequeno oratório no qual os francos tinham fundado uma igreja. Os Templários colocaram um lugar à minha disposição para que pudesse dizer minhas orações". Esta mostra de tolerância religiosa levou a críticas aos Templários, que alguns achavam que eram muito amigáveis com seus vizinhos muçulmanos.

A QUEDA DA EDESSA
Em 1144, Zengi voltou sua atenção para Edessa. Naquela época, o Outremer foi dilacerado pela dissidência. Joscelin II, o Conde de Edessa,

✝ CAPÍTULO 3

estava em conflito com Raymond, o Príncipe de Antioquia; a atenção de Raymond II, Conde de Trípoli, estava firmemente focada em sua própria região; e o rei Fulk, de Jerusalém, tinha morrido em novembro do ano anterior após ter caído do cavalo durante um piquenique, deixando um herdeiro de 13 anos, agora Baldwin III, cuja mãe, Rainha Melisende, estava atuando como regente.

No outono, Zengi sitiou Edessa, que era cercada por paredes formidáveis. No entanto, a cidade estava gravemente carente de homens de luta. Com pouca esperança de apoio de outros lugares em Outremer e apenas mercenários como muralha, Edessa era um alvo aberto.

Zengi ordenou a seus sapadores que derrubassem as muralhas da cidade e eles começaram a cavar uma série de túneis abaixo delas. Na véspera de Natal, eles acenderam fogos que queimaram as escoras dos túneis, causando um colapso nos túneis e nas paredes acima. Quando as paredes estavam demolidas, as tropas de Zengi entraram na cidade, onde, como William de Tyre mais tarde relatou, "eles mataram com suas espadas os cidadãos que encontravam, não se poupava a idade, a condição ou o sexo". Muitos mais morreram na debandada para a proteção relativa da cidadela no centro da cidade. Da população latina, os poucos que sobreviveram ao massacre foram escravizados, enquanto aos cristãos nativos da cidade foi permitido permanecer livre. Pensa-se que cerca de 6.000 homens, mulheres e crianças foram mortos.

Embora Jerusalém e Trípoli tenham enviado tropas tardiamente, quando chegaram, a cidade já havia caído. Joscelin II continuou a governar o que restava do condado a oeste do Eufrates do castelo de Turbessel, mas, eventualmente, até este território foi capturado pelos muçulmanos ou vendido aos bizantinos.

A CHAMADA PARA A CRUZADA

A perda de Edessa foi um golpe terrível para os Cruzados e seus apoiadores na Europa, mas não foi revidada até dezembro de 1145, quando o Papa Eugênio III emitiu uma bula papal convocando uma nova Cruzada para vingar a perda. Entre os primeiros e mais fervorosos apoiadores

A ASCENSÃO DOS CAVALEIROS TEMPLÁRIOS, 1119-48 ✠

da Cruzada estava o rei Louis VII, da França. Um jovem volátil, mas extremamente piedoso (sua esposa, Eleanor da Aquitânia, teria se perguntado se ela se casou com um monge, não com um monarca), o rei de 25 anos reuniu seus barões no Natal para anunciar que estava tomando a cruz. Ele convidou os nobres a se juntarem a ele, mas poucos aceitaram a oferta. Para apaziguar o rei, os barões concordaram em se reunir novamente na Páscoa seguinte, em Vezelay, na Burgundy.

Na esperança de dar apoio à Cruzada, Louis pediu a Bernard de Clairvaux para falar em Vezelay. Provou ser um movimento inspirado. Quando se espalhou a notícia de que o proeminente cisterciense falaria na reunião, os nobres e os plebeus se reuniam em Burgundy. De fato, tantas pessoas apareceram que nem todos couberam na catedral e uma plataforma teve de ser montada em alguns campos na periferia da cidade.

Bernard disse à multidão reunida que a queda de Edessa foi um dom de Deus, oferecendo aos homens uma chance de salvar suas almas. "Veja a habilidade que ele está usando para salvá-los", disse ele. "Considerem a profundidade de seu amor e se surpreendam, pecadores. Este é um plano que não foi feito pelo homem, mas procedendo do coração do amor divino". Tão bem recebidas foram suas exortações que Bernard foi forçado a rasgar seu próprio hábito em tiras para fazer cruzes suficientes para aqueles que se apresentaram, entre os quais estavam o rei Louis VII e sua esposa. Alguns dias mais tarde, Bernard escreveu ao Papa: "O senhor ordenou; eu obedeci. Eu abri minha boca; falei; e imediatamente os Cruzados se multiplicaram para infinito. As aldeias e vilas estão, agora, desertas. Você dificilmente encontrará um homem para cada sete mulheres. Em todos os lugares você vê viúvas, cujos maridos ainda estão vivos".

Após a reunião em Vezelay, Bernard continuou a falar em apoio à nova Cruzada, viajando para o norte da França e Flandres. Quando as notícias das Cruzadas chegaram à Alemanha, explodiu uma série de pogroms antissemitas em comunidades ao longo do Rio Reno. Bernard ficou horrorizado com o massacre e foi para Alemanha para que seu descontentamento ficasse conhecido. Enquanto lá estava, tentou con-

✝ CAPÍTULO 3

vencer o rei, Conrad III, a juntar-se à Cruzada; Conrad não estava entusiasmado, mas acabou por ser persuadido e assumiu a cruz no dia de Natal de 1146.

A SEGUNDA CRUZADA

Em 27 de abril de 1147, Everard des Barres, preceptor dos Templários na França, que trabalhava na sede europeia da Ordem, no bairro Marais, em Paris, convocou um Capítulo Geral dos Templários no Templo de Paris para discutir os planos para a Segunda Cruzada. Nascido cerca de 1113, em Meaux, França (cerca de 28 milhas/45 quilômetros de Paris), Everard des Barres juntou-se aos Templários em algum momento de sua adolescência. Jovem piedoso, levantou-se rapidamente e, em 1143, foi feito preceptor, uma posição que trouxe a ele um contato pessoal com o rei francês Louis VII, que já tinha feito doações significativas para os Templários. Em 1137, o ano de sua coroação, ele lhes havia fornecido a casa na qual sua sede em Paris foi originalmente baseada e, em 1143-4, Louis assinou a receita dos aluguéis cobrados pelos cambistas de Paris.

Durante a reunião de Paris, que contou com a presença de Louis VII e o do Papa Eugênio III, juntamente com 130 cavaleiros Templários, um número semelhante de sargentos e escudeiros, e quatro arcebispos, foi acordado que um contingente de Templários acompanharia o exército francês em sua campanha à Terra Santa. O Papa colocou o tesoureiro do Templo de Paris encarregado de receber o imposto que estava sendo cobrado para financiar a Cruzada, o início de um relacionamento de 150 anos que viu o Templo de Paris tornar-se o Templo da tesouraria francesa de fato. Vários dos nobres presentes na reunião fizeram doações para os Templários para apoiar sua defesa da Terra Santa, incluindo o presente de uma propriedade em Wedelee, em Hertfordshire, Inglaterra, fornecido por Bernard de Balliol. Foi pensado durante as discussões que o Papa teria dado aos Templários o direito de usar uma cruz vermelha em suas vestes brancas para simbolizar sua vontade de dar sua vida em defesa da Terra Santa.

O rei pediu a Everard des Barres que viajasse para Constantinopla à frente das tropas para suavizar o caminho com o Imperador Bizantino,

A ASCENSÃO DOS CAVALEIROS TEMPLÁRIOS, 1119-48 ✠

Manuel I Komnenos. Na época, os bizantinos estavam em guerra com Roger II, o rei normando da Sicília. Tal era a preocupação deles com o conflito que os bizantinos haviam acordado um tratado com os turcos Seljuk, um ato que deixou os ocidentais ainda mais desconfiados dos motivos e lealdades dos bizantinos.

Havia, também, preocupações de que poderia surgir um conflito entre os exércitos franceses e alemães, portanto, suas partidas da Europa foram escalonadas. Em 19 de maio, uma grande frota carregando Cruzados da Inglaterra, Escócia, Frísia, Normandia e Flandres partiu de Dartmouth, Inglaterra. Em seguida, no final de maio, Conrad deixou Nuremberg com 35.000 homens de combate e um desconhecido mas, certamente, muitos peregrinos não-combatentes, planejando viajar por terra para a Terra Santa. Entre os nobres do contingente alemão estava Frederick Barbarossa, sobrinho de Conrad, que se tornaria o Imperador Frederick I, em 1155. Como foi na Primeira Cruzada, a disciplina entre os peregrinos e, de fato, entre os setores do exército, estava mais bem esboçada, e a comida e os suprimentos eram insuficientes.

Em junho, Louis VII partiu de Metz com os exércitos de Lorraine, Brittany, Burgundy e Aquitaine, também tomando a rota terrestre. Viajando com ele estavam sua esposa e vários nobres, incluindo Thierry d'Alsace. Em Worms, os contingentes de Cruzados da Normandia e da Inglaterra se juntaram à força expedicionária. E, em agosto, Alphonse de Toulouse, liderando uma força da Provence, se juntou do outro lado do Mediterrâneo.

Enquanto isso, em Constantinopla, o Imperador Bizantino estava temendo a chegada dos dois exércitos Cruzados pouco disciplinados. Ele estava desconfiado dos motivos dos Cruzados, preocupado que planejavam tomar posse de alguns dos melhores territórios. Ele estava particularmente preocupado com a possibilidade de que os dois exércitos se encontrariam e uniriam forças fora de sua capital. Anteriormente, Conrad havia expressado desdém pelo Imperador, referindo-se a ele como "Rei dos Gregos" em vez de seu título formal "Imperador dos Romanos". Mas, os líderes alemães tinham feito juramentos de que não

CAPÍTULO 3

tinham más intenções em relação ao Império Bizantino, então, Manuel fez os preparativos para os mercados a serem disponibilizados para os Cruzados quando chegassem ao território imperial.

Em 7 de setembro, quando estava a poucos dias de Constantinopla, parte do acampamento alemão foi varrido durante uma poderosa inundação repentina em Choiribacchoi, com muitas vidas e grandes quantidades de suprimentos perdidos. O restante do exército chegou a Constantinopla em 10 de setembro e montou um acampamento ao redor do palácio suburbano de Philopatium.

Os medos de Manuel provaram ser reais. As tropas indisciplinadas alemãs saquearam o palácio escaramuçado com os soldados bizantinos e, então, quando seus suprimentos começaram a escassear, voltaram-se para a população local, roubando alimentos e cometendo atos de violência. Sem surpresas, Manuel estava interessado em livrar sua cidade das tropas alemãs - e também nervoso por se unirem à aproximação do exército francês fora de sua capital – então, ele mobilizou algumas de suas próprias forças para induzir os Cruzados a atravessar o Bósforo e fazer seus caminho para a Ásia Menor. Conrad acedeu e a maior parte de seu exército foi rapidamente transportada para Damalis.

Com os alemães a uma distância segura, Manuel reabriu negociações com Conrad, obtendo a garantia de que quaisquer terras bizantinas que os alemães conquistassem seriam devolvidas a seu controle; uma garantia que obteve, posteriormente, de Louis VII também. Ele chegou ao ponto de oferecer a Conrad uma aliança, mas o rei alemão declinou.

NO CORAÇÃO DA ANATÓLIA

Ao chegar na Ásia Menor, Conrad dividiu seu exército em dois, enviando os peregrinos e tropas mais fracas ao longo da estrada costeira com seu meio-irmão, bispo Otto de Freising, e levando uma força de elite de cavaleiros e outras tropas para o interior da Anatólia – sem orientação bizantina ou suprimentos suficientes.

Ao sair do território controlado pelos bizantinos, o grupo de Conrad começou a atrair ataques dos arqueiros montados de Seljuk.

A ASCENSÃO DOS CAVALEIROS TEMPLÁRIOS, 1119-48 ✠

O terreno árido oferecia pouca proteção e o exército sofreu numerosas baixas, com muitos soldados capturados pelos muçulmanos. Em 25 de outubro, os alemães sedentos e meio famintos decidiram retirar-se. Os Seljuks continuaram a atacar e recuar rapidamente criando uma rotina abrangente. Os alemães acabaram chegando a Nicaea, com seu rei ferido pelas flechas dos Seljuk.

Em Nicaea, os alemães se juntaram aos franceses, que tinham chegado a Constantinopla em outubro, apenas alguns dias após os alemães terem partido. A missão diplomática anterior, de Everard des Barres, tinha suavizado o caminho e os franceses tinham recebido uma recepção mais calorosa de Manuel do que os alemães. No entanto, apesar dos melhores esforços de Louis VII para incutir um pouco de disciplina entre suas tropas, ainda havia numerosas brigas com os locais, particularmente quando as tropas cortavam as oliveiras para utilizá-las como combustível. Tanto o rei francês quanto o imperador bizantino estavam interessados em evitar mais problemas e Manuel havia fornecido aos Cruzados uma escolta militar para vê-los em seu caminho tão rapidamente quanto possível.

Os franceses ficaram chocados com as notícias do trabalho de Conrad e decidiram que viajar para o interior era muito perigoso. A combinação forçou a partida ao longo da rota costeira tomada por Otto de Freising, mas, também, ali eles sofreram ataques regulares dos Seljuks.

No início de dezembro, os Cruzados chegaram à antiga cidade dos Seljuks, Ephesus, e pararam para descansar. Enquanto estavam lá, Conrad foi levado doente; ele e um contingente de suas tropas de elite retornaram por navio para Constantinopla, onde foi recebido com magnanimidade por Manuel e suas feridas foram tratadas. Manuel colocou uma frota de navios à disposição de Conrad, que mais tarde usou-a para transportar sua pequena força para a Palestina.

Em Ephesus, através de mensageiros de Manuel, Louis recebeu a notícia de que os Seljuks tinham invadido a área circundante e foi avisado para ficar com seu exército nas fortalezas imperiais. Ele ignorou a notícia e, em 24 de dezembro, conduziu suas tropas para fora de

✟ CAPÍTULO 3

Ephesus. O exército só tinha chegado ao Vale de Decervium quando foi emboscado por um contingente de Seljuks liderado por gregos, enquanto descansava. Os atacantes não estavam à altura dos Cruzados, no entanto, e foram rapidamente derrotados.

Cerca de uma semana depois, chegaram ao vale do rior Büyük Menderes (historicamente conhecido como o Meander), em rota ao principal porto mediterrâneo de Attalia (atual Antalya, no sul da Turquia). As tropas francesas ainda estavam constantemente sendo molestadas por soldados Seljuk movendo-se entre os arredores das cisternas e encostas, das quais fizeram os ataques relâmpagos sobre os cristãos, retirando-se rapidamente antes que pudessem contra-atacar. A cavalaria ligeira Seljuk era formada por cavaleiros habilidosos, cavalos rápidos e disparava flechas com precisão enquanto galopava a toda velocidade; os cavaleiros franceses eram fortemente blindados e lutaram para enfrentá-la.

Enquanto os Cruzados tentavam atravessar o rio, os Seljuks lançavam uma pesada emboscada, mais uma vez atacando rapidamente e, depois, retirando-se. Mas, Louis VII tinha colocado seus cavaleiros mais fortes na frente, lateral e traseira, e eles foram capazes de encurralar os Seljuks vigorosamente, infligindo pesadas baixas. Enquanto muitos sobreviventes Seljuks fugiram de volta às montanhas, um número significativo foi capturado pelos Cruzados.

Apesar desta vitória, os ataques Seljuk continuaram e, apenas poucos dias depois, em 7 de janeiro, os franceses sofreram uma derrota humilhante ao atravessar as Montanhas Cadmus. O exército Cruzado espalhou-se - a vanguarda estava indo muito longe e separada do resto das tropas. Como unidades haviam perdido contato umas com as outras, os Seljuks caíram sobre eles, forçando-os a se refugiar em um estreito desfiladeiro. De um lado estava a borda de um penhasco, sobre a qual cavalos, homens e suprimentos foram forçados. Louis VII, tranquilamente se afastou da batalha, não foi reconhecido pelos soldados Seljuk e, mais tarde, sob a cobertura da escuridão, juntou-se às tropas de vanguarda.

A ASCENSÃO DOS CAVALEIROS TEMPLÁRIOS, 1119-48 ✠

TEMPLÁRIOS EM CONTROLE

Com o exército francês desmoralizado pelos incessantes ataques dos Seljuk, Louis VII entregou o controle para o Mestre Templário Everard des Barres, que dividiu as tropas em unidades de 50 soldados, cada uma sob o comando de um cavaleiro Templário. Os Templários bem-disciplinados tinham conservado seus suprimentos, por isso, ainda estavam em condições de lutar, e o exército recém-organizado chegou com segurança a Attalia, apesar de ter continuado sendo assediado por parte dos Seljuks.

A esta altura, Louis VII já tinha viajado o suficiente por terra, mas a frota bizantina que esperava para transportar os Cruzados à Terra Santa havia sido destruída por tempestades de inverno e estava muito pequena para carregar todos os soldados. Apenas Louis e um pequeno contingente de tropas fez a viagem marítima; o restante viajou por terra através do território controlado pelos Seljuk, com consequências previsíveis. Quando chegaram a Antioquia, a força havia sido diminuída pela metade.

No início de março de 1148, Louis e seu exército finalmente chegaram a Antioquia. Raymond de Antioquia, tio de Eleanor da Aquitânia, propôs que as forças se unissem para atacar Aleppo. Joscelin II de Edessa também estava entusiasmado e Eleanor também argumentou em apoio ao tio (com quem os rumores sugerem que ela estava tendo um caso). Entretanto, Louis parou e quando recebeu a notícia de que Conrad já estava em Jerusalém (tendo viajado por mar, tinha chegado no início de abril de 1148, logo após o restante da força alemã ter coxeado na cidade, com mais da metade de seu número morto ou capturado durante uma emboscada Seljuk perto de Laodicea, em 16 novembro), Conrad reuniu suas tropas e se dirigiu para o sul, eventualmente chegando à Cidade Santa no início do verão.

Nessa época, Louis já estava ficando sem dinheiro. O custo de suprimentos e transporte havia esvaziado seus cofres e ele enviou Everard des Barres para Acre para tentar obter dinheiro suficiente dos Templários para cobrir os custos adicionais da campanha. Ele foi bem-sucedido, mas a soma necessária foi equivalente à metade da receita tributária anual do Estado francês.

O CONSELHO DE ACRE
Embora a Segunda Cruzada tivesse sido chamada em resposta à queda de Edessa, em Jerusalém, o rei Baldwin III e os Templários estavam mais interessados em tentar lutar pelo controle de Damasco em vez de Edessa. Em 24 de junho, o dia da festa de São João Batista, o que ficou conhecido como o Conselho do Acre foi convocado com a Alta Corte de Jerusalém reunidas na cidade de Palmarea, perto de Acre, para discutir possíveis alvos para a cruzada. Este provou ser a mais significativa reunião da Corte a ser realizada, com uma panóplia cintilante de eminentes magnatas presentes, incluindo o rei Conrad III da Alemanha; Henry II, Duque da Áustria; o futuro Imperador Frederick Barbarossa; rei Louis VII da França; Thierry da Alsace; rei Baldwin III de Jerusalém; Rainha Melisende; Patriarca Fulk; Grande Mestre Templário Robert de Craon; Raymond du Puy de Provence, superior dos Hospitalários; Manasses de Hierges, segurança de Jerusalém; e Humphrey II de Toron. Vale a pena observar que ninguém de Antioquia, Trípoli ou do antigo condado de Edessa estava presente.

Durante a reunião, Conrad, Louis e Baldwin argumentaram que o alvo do ataque cristão deveria mudar de Edessa para Damasco, que era controlada pela dinastia Burid, sob a liderança do emir Mu'in ad-Din, que estava atuando como regente para o filho do emir. Eles insistiram que a capital Síria era uma cidade sagrada para o cristianismo e representaria um prêmio digno de nota para os cristãos da Europa: o apóstolo Paulo se converteu ao cristianismo na estrada para Damasco e foi na cidade que começou seu trabalho como evangelista.

Damasco foi também a ameaça mais próxima a Jerusalém e os francos haviam tentado, sem sucesso, capturá-la duas vezes anteriormente, em 1126 e 1129. Era uma cidade rica, sua posição em uma encruzilhada da lendária Rota da Seda e outras rotas importantes de caravanas, juntamente com seu controle de uma agricultura em expansão rica no

A ASCENSÃO DOS CAVALEIROS TEMPLÁRIOS, 1119-48 ✠

interior, trazia-lhes riquezas significativas. E havia receios de que os muçulmanos de Damasco uniriam forças com os de Alepo – que estavam sob o comando de Nur ad-Din, o filho mais recente do conquistador de Edessa, Zengi, que havia sido assassinado em 1146 – como parte de um padrão regional mais amplo de muçulmanos unidos contra o inimigo cristão comum. De fato, em 1147, Mu'in ad-Din tinha providenciado que sua filha se casasse com Nur ad-Din.

No entanto, alguns nobres que eram nativos de Jerusalém contra-argumentaram que um ataque a Damasco seria insensato: embora a dinastia Burid fosse muçulmana, era uma aliada de Jerusalém contra a dinastia Zengid sob uma aliança negociada em 1138, após Zengi ter sitiado Damasco. Os argumentos foram e voltaram, mas o resultado, que muitos historiadores agora consideram inevitável, foi que Damasco, de fato, tornou-se o alvo dos Cruzados.

DESASTRE EM DAMASCO

No final de julho, as forças cristãs combinadas - talvez, cerca de 50.000 no total – reuniram-se em Tiberias (atual Israel), na costa ocidental do Mar da Galileia, antes de marchar sobre Damasco. Quando Mu'in ad--Din recebeu a notícia de que o exército Cruzado estava se aproximando, ordenou que suas tropas contaminassem todos os poços e outras fontes de água ao longo de sua rota de aproximação mais provável. Os defensores muçulmanos de Damasco tinham uma elite profissional, composta por um núcleo montado conhecido como *askar*, que foi complementado por uma força mista de várias fontes diferentes: uma milícia, o *ahdath*, formado por habitantes de classe baixa da cidade e áreas adjacentes; voluntários turcos e curdos; tropas fornecidas por estados sob a regra de Damasco, incluindo um grande contingente de libaneses arqueiros; e aliados árabes beduínos.

O exército cristão chegou a Daraiya, a cerca de 53 milhas (85 quilômetros) a noroeste de Damasco, em 23 de julho. Foi dividido em três grupos: uma força liderada por Baldwin III de Jerusalém na vanguarda, seguida pelas forças de Louis VII e, depois, pelo exército de

CAPÍTULO 3

Conrad III na retaguarda. A terra a oeste de Damasco era densamente plantada com jardins e pomares, e os Cruzados optaram por atacar a cidade por este lado, pois os pomares proporcionariam suprimento de alimentos prontos. No entanto, as árvores plantadas próximas dificultaram os movimentos, os pomares eram defendidos por torres e cercados por muros, dos quais os defensores muçulmanos dispararam flechas e lanças enquanto os Cruzados percorriam o caminho estreito entre as árvores. Este terreno difícil se estendeu por cerca de 5 milhas (8 quilômetros) das muralhas da cidade e os defensores muçulmanos fizeram um hábil retiro de luta.

Quando os Cruzados finalmente conseguiram atravessar os canais de irrigação externos, Mu'in ad-Din ordenou a seu exército atacar e parar seu avanço antes que pudessem atravessar o rio Barada. Suas forças foram bem-sucedidas em reter as de Baldwin e as de Louis, mas Conrad liderou um ataque que permitiu aos Cruzados lutar através das linhas inimigas e, eventualmente, empurrar os muçulmanos defensores do outro lado do rio e para dentro de Damasco.

Alcançando as muralhas de Damasco, os Cruzados se colocaram em uma posição de cerco, utilizando madeira dos pomares para construir as máquinas de cerco. Eles montaram seu acampamento de cerco em frente aos portões Bab al-Jabiya, onde não havia nenhum rio para atravessar. De acordo com o cronista sírio Abu Shama: "Apesar da multidão de *ahdath*, os turcos e pessoas comuns da cidade, voluntários e soldados que tinham vindo das províncias e tinham se unido a eles, os muçulmanos foram esmagados pelos números do inimigo e foram derrotados pelos infiéis. Estes últimos cruzaram o rio, encontraram-se nos jardins e fizeram acampamento lá. Os francos (...) cortaram árvores para fazer paliçadas. Eles destruíram os pomares e passaram a noite nestas tarefas".

No dia seguinte, as forças muçulmanas iniciaram um contra-ataque, empurrando os Cruzados de volta às muralhas e em direção aos pomares, onde sofreram novas emboscadas e ataques de guerrilha. Os muçulmanos também sofreram grandes perdas, mas ao empurrar os

A ASCENSÃO DOS CAVALEIROS TEMPLÁRIOS, 1119-48 ✠

Cruzados de volta, conseguiram abrir uma linha de abastecimento ao norte, permitindo que reforços chegassem do Líbano.

Enquanto isso, Mu'in ad-Din tinha chamado qualquer um capaz de carregar armas e os enviou para os acampamentos dos Cruzados. De acordo com Abu Shama, durante uma dessas incursões, em 26 de julho, "um grande grupo de habitantes e aldeões (...) colocou em fuga todos os vigias, matando-os, sem medo do perigo, pegando a cabeça de todos os inimigos que mataram e mostrando-as como troféus. O número de cabeças que reuniram foi considerável". Mas, Mu'in ad-Din estava em uma posição precária. Ele havia feito súplicas a Saif ad-Din Ghazi I de Mosul e Nur ad-Din para ajudá-lo na luta contra os francos e ambos estavam a caminho. Embora a chegada de suas forças poderia potencialmente balançar a batalha a favor dos muçulmanos, Mu'in ad-Din estava preocupado que um ou outro deles conquistaria Damasco depois que os francos fossem derrotados.

Dentro do campo dos Cruzados, também havia inquietação e dissidência. O ataque fracassado no lado ocidental de Damasco levou a uma disputa entre os líderes dos Cruzados e os nobres cristãos locais sobre a melhor maneira de processar o cerco e, em última análise, sobre quem governaria Damasco, uma vez capturada. Os barões locais acreditavam que Guy Brisebarre, Senhor de Beirute, deveria governar, mas Thierry d'Alsace queria a cidade para si e tinha o apoio de Baldwin, Louis e Conrad. Enquanto os líderes discutiam, notícias chegavam de que Nur ad-Din tinha marchado sobre Homs com um grande exército. Seu próximo passo não era uma boa notícia para os cristãos - ele poderia marchar para o sul para aliviar Damasco ou atacar diretamente Antioquia ou Jerusalém.

Em 27 de julho, os Cruzados mudaram de tática, movendo seus exércitos para as planícies abertas ao leste de Damasco. O lado oriental da cidade era menos fortificado do que o oeste e o terreno aberto permitiria que os cristãos empregassem sua cavalaria pesada de forma mais eficaz, mas o acesso a alimentos e água era muito mais pobre. Aparentemente, estavam convencidos de que a cidade cairia em apenas alguns dias e estavam despreparados para lidar com um longo cerco. Mas, como os planos eram feitos para um novo ataque, os senhores cruzados locais, temendo pelos seus homens com Nur ad-Din em movimento, fizeram calmamente sua partida - e de seus homens - fazendo seu caminho de volta para defender suas próprias terras. Louis, Conrad e Baldwin, incapazes de levar adiante o cerco com seus próprios exércitos, começaram a fazer seu próprio caminho de volta a Jerusalém, acossados constantemente na sua retaguarda por um contingente de arqueiros turcos.

Conrad rapidamente retornou a Constantinopla, onde tentou promover sua aliança com Manuel antes de, eventualmente, retornar à Europa em setembro. Louis foi fazer uma visita turística pela Terra Santa antes que ele, também, voltasse à Europa seis meses mais tarde.

RECRIMINAÇÕES AMARGAS
Na sequência das derrotas humilhantes, as diferentes facções dentro das forças cristãs caíram em recriminação mútua. Eles todos sentiram que tinham sido traídos uns pelos outros, que seus supostos aliados foram, de alguma forma, culpados pelo fracasso da Cruzada.

Conrad culpou os senhores e barões locais, que disse serem responsáveis pela infortuna mudança do oeste da cidade para o leste, e foram rápidos demais para fazer acordos e alianças com os sarracenos (o termo usado para os muçulmanos durante a Idade Média), uma visão amplamente popular. Houve também rumores de que os bizantinos tinham, de alguma forma, interferido na campanha. Alguns apontaram o dedo da culpa a Thierry de Alsace, que era suspeito de sabotar o ataque porque seu desejo de governar Damasco foi frustrado. Falou-se até que os Templários eram responsáveis pelo fracasso do cerco, com um cronista alemão a afirmar que aceitaram um enorme suborno dos sarracenos para fornecer, secretamente, ajuda aos sitiados. Quando Louis VII retornou à França, no entanto, derramou elogios sobre os Templários, ajudando a garantir que sua reputação continuasse a crescer.

Os níveis de desconfiança mútua eram tais que um novo plano de ataque a Ascalon foi rapidamente abandonado; de fato, a desconfiança durou por uma geração. Para piorar a situação, tal era a natureza da derrota dos Cruzados que a aura de invencibilidade que antes tinha pairado sobre os cavaleiros cristãos foi dissipada para nunca mais voltar. As dúvidas também se espalharam aos aliados dos cristãos. O ataque tinha convencido os governantes de Damasco de que não podiam mais confiar nos Cruzados e, em 1154, entregaram formalmente a cidade a Nur ad-Din.

De volta para casa, na Europa, o fracasso da Cruzada veio como um choque rude, particularmente por ter envolvido os poderosos exércitos da França e da Alemanha liderados pelos reis de seus países. O apetite do público pela Cruzada rapidamente desvaneceu-se e, entre alguns estudiosos e religiosos, a derrota em Damasco foi uma prova de que as Cruzadas não teriam a aprovação de Deus.

Havia, agora, poucas chances realistas de que os cristãos poderiam expandir sua presença na Terra Santa; ao contrário, estavam confinados a manchas isoladas em território cercado por seus mais poderosos inimigos muçulmanos. Tinha chegado o momento de ficar quieto e se defender.

CAPÍTULO 4
CONSOLIDAÇÃO, 1147-69

Quando a poeira assentou depois do desastre da Segunda Cruzada, os Templários tentaram consolidar sua posição na Terra Santa. Mas, enquanto lhes era dada a responsabilidade pela mão-de-obra de construir mais dois castelos em Outremer, também eram chamados regularmente para levar ao campo uma série de batalhas que enfraqueceram gravemente a Ordem, minando seus recursos até o ponto de ruptura e aumentando tensões entre a coroa e os Templários. Estas batalhas, cada vez mais, apresentavam um jovem curdo que ficou conhecido como Saladino e acabaria por se tornar a maior nêmesis implacável dos Templários.

A BATALHA DO INAB

Em 13 de janeiro de 1149, o Grão-Mestre Templário Robert de Craon morreu; ele foi sucedido em abril por Everard des Barres. No outono, o novo Grão-Mestre voltou com o rei Louis VII para a França, onde esperava apoio aos Templários. O senescal, Andrew de Montbard (que era tio de Bernard de Clairvaux, embora na verdade fosse mais jovem que ele), foi deixado ao cargo das forças da Ordem em Jerusalém.

Pouco tempo depois, os Templários estavam envolvidos na desastrosa batalha do Inab. Em junho, Nur ad-Din desejava consolidar sua autoridade sobre o norte da Síria, invadiu Antioquia com uma força de cerca de 6.000 soldados, a maioria montados, e cercou a fortaleza de Inab, a noroeste de Aleppo. Entre as tropas estavam reforços fornecidos por Mu'in ad-Din Unur, com quem Nur ad-Din havia formado uma aliança recentemente.

O Príncipe Raymond de Antioquia, por outro lado, estava singularmente carecendo de aliados locais. Ele havia feito de seu vizinho um inimigo, Conde Joscelin II de Edessa, ao recusar-se a enviar um exército de socorro a Edessa, em 1146, quando a cidade estava sob ataque de Zengi. O ódio de Joscelin por Raymond chegou ao ponto de vê-lo assinar um tratado com Nur ad-Din contra o Príncipe. Raymond II de Trípoli e a regente Melisende de Jerusalém também se recusaram a enviar ajuda para Antioquia.

No entanto, no final de 1148, Raymond havia derrotado duas vezes Nur ad-Din, dando-lhe um nível insalubre de confiança. Ele optou por enfrentar o invasor com uma força supostamente composta de 4.000 cavaleiros e 1.000 soldados a pé, alguns deles fornecidos por seu único aliado, Ali ibn-Wafa, líder dos Assassinos e inimigo juramentado de Nur ad-Din.

Em 28 de junho, à medida que a força combinada se aproximava, Nur ad-Din retirou suas tropas. Com a aproximação do exército, embora pudesse ver que este era consideravelmente menor do que o seu próprio, assumiu que havia uma guarda avançada de um exército franciscano muito maior. Tendo visto as forças muçulmanas, em vez de montarem um acampamento próximo à fortaleza, Raymond e ibn-Wafa escolheram passar a noite em um campo aberto. Ali foram observados pelos batedores da Nur ad-Din, que voltaram com a notícia de que não só o exército aliado não fora reforçado, mas que estava em um acampamento em um local exposto. Sob a cobertura da escuridão, as tropas de Nur ad-Din cercaram os acampamentos francos.

Na manhã seguinte, os muçulmanos atacaram, massacrando os exércitos Antioquia. Raymond teve uma chance de escapar, mas recusou-se a abandonar seus homens, foi capturado e decapitado; sua cabeça e braço direito foram enviados ao califa sunita em Bagdá como troféus. Ibn-Wafa também foi morto. Apenas uns poucos soldados francos escaparam.

Depois disso, Nur ad-Din continuou em direção à própria Antioquia, capturando as fortalezas de Artah, Harim e, Imm ao longo do caminho. Ele, então, dividiu seu exército em dois, enviando o grosso para sitiar a cidade de Afamiya (Apamea dos tempos modernos), na margem direita do rio Orontes, no oeste da Síria, enquanto saqueava a área local com um contingente menor de soldados antes de marchar com seu exército para os portões de Antioquia, exigindo que a cidade se rendesse.

Tendo perdido tanto seu exército quanto seu príncipe, a cidade estava, agora, praticamente indefesa. O Patriarca, Aimery de Limoges, tomou e conseguiu ganhar algum tempo enquanto enviava um pedido de ajuda a

CAPÍTULO 4

Baldwin III, que logo marchou para o norte com um pequeno exército formado, principalmente, por Templários que tinham saído com Louis VII da França, liderado por Andrew de Montbard. Aimery também usou sua riqueza pessoal para contratar reforços e oferecer presentes à Nur ad-Din para ajudar a ganhar mais tempo.

A chegada de Baldwin III e seu exército templário convenceu Nur ad-Din que uma trégua seria o curso de ação mais prudente e, deixando para trás uma pequena força para impedir que mais reforços entrassem na cidade, partiu para saquear as terras ao redor do monastério Saint Simeon antes de reunir, novamente, suas forças em Afamiya, que foi posteriormente capturada.

Andrew de Montbard escreveu, mais tarde, para Everard, implorando-lhe para retornar rapidamente com reforços e explicando que tinha o necessário para criar um exército de 120 cavaleiros, até 1.000 escudeiros e sargentos para a defesa de Antioquia, pagos por empréstimos de 7.000 bezants do Acre e 1.000 bezants de Jerusalém.

Com Raymond morto, Joscelin II se viu relativamente isolado e com grande risco de ataque por parte da Nur ad-Din. Em 1150, no caminho para solicitar a assistência de Antioquia, ele foi capturado por um contingente de soldados turcos de Nur ad-Din, após sua escolta deixá-lo para urinar. Ele foi levado para Aleppo, onde foi publicamente cego e preso; morreu em cativeiro nove anos mais tarde. Após sua captura, todos os habitantes latinos do condado de Edessa foram evacuados. No prazo de um ano, a cidade de Edessa tinha caído nas forças de Nur ad-Din.

RESPONSABILIDADE POR GAZA

Após um longo período de reconstrução que havia começado em 1114, a nova Basílica da Igreja do Santo Sepulcro, em Jerusalém, foi consagrada pelo Patriarca Fulcherius, em 15 de julho de 1149, o cinquentenário da conquista original dos Cruzados de Jerusalém.

Durante o inverno seguinte, os Templários receberam seus primeiros grandes castelos no Reino de Jerusalém, quando eram responsáveis por Gaza. Situada na fronteira sul, onde o reino enfrentou o Egito, a cidade

CONSOLIDAÇÃO, 1147-69 ✛

tinha sido conquistada do controle dos Fatimid em 1100, após a conquista de Jerusalém, mas, em meados do século, era uma cidade desabitada e em ruínas. Além de ser um ponto de parada na estrada costeira que ligava a Síria e o Egito, Gaza era estrategicamente importante porque formava o elo final de uma cadeia de cruzados militares ao redor da cidade costeira fortificada de Fatimid de Ascalon, 10 milhas (16 quilômetros) ao norte, que incluía os castelos de Ibelin para o norte e Blanchgard para o nordeste.

Baldwin III tinha arranjado, anteriormente, um pequeno castelo para ser construído no topo de uma colina no centro de Gaza. Quando o castelo foi concluído, ele foi doado, junto com as terras circundantes, aos Templários, que o reconstruíram como uma fortaleza em uma colina baixa que guardava a estrada principal. Depois, foi lentamente trabalhado para reanimar a cidade vizinha. Com os colonos francos chegando, construíram um recinto de fraca defesa em torno do resto da colina.

Por algum tempo, os Fatimids vinham usando Ascalon como base para atacar os peregrinos que tinham acabado de chegar em Jaffa e estavam a caminho de Jerusalém ou do rio Jordão. Os Templários, por sua vez, usaram seu castelo como base, a partir da qual lançaram ataques a Ascalon. De acordo com William de Tyre, estas batidas tiveram o efeito desejado: "Eles atacaram duramente a cidade supracitada [Ascalon], com ataques frequentes, tanto em segredo como abertamente, para que aqueles que antes nos aterrorizavam ao invadir e saquear toda a região, agora, consideram-se mais felizes se, através de orações ou pagamento, lhes for permitido viver em paz dentro das paredes para, calmamente, se dedicarem a seus negócios, temporariamente, sem problemas".

Durante todo o tempo, os Templários estavam de olho no sul para um ataque do Egito. Mas, na primavera de 1150, foi a guarnição egípcia em Ascalon que, reconhecendo o perigo posto pelo castelo, fez uma tentativa concentrada de lutar pelo controle de Gaza a partir dos Templários. O ataque foi repelido com perdas tão pesadas que a guarnição de Ascalon foi significativamente enfraquecida. Após o término, os egípcios deixaram de reforçar e fornecer a guarnição por terra e o enclave passou a depender inteiramente de apoio trazido pelo mar.

CAPÍTULO 4

No início de 1152, após retornar à Terra Santa com homens e suprimentos da Europa, Everard des Barres renunciou à sua posição como Grão-Mestre e se juntou aos cistercienses, retirando-se para uma vida monástica em Clairvaux. Bernard de Tremelay, que nasceu perto de Saint-Claude, em Jura, foi eleito o quarto Grão-Mestre. Ele tinha, anteriormente, servido como preceptor do Templo-Lès-Dole em Jura, um importante preceito na França, e pensava-se que ele poderia chegar à Terra Santa com a Segunda Cruzada. Sua primeira ordem de trabalhos estava em supervisionar os trabalhos de reconstrução dos castelos em Gaza.

Por volta desta época, Raymond II, de Trípoli, foi morto por um grupo de Assassinos. Esta foi a primeira vez que um governante cristão foi morto pelos Assassinos e o motivo nunca foi revelado. Como retaliação pela morte do Conde, os Templários atacaram a seita muçulmana e parece que, a partir desta época, os Assassinos eram obrigados a pagar à Ordem um tributo anual de 2.000 bezants.

Após o desaparecimento de Raymond, Nur ad-Din capturou a cidade e o castelo em Tortosa (atual Tartus), na costa síria, no Condado de Trípoli. Depois de saquear a cidade, seguiu em frente, deixando uma guarnição no castelo. Pouco tempo depois, Baldwin III viajou para Trípoli, onde reuniu os líderes e barões do Reino de Jerusalém e do Condado de Trípoli. A chegada do rei levou as tropas de Nur ad-Din a abandonar Tortosa, demolindo, primeiro, o castelo para que não caísse nas mãos cristãs. A restauração da fortaleza seria dispendiosa, portanto, seu proprietário, um senhor secular chamado Raynouard de Maraclea, cedeu-a a William I de Tortosa, o bispo local. O bispo, por sua vez, entregou a responsabilidade do castelo aos Templários, esperando que eles pudessem usá-lo para proteger a cidade e as terras em seus arredores das constantes ameaças das forças muçulmanas de Nur ad-Din. Como um incentivo, isentou as capelas da Ordem na área de sua autoridade e reduziu o nível do dízimo que tinham que pagar.

A chegada dos Templários em Tortosa foi, particularmente, adequada porque a cidade era um destino popular para os peregrinos. Era dito que o lugar era onde o apóstolo Pedro realizou sua primeira missa e era o lar de uma capela do século III, que continha um ícone da Virgem Maria, que se acredita ter sido pintada por São Lucas; a capela é considerada a primeira dedicada à Virgem Maria. Em 1123, os Cruzados tinham construído uma grande catedral na cidade Nossa Senhora de Tortosa, mas esta tinha sido danificada por Nur ad-Din.

Os Templários transformaram o castelo em seu quartel general militar e embarcaram em uma série de grandes projetos de construção, fortificando a catedral e a construção de um novo castelo com uma grande e sofisticada capela, rodeada por três espessas paredes concêntricas e uma posterior (na entrada traseira) no muro do mar, para que a cidade pudesse ser provisionada a partir do mar. Tortosa foi estrategicamente significativa, pois estava situada na extremidade da cidade de Homs. No outro extremo da brecha estava Krak, um castelo de Hospitalários, que o tinham possuído em 1144, e em direção ao centro estava o Castelo Branco (agora conhecido como Safita), que os Templários tinham tomado conta há alguns anos, antes de 1152.

Nesse mesmo ano, enquanto Baldwin III estava fora, em Trípoli, um pequeno exército de turcomanos marchara sobre Jerusalém na esperança de tomar a cidade com um ataque surpresa enquanto seu rei e seu exército estavam ausentes. Depois de cruzar o rio Jordão, os muçulmanos montaram um acampamento no Monte das Oliveiras, à vista da Cidade Santa. Para supreendê-los, no entanto, os Templários e as guarnições de Hospitalários, juntamente com os poucos outros cavaleiros que permaneceram na cidade, atacaram o acampamento durante à noite, expulsando-os do monte. Cerca de 5.000 pessoas foram mortas e as tropas restantes foram estraçalhadas pelo exército de Baldwin que retornava.

O CERCO DE ASCALON

No início de 1153, encorajado por suas recentes vitórias militares, Baldwin III anunciou um plano para capturar Ascalon. Em 25 de janeiro, um exército de Templários, Hospitalários, seculares e eclesiásticos marchou sobre a cidade. Tanto os Templários como Hospitalários eram comandados por

CAPÍTULO 4

seus Grão-Mestres, e todos os grandes barões e outros nobres do reino também estavam presentes.

Ascalon era o lar de uma grande guarnição residente que foi reforçada por um contingente de 400-600 cavaleiros do Cairo, que eram rotacionados na cidade a cada seis meses. No total, havia o dobro de defensores do que de atacantes, e os primeiros possuíam alimentos e outros suprimentos suficientes para vários anos.

Quando chegaram à cidade, os francos, primeiro, destruíram os pomares ao redor e montaram um bloqueio naval para parar o envio de suprimentos que chegava, utilizando uma frota de 15 navios comandados por Gerard de Sidon, um fidalgo local. Eles, então, construíram uma série de torres de cerco, a maior de todas era mais alta do que as muralhas da cidade, permitindo fazer chuvas de fogos sobre a própria cidade.

Ascalon era vasta e, com suas paredes maciças, praticamente inexpugnável. Durante vários meses, resistiu a tudo o que lhe era lançado. Durante a primavera, o exército cristão foi reforçado através da chegada de numerosos peregrinos, muitos dos quais eram cavaleiros e outros lutadores interessados em mostrar sua coragem. No entanto, em junho, uma frota egípcia de 70 navios trouxe tropas e suprimentos frescos, contornando facilmente a pequena frota da Gerard of Sidon. Mas, o porto da cidade era impróprio para ancoragem por um período prolongado, por isso, os Fatimids foram forçados a retornar ao Egito.

Com ambos os lados desfrutando da chegada de novas forças, o cerco continuou durante todo o verão. Então, em agosto, os cristãos finalmente fizeram um grande avanço graças às ações mal orientadas de seus inimigos. Na noite do dia 15, um grupo de soldados muçulmanos se retirou e ateou fogo em uma das torres de cerco. No entanto, eles não tinham levado em conta a direção do vento e o fogo, rapidamente, soprou de volta às muralhas da cidade. O calor intenso fez com que as pedras se expandissem e, quando esfriaram, se contraíram e racharam, enfraquecendo fatalmente as paredes. Na manhã seguinte, bem cedo, uma grande seção da parede desmoronou, criando uma brecha significativa. O som do colapso despertou os cristãos que, rapidamente, convergiram para o buraco que se abria.

CONSOLIDAÇÃO, 1147-69 ✛

O que aconteceu em seguida não está claro. De acordo com William de Tyre, os Templários estavam guardando a área adjacente à brecha e, portanto, foram os primeiros a chegar. Sem esperar pela permissão, Bernard de Tremelay e cerca de 40 cavaleiros Templários se apressaram através da brecha e começaram a atacar os egípcios. Mas, tinham subestimado as forças que os esperavam e, rapidamente, foram cercados e mortos. Quando os defensores da cidade perceberam que outros cristãos não os estavam seguindo, fecharam a brecha empilhando escombros e madeira, retomaram suas posições nas torres e renovaram sua defesa.

Em seu relato sobre o cerco, William de Tyre escreveu que Bernard de Tremelay impediu que os não-Templários entrassem na brecha para que seus homens pudessem ter a primeira escolha dos despojos da guerra: "Foi dito que [os Templários] impediram que os outros se aproximassem por este motivo, que os primeiros a entrar obteriam os maiores despojos e o espólio mais valioso". Quando uma cidade era capturada pela força, aqueles que lutaram pelo lado vencedor tinham a permissão para manter qualquer coisa de que se apoderassem e, entre os muitos privilégios expressamente conferidos aos Templários na bula papal *Omne datum optimum*, estava o direito de manter qualquer saque capturado dos muçulmanos. Daí há, certamente, uma possibilidade de que a avareza tenha motivado os Templários. Entretanto, William de Tyre não estava presente no cerco e é conhecido por ter abrigado uma antipatia para com os Templários, por isso, é bastante possível que os tenha deliberadamente malignizado. De fato, um damasceno cronista da cidade forneceu um relato diferente, descrevendo a ruptura do muro, mas não fazendo referência ao assassinato dos Templários. Independentemente da verdade em questão, o subtexto aqui é interessante. Que William de Tyre escolheu atribuir um motivo de ganância para as ações dos Templários no cerco sugere que, já no final do século XII, a Ordem já havia adquirido uma reputação para a avareza.

Em qualquer caso, é certo que os Templários perderam muitos homens durante o cerco, incluindo Bernard de Tremelay. Os Templários mortos foram decapitados e, na manhã seguinte, seus corpos nus foram amarra-

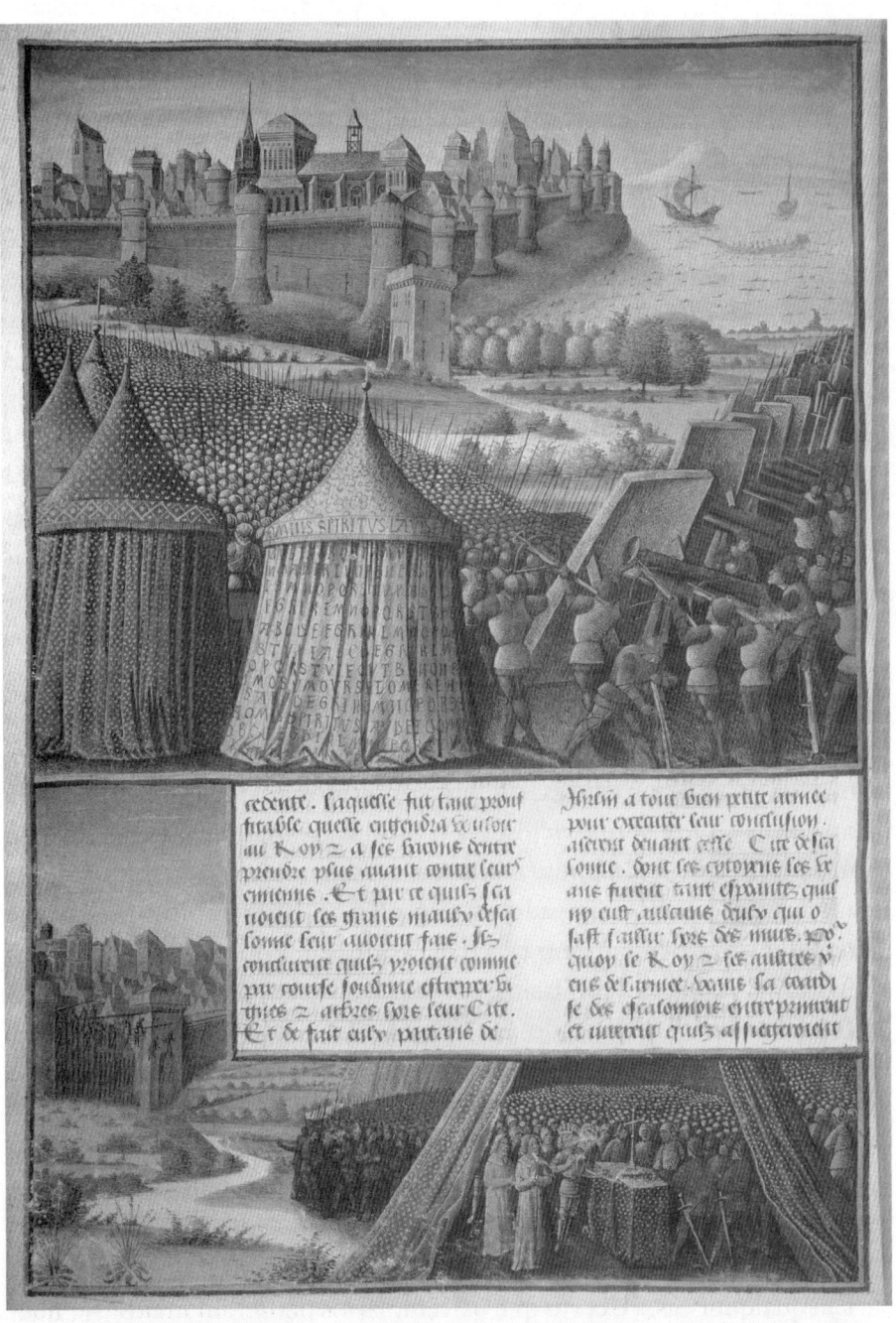

Os Cruzados sitiam a fortaleza egípcia de Ascalon. O cerco de sete meses e bloqueio naval terminou em 19 de agosto de 1153, quando a guarnição muçulmana se rendeu após um feroz bombardeio.

dos por cordas e pendurados sobre as muralhas para provocar os cristãos, enquanto suas cabeças foram enviadas para o califa no Cairo.

A esta altura, o cerco já estava em andamento há quase sete meses e os Cruzados estavam se tornando fatigados. Falou-se em abandonar o cerco, mas os Hospitalários e o Patriarca convenceram Baldwin III de que a vitória estava ao seu alcance. Três dias depois, durante outro assalto, as paredes foram novamente danificadas. Em 19 de agosto, depois de uma série de escaramuças amargas, Ascalon finalmente caiu para os Cruzados, com uma rendição formal três dias depois.

Nessa época, o Imperador Bizantino, Manuel, estava engajado em sua própria guerra com os turcos Seljuk. Para piorar a situação, os Armênios da Cilícia haviam se rebelado recentemente contra o domínio bizantino e Manuel mandou enviados a Antioquia com uma proposta: reconheceria formalmente Reynald, o novo marido de Constance de Antioquia, como Príncipe de Antioquia, se ele atacasse os armênios; ele também compensaria Reynald pelo custo da campanha. A oferta era atraente para Reynald porque este cobiçava parte da terra adjacente à sua fronteira com a Armênia. Ele convenceu os Templários que unir forças seria de seu interesse e, juntos, eles derrotaram os armênios no pequeno porto de Alexandretta (atual Iskenderun, na Turquia), em 1155. Com a segurança de sua nova fronteira norte em mente, Reynald entregou Alexandretta e as terras e vilarejos vizinhos aos Templários, que reconstruíram os castelos próximos de Baghras e Gastun. Sob o conselho dos Templários, Reynald, então, assinou uma trégua com o Príncipe Thoros II, da Armênia.

EMBOSCADA NA VAU DE JACOB
Após o cerco em Ascalon, 13 Templários se reuniram para eleger um novo Grão-Mestre que, eventualmente, acenderia o senescal, Andrew de Montbard que, nessa época, já estava na casa dos cinquenta anos. Não é conhecido quando Andrew se juntou aos Templários, mas, provavelmente, foi logo após o Conselho de Troyes, em 1129, embora não haja uma evidência de sua presença na Terra Santa até 1148. Como Grão-Mestre, Andrew não era particularmente ativo e, apenas três anos depois de assu-

CAPÍTULO 4

mir o papel, morreu em Jerusalém. Ele foi sucedido alguns dias depois, por Bertrand de Blanchefort.

Nascido em cerca de 1109, Bertrand era o filho mais novo do Lorde Godfrey de Blanchefort de Guyenne, no sudoeste da França. Pouco é conhecido de sua vida antes de se juntar aos Templários, além de que ele começou o treinamento de combate na juventude. Descrito por William de Tyre como um "homem religioso e temente a Deus", se tornaria um dos mais significativos de todos os Grão-Mestres Templários. Colocando uma ênfase na reforma e na negociação, transformou a Ordem em uma força militar-política bem organizada e altamente disciplinada. No processo, ajudou a reabilitar a imagem dos Templários, devolvendo-os à posição de protetores em vez de agressores, ao mesmo tempo em que consolidavam sua influência na Europa e, especificamente, na França.

Anteriormente, em abril de 1154, Mu'in ad-Din havia morrido de causas naturais; pouco tempo depois, Nur ad-Din tomou o controle de Damasco, no processo que uniria a Síria muçulmana. Pouco mais de um ano depois, em 24 de maio 1155, ele e Baldwin III concluíram uma trégua de um ano, que foi renovada até o final de 1156. No entanto, o cerco de Ascalon tinha provado ser extremamente caro, Baldwin e o reino ficaram profundamente endividados. Em fevereiro de 1157, tropas francas apreenderam os rebanhos de alguns beduínos damascenos, que estavam pastando nas Colinas de Golã, perto da fortaleza dos Hospitalares de Banyas, para ajudar a pagar a dívida. Os beduínos estavam protegidos pela trégua e, como retaliação, em 18 de maio, Nur ad-Din sitiou Banyas. Humphrey II, de Toron, foi forçado a se retirar para a cidadela, mas conseguiu levar uma mensagem à Baldwin, que organizou um exército de socorro de infantaria, cavalaria e um contingente de Templários de Jerusalém. Quando viu a força de ajuda chegar, Nur ad-Din incendiou a cidade baixa e, depois, recuou.

Baldwin deixou parte de sua força como guarnição em Banyas e, depois, partiu em direção a Tiberias. Ele já havia dispensado a infantaria, assim, estava viajando apenas com a cavalaria e um grande contingente de Templários sob a liderança de Bertrand de Blanchefort. Quando Nur ad-Din ouviu dizer que o exército tinha sido dividido, montou uma emboscada no vau de Jacob, no Rio Jordão. Na batalha que se seguiu, que aconteceu em 18 de junho, cerca de 87 Templários e 300 outros cavaleiros foram perdidos. A maioria dos cavaleiros cruzados foram mortos ou capturados; apenas Baldwin e alguns cavaleiros escaparam, refugiando-se no castelo próximo em Safad, mas aos Templários não foi dada a ordem que lhes teria permitido recuar. O Grão-Mestre Templário estava entre os 88 Templários que foram capturados. Odo de St Amand, que continuaria a ser Grão-Mestre, mas não era, então, um irmão do Templo, também foi feito prisioneiro. Eles ficaram presos em Damasco por três anos antes que o Imperador Bizantino negociasse um tratado de paz com a Nur ad-Din, cujos termos incluíam o retorno dos cativos. No rescaldo da batalha, os Templários em Jerusalém entraram em contato com seus preceitos na Europa, pedindo urgentemente por reforços.

Pouco tempo depois, Nur ad-Din ficou gravemente doente, dando aos Cruzados uma pausa de seus ataques. Os Templários usaram o tempo para recrutar e treinar substitutos para os irmãos que tinham sido perdidos e para fortalecer seu crescente número de castelos e fortalezas. Encorajado pela ausência de Nur ad-Din no campo, Baldwin montou uma campanha no norte da Síria com apoio de Thierry d'Alsace, que havia retornado recentemente à Terra Santa, acompanhado de sua esposa e 400 cavaleiros peregrinos.

Em 12 de agosto de 1157, um devastador terremoto atingiu a cidade de Shaizar, no norte da Síria, causando o colapso da cidadela e matando a maioria da família do emir, que ali se reunira para celebrar uma circuncisão. Na sequência, os francos tentaram sitiar Shaizar, mas, apesar de terem sido capazes de tomar a cidade com facilidade e daqueles que se abrigaram na cidadela parecerem prontos para se render, surgiu uma disputa entre Thierry e Reynald de Châtillon, que tanto cobiçava a cidade e Shaizar acabou por cair nas mãos de Nur ad-Din.

O exército franco, então, se dirigiu para o norte, ocupando as ruínas de Apamea e realizando um cerco ao castelo de Harim. Depois de um pesado bombardeio, o castelo se rendeu, em fevereiro de 1158.

CAPÍTULO 4

Impulsionado pela vitória, no mês seguinte, Baldwin III e Thierry fizeram uma marcha surpresa em Damasco, sitiando o castelo de Dareiya, nos subúrbios da cidade, em 1º de abril. Nur ad-Din, que já estava recuperado de sua doença, marchava em direção à cidade. Ao chegar, em 7 de abril, Baldwin cancelou o cerco. Nur ad-Din, então, contra-atacou, ordenando que seu tenente ayubida curdo, Shirkuh, fizesse um ataque ao território de Sidon enquanto ele atacava o castelo de Habis Jaldak, um posto avançado franco nas margens do rio Yarmuk, a sudeste do Mar da Galileia.

Baldwin e Thierry partiram para aliviar a guarnição de Habis Jaldak, mas, em vez de tomarem a rota mais direta, tomaram a estrada que levava a Damasco. Nur ad-Din, temendo que seu abastecimento e as linhas de comunicação ficassem comprometidas, levantou o cerco. Em 15 de julho, os dois exércitos se encontraram perto da aldeia de Butaiha, no lado oriental do alto do Vale do Jordão. Assim que avistaram o inimigo, os francos atacaram, acreditando que os soldados que viam eram parte de um grupo de escoltadores. Nur ad-Din, que ainda estava fragilizado com os efeitos de sua doença, foi persuadido a deixar o campo de batalha. O resto de seu exército, então, seguiu o exemplo, entregando a vitória aos francos. Na sequência, Nur ad-Din suplicou por uma trégua e, pelos próximos poucos anos, não houve batalhas significativas entre ele e os francos.

Em 10 de fevereiro de 1163, Baldwin III morreu em Beirute após um ataque de febre e disenteria que duravam vários meses. Como não tinha herdeiros, foi sucedido por seu irmão de 27 anos, Amalric, que foi coroado rei oito dias depois. De acordo com William de Tyre, que retornou à Terra Santa em 1165, Amalric era bastante alto e bonito, com "olhos brilhantes", cabelos ligeiramente loiros e uma barba cheia. Foi dito que era sério e taciturno, mais calmo que seu irmão e de charme fácil e eloquência, em parte porque falava com um leve balbucio, mas ainda exsudando um ar de confiança. William também observou que, apesar de o rei não comer nem beber em excesso, era "excessivamente gordo, com seios como os de uma mulher, pendurados até a cintura".

INCURSÕES NO EGITO

Por volta dessa época, o governo Fatimid, no Egito, estava em desordem. Em abril de 1154, o califa, al-Zafir, havia sido assassinado por Nasr, o filho do vizir Fatimid do Norte da África, Abbas ibn Abi al-Futuh. Quando Ibn Ruzzik, o governador do Alto Egito, apareceu no Cairo para vingar a morte do califa, Abbas e Nasr carregavam o tesouro real para um trem de 600 mulas e camelos, e fugiram para a Síria, onde esperavam se aliar à Nur ad-Din em Damasco. Com eles estava o diplomata árabe Usamah, filho do emir de Shaizar. Os egípcios enviaram notícias dos fugitivos aos Cruzados e uma patrulha franca do castelo de Montreal capturou-os quando saíram do Deserto do Sinai. Abbas foi morto, Nasr e Usamah foram feitos prisioneiros. A guarnição de Montreal guardou a maior parte do tesouro, mas entregou Nasr e Usamah para os Templários.

Nasr disse a seus captores que queria se tornar um cristão, mas pouco tempo depois, um emissário da corte do califa ofereceu-se para pagar 60.000 dinares de ouro pelo retorno do califa assassino. A oferta era boa demais para ser recusada e os Templários enviaram Nasr de volta ao Cairo, onde foi torturado e enforcado no portão da cidade de Zawila. Os Templários foram criticados por enviar um cristão à morte, mas responderam que Nasr só professou interesse em converter-se porque pensava que salvaria sua vida.

As mortes de Abbas e Nasr não conseguiram pôr um fim ao caos no Cairo e seguiram-se vários outros golpes palacianos. No início de 1163, o poder nominal estava nas mãos do califa al-Adid, de 11 anos, com o ex--governador do Alto Egito, Shawar, atuando como vizir. Entretanto, em oito meses, Shawar havia sido derrubado por seu tenente árabe, Dirgham. Shawar escapou para a Síria enquanto, de volta ao Cairo, Dirgham fez uma purga horripilante, executando qualquer um que percebesse ser um possível rival e, na verdade, despojou o Egito de sua elite governante e tornou o país vulnerável à invasão por seus vizinhos cristãos e muçulmanos.

O primeiro a agir foi Amalric. Em setembro de 1163, ele marchou para o sul com seu exército, acompanhado por um contingente de Templários, e invadiu o Egito, usando como desculpa a alegação de que os Fatimids

✠ CAPÍTULO 4

não tinham pagado o tributo anual que tinha começado durante o reinado de Baldwin III. Depois de atravessar o Istmo de Suez e fazer seu caminho até a costa mediterrânea, chegou até Bilbais, no Delta do Nilo, num raio de 35 milhas (56 quilômetros) do Cairo, que colocou sob cerco. No entanto, seu momento era pobre: com o Nilo em enchente, Dirgham simplesmente ordenou a abertura dos diques ao redor da cidade, liberando uma torrente de água através da planície e forçando o exército cristão a se retirar apressadamente a fim de evitar afogamento.

Com Amalric e suas tropas ocupadas no Egito, Nur ad-Din sentiu uma oportunidade e montou uma ofensiva no Líbano, marchando um exército em direção a Trípoli e sobre a planície de al-Buqaia, de onde planejava montar um cerco nas proximidades do castelo de Krak, que logo se tornaria o baluarte dos Hospitalários de Krak des Chevaliers. Um grande grupo de nobres franceses e seus acompanhantes passava de volta de uma peregrinação para Jerusalém e espionaram o exército muçulmano. Eles enviaram mensageiros em cavalos rápidos para os lordes locais e logo se juntaram a Bohemund III de Antioquia, Raymond III de Trípoli e um contingente de soldados gregos liderados por Konstantinos Kalamanos, o governador bizantino da Cilícia. Juntos, eles planejaram uma emboscada e os nobres franceses colocaram suas tropas sob o comando do preceptor templário de Trípoli, Gilbert de Lacy. Apanhando Nur ad-Din e suas tropas de surpresa, a força combinada os derrotou facilmente e o emir teve a sorte de escapar incólume. Os sobreviventes logo se juntaram a um grupo de reforços muçulmanos, mas Nur ad-Din decidiu abandonar seu ataque devido à preocupação de que um ataque contra as tropas bizantinas quebrasse suas tréguas com o Imperador Bizantino e, ao invés disso, retornou a Damasco.

Nesse ínterim, Shawar havia suplicado à Nur ad-Din para ajudá-lo a recuperar o controle do Egito, chegando ao ponto de lhe oferecer um terço da receita de grãos do Egito. O emir foi reticente no início, mas tendo tomado consciência do interesse de Amalric no Egito, em abril de 1164, enviou um exército sob o controle de seu tenente de confiança, Shirkuh, para devolver Shawar ao poder. Apesar de ser cego de um olho devido a uma catarata, baixo e extremamente acima do peso, Shirkuh era temido e respeitado tanto por suas tropas quanto por seus inimigos. Viajando com ele como observador estava seu sobrinho de 27 anos, An-Nasir Salah ad-Din Yusuf ibn Ayyub, que se tornaria conhecido no Ocidente como Saladino. A expedição obteve sucesso com pouco alarido: no final de maio, Dirgham estava morto e Shawar havia sido restaurado à sua posição como vizir do Egito.

Entretanto, Shawar não se contentou em ser um mero coadjuvante, enquanto Shirkuh governava o Egito e, depois de tentar, sem sucesso, comprar sua partida por 30.000 dinares de ouro, chamou Amalric para apoio na destituição dos sírios. O rei de Jerusalém juntou-se ao Shawar para sitiar Shirkuh, em Bilbais, que o general tinha tomado em resposta a um pedido para deixar o Egito.

OS TEMPLÁRIOS OPTAM POR NÃO PARTICIPAR

A vitória na Al-Buqaia tinha dado aos cristãos apenas um breve descanso. Nur ad-Din, desejoso de explorar os dois estados Cruzados na vulnerabilidade da ausência de Amalric e, talvez, o fazer parar em sua campanha egípcia, em breve, estava em movimento, marchando para o norte da Antioquia, onde, em agosto de 1164, sitiou a fortaleza de Harim, com a ajuda de seu irmão Qutb ad-Din, emir de Mosul, seus vassalos de Alepo e Damasco, e os Ortoqids da Jazira; estimativas sugerem que seu exército consistia em cerca de 40.000 homens da infantaria e 70.000 da cavalaria. O senhor de Harim, Reginald de Saint Valery, enviou um pedido de ajuda que foi respondido por Raymond III de Trípoli, Bohemund III de Antioquia e Joscelin III de Edessa. Eles se juntaram a Konstantinos Kalamanos e ao Príncipe Thoros II, da Armênia, e seu irmão, Mleh.

Diante deste formidável exército, Nur ad-Din preparou-se para desistir do cerco. Entretanto, em 10 de agosto, inspirado pela vitória na al-Buqaia, os Cruzados atacaram irresponsavelmente o exército muçulmano. As tropas de Nur ad-Din repeliram com sucesso a carga cristã e, então, encenaram um forte contra-ataque, forçando os Cruzados a um pântano, onde foram massacrados.

CAPÍTULO 4

As contas sugerem que cerca de 10.000 Cruzados foram mortos, incluindo 60 Templários; apenas sete Templários sobreviveram à batalha. Dos líderes envolvidos, apenas Thoros e Mleh escaparam; Konstantinos Kalamanos, Raymond, Bohemund e Joscelin foram capturados e presos em Aleppo. Retomando seu cerco, Nur ad-Din capturou Harim alguns dias depois.

Como Amalric ainda estava realizando sua campanha militar no Egito, todos os três estados Cruzados estavam agora sem líderes, mas Nur ad-Din escolheu sitiar e capturar Banyas em vez de atacar Antioquia, o próprio principado era tecnicamente um feudo imperial bizantino e ainda estava desconfiado de provocar o império. Ele capturou a resistência inferior do castelo em 18 de outubro, a pequena guarnição se rendeu após um curto cerco; nunca voltaria ao controle cristão.

A perda de Harim e Banyas tornou os francos ainda mais vulneráveis; o primeiro estava a apenas 18 milhas (29 quilômetros) de Antioquia e controlava a Ponte de Ferro através do rio Orontes, enquanto este último era vital para a proteção do Reino dos territórios do norte de Jerusalém. Tanto o rei como os Grão-Mestres Templários culparam a perda de Banyas pelos traidores dentro das guarnições, mas parece mais provável que se tratasse simplesmente da escassez de cavaleiros no reino devido à campanha egípcia de Amalric e ao desgaste geral dos combatentes que ocorreram com cada batida, escaramuça e batalha.

Esta falta de mão-de-obra levou Amalric a procurar uma aliança com o Imperador Bizantino. Ele enviou uma embaixada para Constantinopla, liderada por Odo de St Amand, que vinha servindo a casa do rei como seu mordomo, e o Arcebispo de Cesareia. Eles foram instruídos a procurar uma princesa bizantina para Amalric se casar e assegurar uma aliança com Manuel para a próxima invasão cristã do Egito.

Enquanto isso, Amalric havia conseguido expulsar Shirkuh do Egito, mas foi forçado a interromper sua campanha egípcia quando recebeu notícias da derrota em Harim. Ele marchou rapidamente para o norte com Thierry d'Alsace, que havia chegado recentemente à Terra Santa uma vez mais com um grande contingente de cavaleiros, para aliviar a pressão de

CONSOLIDAÇÃO, 1147-69 ✛

Nur ad-Din's sobre Antioquia. Enquanto lá, instalou novos governadores em todas as cidades importantes antes de retornar a Jerusalém.

Enquanto reinava um relativo silêncio, Nur ad-Din continuava a sondar as defesas francas com batidas isoladas. Ele enviou um exército a Oultrejourdain (a região ao redor do castelo de Montreal, a leste do rio Jordão) sob Shirkuh que não só destruiu duas fortificações, mas, involuntariamente, ajudou a conduzir uma fatia entre os Templários e Amalric. Em uma passagem na qual as datas e locais são apenas vagamente descritos, William de Tyre contou sobre a perda de duas cavernas "inexpugnáveis", uma perto de Sidon e a outra "deitada além Jordânia, nas fronteiras da Arábia", ambas caíram para Shirkuh devido à "traição" de suas guarnições. Esta última tinha sido dada aos Templários para defendê-la; foi provisoriamente identificada como o castelo de Ahamant, parte do território que Philip de Milly, Senhor de Nablus, tinha doado para a Ordem quando se juntou aos Templários, em janeiro 1166. Quando Amalric recebeu a notícia de que a fortaleza estava sob ameaça, levou uma companhia de cavaleiros para ajudar a guarnição, apenas para descobrir que quando estava acampado próximo já havia caído. De acordo com William de Tyre, o furioso rei ordenou que cerca de 12 dos Templários responsáveis pela rendição fossem enforcados.

Após seu retorno do Egito, em 1164, Shirkuh continuamente empurrou para outra invasão. Nur ad-Din estava menos entusiasmado, mas, eventualmente, cedeu e, em janeiro de 1167, Shirkuh deixou Damasco mais uma vez de volta ao Egito; novamente, foi acompanhado por seu sobrinho, Saladino. Em resposta, Amalric convocou um conselho dos barões do Reino de Jerusalém em Nablus e os convenceu a mobilizar suas forças, enquanto Bertrand de Blanquefort montaria um contingente de Templários. Embora os cristãos tivessem menos terreno para cobrir, não conseguiam interceptar Shirkuh, que montou acampamento perto das pirâmides de Gizé, perto do Cairo. Ele, então, fez inúmeras tentativas infrutíferas para interessar Shawar em uma aliança contra os francos. Ao invés disso, Shawar enviou emissários para Amalric, pedindo-lhe para vir ao Cairo e oferecendo-lhe 400.000 bezants de ouro se ele permanecesse

CAPÍTULO 4

no Egito por tanto tempo quanto Shirkuh permanecesse em solo egípcio. Um tratado foi devidamente redigido.

Seguiu-se um impasse tenso que só foi solucionado quando Amalric e os egípcios cruzaram o Nilo, forçando Shirkuh a recuar para o sul, a cerca de 100 milhas (160 quilômetros). A coalizão franco-egípcia se formou em 18 de março, e uma batalha se seguiu. Ambos os lados perderam um número significativo de combatentes, incluindo cerca de 100 cavaleiros do lado franco. Nem os muçulmanos nem os cristãos emergiram com uma vitória clara, mas, significativamente, a batalha viu Saladino comandar o centro das forças sírias, executando um clássico retiro fingido que havia afastado Amalric da batalha e quase o prendeu.

Na sequência, Amalric e Shawar recuaram para o Cairo, enquanto Shirkuh e Saladino foram para Alexandria, onde havia ocorrido uma revolta contra os Fatimids, e Shirkuh foi saudado como um herói. No entanto, a esperança de usar a cidade portuária como um conduto para o abastecimento através da frota síria foi rapidamente destruída, pois o local foi sitiado pela força combinada Fatimid-Cruzados.

No início de agosto, Shirkuh concordou em deixar o Egito desde que os Cruzados também se retirassem. Com Nur ad-Din ainda na ativa, Amalric estava disposto a retornar ao Outremer de qualquer maneira, então, concordou com os termos oferecidos por Shirkuh e Shawar, que incluíam a saída de uma guarnição no Cairo, sob o comando de Balian de Ibelin e um tributo anual do Egito a Jerusalém de 100.000 dinares; os Templários desempenharam um papel importante na negociação dos termos do tratado que, efetivamente, fez do Egito um estado cliente do Reino de Jerusalém.

Logo após sua volta a Ascalon, em 4 de agosto, Amalric soube que, após dois anos de negociações, o Arcebispo de Cesareia e Odo de St Amand desembarcaram em Tyre com a futura noiva do rei, Maria Comnenus, sobrinha-neta do imperador Manuel. Amalric foi para Tyre e casou-se com Maria na catedral de lá, em 29 de agosto.

Entretanto, apesar dos novos laços conjugais entre Jerusalém e o Império Bizantino, os detalhes de uma aliança formal ainda não tinham

CONSOLIDAÇÃO, 1147-69 ✠

sido acordados. Planos para uma expedição militar franco-bizantina para conquistar, dividir e anexar o Egito foram discutidos e, eventualmente, William de Tyre, que havia sido recentemente nomeado arquidiácono de Tyre, redigiu um tratado formal que veria os francos tomarem o interior do país e os bizantinos a costa. Amalric enviou William a Constantinopla para finalizar os termos.

Nesse meio tempo, Amalric se propôs a melhorar a segurança em torno das fronteiras do reino, doando mais terras e fortificações aos Templários e Hospitalários, no processo de torná-los dois dos mais significativos proprietários de terras em Outremer. O rei percebeu que, em sua maioria, apenas as ordens militares tinham os recursos para construir, manejar e manter castelos dos Cruzados nas fronteiras do território. Entre as transferências de terras estavam grandes propriedades ao redor do castelo templário de Baghras, no Principado de Antioquia, no extremo norte do território cristão.

Nessa época, a guarnição no Cairo começou a enviar mensagens ao rei descrevendo o estado enfraquecido e a impopularidade do governo egípcio, sugerindo que este estava pronto para ser conquistado. Havia, também, rumores de que Shawar estava discutindo uma aliança com Nur ad-Din para se livrar da guarnição cristã. Estes relatos caíram em ouvidos ávidos. Perto do final do verão de 1168, o Conde de Nevers, da França, tinha chegado com um contingente de cavaleiros e homens armados desejosos de se juntar à batalha com os infiéis. Foi o suficiente para levar Amalric a considerar uma nova incursão pelo Egito, claramente esperando que, se pudesse prevalecer sem a ajuda bizantina, seria capaz de guardar para si todas as riquezas do Egito.

O rei convocou um conselho em Jerusalém, onde Gilbert de Assailly, o Grão-Mestre dos Hospitalários, posicionou-se fortemente favorável a outra invasão. Ele foi apoiado pelo Conde de Nevers e pela maioria dos nobres presentes, mas os delegados Templários anunciaram que sua ordem não tomaria parte em qualquer ataque ao Egito, citando o tratado que Amalric tinha assinado com Shawar em agosto. Seus oponentes sugeriram outros motivos menos elevados: ou eram simplesmente contra

CAPÍTULO 4

a invasão porque os Hospitalários ficaram ou estavam preocupados com a perda de renda que poderia causar; os interesses financeiros dos Templários estavam ligados a comerciantes italianos que faziam muitos negócios com o Egito. Entretanto, é provável que suas razões fossem puramente pragmáticas. Em 1164, a invasão de Nur ad-Din a Antioquia enquanto Amalric estava no Egito havia infligido perdas para os cristãos. Talvez, achassem que poderiam melhor servir ao reino, permanecendo para trás para protegê-lo de ataques enquanto o exército estava fora. Independentemente de seu raciocínio, a independência da Ordem estava claramente começando a provocar ressentimento e a abrir alegações de que eles estavam principalmente preocupados com os avanços e protegendo seus próprios interesses ao invés dos interesses mais amplos da comunidade cristã.

Em 20 de outubro, o exército de Amalric marchou para fora de Ascalon, menos o Conde de Nevers, que tinha morrido de febre durante os preparativos que estavam sendo feitos. Quando Shawar soube da invasão, enviou emissários para encontrar Amalric, na esperança de usar a diplomacia para antecipar seu avanço. Mas, Amalric continuou, capturando rapidamente Bilbais, em 4 de novembro. A queda da cidade desencadeou um frenesi de sangue, pois os Cruzados mataram os habitantes e saquearam a região. Alguns dias depois, a frota Cruzada entrou no Delta do Nilo e atacou a cidade de Tanis; como em Bilbais, seguiu-se um massacre.

Desta vez, Shawar chamou a Nur ad-Din para apoio, oferecendo-lhe um terço do Egito e um tributo anual em troca de ajuda. O emir enviou um exército de 8.000 soldados para o Egito sob o comando de Shirkuh, que foi mais uma vez acompanhado por Saladino, agora o comandante adjunto das forças sírias. Amalric, que havia imposto cerco ao Cairo em 13 de novembro, começou a recuar em 2 de janeiro de 1169, após receber notícias de que o exército de Nur ad-Din estava se aproximando. Seis dias mais tarde, Shirkuh, tendo conseguido, de alguma forma, passar por cima das tropas cristãs, entrou sem oposição no Cairo. Em 18 de janeiro, Shawar foi decapitado às ordens do Califa

CONSOLIDAÇÃO, 1147-69 ✠

Fatimid e Shirkuh foi nomeado vizir do Egito, atuando como regente de Nur ad-Din. Seu reinado foi de curta duração, porém: morreu repentinamente dois meses depois, em 22 de março, de uma tonsilite - um abcesso na garganta causado por sua propensão para refeições grandes e ricas. Ele foi sucedido por Saladino, que seria um poderoso inimigo para os cristãos em Outremer.

CAPÍTULO 5
A ASCENSÃO DE SALADINO, 1169-87

Quando Saladino começou a acumular poder em todo o mundo muçulmano e usá-lo contra postos avançados cristãos na Terra Santa, os reis de Jerusalém foram cada vez mais forçados a focar a atenção perto de casa. As coisas também não correram bem para os Templários. A relação entre a Ordem e o Reino de Jerusalém se tornou cada vez mais difícil, e até receberiam uma repreensão do Papa por exceder sua autoridade em assuntos de religião. Sua posição não foi ajudada pelo giro de Grão-Mestres, os quais poucos duraram mais de alguns anos.

IMPASSE EM DAMIETTA

O fato de Bertrand de Blanquefort ter se recusado a participar na campanha egípcia de Amalric pode muito bem ter atraído a culpa pelo fracasso da campanha, mas, em 13 de janeiro de 1169, apenas alguns dias após o retorno do rei, o Grão-Mestre morreu. Seu substituto não foi escolhido até agosto. Philip de Nablus, que tinha uma excelente reputação tanto como administrador quanto como lutador, foi eleito após a pressão de Amalric sobre os Templários que, provavelmente, desejava ter um de seus apoiadores no comando da Ordem.

O único Grão-Mestre Templário nascido na Terra Santa, Philip, tinha se juntado à Ordem três anos antes, possivelmente em resposta à morte de sua esposa, Isabella. Pensa-se que tenha herdado o senhorio de Nablus de seu tio Pagan, o Mordomo, por volta dos anos de 1140. Nessa época, ele havia assumido um importante papel em uma série de operações militares em nome da Rainha Melisende. Em 1167, pouco tempo depois de ter entrado para os Templários, Philip tomou parte da invasão de Amalric no Egito em contravenção direta aos desejos da Ordem e, após sua eleição, Amalric reconquistou o apoio Templário para tal invasão.

A ASCENSÃO DE SALADINO, 1169-87 ✝

Tendo testemunhado o sucesso de Saladino no Egito e percebendo que a união do Egito com a Síria representaria uma ameaça existencial significativa para os reinos Cruzados, Amalric buscou aliados para outro ataque ao Cairo. Embora não tenha sido capaz de se alistar em nenhum dos países ocidentais das potências europeias, foi impulsionado pela descoberta de que o imperador bizantino estava pronto para apoiar sua invasão. Manuel forneceu uma frota que incluía quase 20 grandes navios de guerra, 150 galerias, 60 transportes e um exército que chegou ao Acre em setembro de 1169.

O exército combinado de cerca de 10.000 homens chegou ao porto de Damietta, no Delta do Nilo, no final de outubro. Embora o porto não estivesse fortemente guarnecido, estava protegido por uma corrente de ferro enfiada através da margem adjacente do Nilo, impedindo os bizantinos de atacar ou bloquear a cidade a partir do rio e permitindo que Saladino se reforçasse e reabastecesse.

A força aliada começou a colocar cerco, construindo catapultas, torres de cerco e balistas, mas os novos defensores reforçados partiram para a ofensiva, lançando um navio incendiário que destruiu seis navios bizantinos. O mau tempo e a diminuição do fornecimento de alimentos exacerbaram os problemas dos cristãos. Andronicus, o líder das tropas bizantinas, propôs um ataque total à cidade, mas Amalric já estava negociando com Saladino e, em 19 de dezembro, o cerco foi levantado. Os atacantes retiraram-se para Ascalon, encontrando-se em uma tempestade na viagem de retorno e sofrendo pesadas perdas.

Enquanto isso, em 6 de fevereiro de 1169, o Príncipe Thoros II da Armênia, que tinha reestabelecido a baronesa armênia da Cilícia (na costa sudeste da Anatólia), tinha morrido. Não muito antes, tinha abdicado em favor de seu sétimo filho, o Príncipe Roupen II, que tinha menos de cinco anos de idade, e colocou o reino nas mãos de um regente, Thomas, o avô materno da criança. Isto não caiu bem para o irmão de Thoros, Mleh, que acreditava que o trono, ou pelo menos a regência, deveria ser dele.

Fontes sugerem que, algum tempo depois de 1164, Mleh uniu-se ao trono dos Templários em um ataque depois de ser expulso da Cilícia por

✣ CAPÍTULO 5

Thoros, por causar problemas com os nobres da região. No entanto, se soube que ele conspirava para assassinar seu irmão e foi forçado a fugir da Ordem, indo para a corte de Nur ad-Din, onde anunciou que queria se tornar muçulmano e conquistar a Cilícia para o Islã. Nur ad-Din acabou se convencendo de sua sinceridade e colocou um exército de cavalaria turca sob seu comando.

Após a morte de Thoros, Mleh invadiu a Cilícia com seu exército turco, capturando as cidades fortificadas de Tarso, Adana e Mamistra, e retirando seu sobrinho do trono. Ele, então, entrou no Principado de Antioquia, tomando controle dos castelos Templários de Baghras e Trapesac, nas montanhas de Amanus. A perda destes castelos foi um golpe estratégico para os cristãos, levantando a possibilidade de ataques à própria Antioquia, portanto, na primavera de 1173, Bohemond III e alguns dos barões de países vizinhos marcharam contra Mleh, mas foram repelidos. Amalric, então, interveio, primeiro tentando a diplomacia e, depois, invadindo a Cilícia. Ele levou seu exército através da planície, arrasando aldeias e queimando plantações, mas Nur ad-Din criou uma manobra de distração ao marchar contra Kerak, e Amalric retornou a Jerusalém, deixando Mleh no controle da Cilícia. No entanto, seu governo provou ser de curta duração. Desde o início, sua rapacidade e crueldade arbitrária criaram um número prodigioso de inimigos. A morte de Nur ad-Din, em 1174 deixou-o vulnerável e, no ano seguinte, foi assassinado por seus próprios soldados. Após sua morte, os Templários recuperaram o controle de seus castelos nas montanhas de Amanus.

SALADINO MOSTRA SEU PODER
No final de 1170, Saladino lançou uma campanha contra os Cruzados. Em 10 de dezembro, sitiou a fortaleza templária de Darum, no que é agora a Faixa de Gaza. Em resposta, Amalric retirou a guarnição Templária da cidade vizinha de Gaza e marchou sobre Darum com um exército de 250 cavaleiros e 2.000 soldados a pé. Quando o exército se aproximou de Darum, Saladino desmontou seus equipamentos de cerco e retirou suas tropas. Evadindo a força franca, então, atacou Gaza, que estava vulnerável

A ASCENSÃO DE SALADINO, 1169-87 ✠

devido à remoção de sua guarnição. Ele saqueou a cidade e massacrou muitos de seus habitantes, mas não foi capaz de tomar a cidadela.

Saladino, então, retirou suas forças, mas sua campanha não estava terminada. Mais tarde, naquele ano, atacou o porto e o castelo Cruzado em Ayla (Eilat em Israel moderno). Primeiro, capturada pelo rei Balduíno I de Jerusalém, em 1116, e formando o ponto mais austral do Reino de Jerusalém, Ayla era uma parada chave para os peregrinos muçulmanos nas rotas do Egito para Meca e Medina. Os Cruzados tinham construído um castelo em uma ilha perto do continente, permitindo-lhes controlar o tráfego ao longo da rota.

Parece provável que os ataques de Saladino a Darum e Gaza foram simplesmente um desvio para este grande ataque contra Ayla, que envolveu uma frota de navios pré-fabricados que tinha sido construída no Cairo e, depois, transportada através do deserto do Sinai em camelos, antes de ser montada e lançada no Mar Vermelho. O exército principal de Saladino uniu-se à frota e, juntos, capturaram o porto e o castelo em 31 de dezembro.

Em setembro do ano seguinte, o califa egípcio, al-Adid, morreu durante o sono, após uma curta doença. Saladino rapidamente prendeu todos os parentes do falecido califa e os confinou a seus palácios antes de se proclamar sultão do Egito, embora ele fosse ainda nominalmente um vassalo de Nur ad-Din. Ele aboliu o Shi'ite Fatimid Califado e anunciou o retorno do islamismo sunita ao Egito sob o califado abássida.

Saladino perdeu pouco tempo em se mover contra os francos, mobilizando suas tropas e sitiando o castelo de Montreal. Mas, com a vitória iminente, soube que Nur ad-Din logo chegaria furioso porque Saladino havia lançado um ataque sem consultá-lo. Saladino, então, ordenou que suas forças voltassem imediatamente ao Egito. Seu pai, Ayub, que o havia acompanhado na expedição, instou-o a pedir desculpas e prometer submissão total ao emir. Saladino seguiu o conselho e Nur ad-Din perdoou-o.

Antes, em 1171, Philip de Nablus havia renunciado ao cargo de Grão-Mestre Templário. Parece provável que se demitiu a fim de agir como um embaixador no Império Bizantino para seu amigo próximo, o rei Amalric. Ao fazer isso, ele quebrou tecnicamente a regra Templária, que dizia que

PLATE A

PORTRAIT OF SALADIN (?)
FATIMID SCHOOL
About A.D. 1180

Um retrato contemporâneo de Saladino. Carismático, ambicioso, impiedoso e, o mais importante, um sólido e feroz guerreiro militar, Saladino uniu os muçulmanos da Terra Santa na batalha para expulsar os francos do local.

A ASCENSÃO DE SALADINO, 1169-87 ✠

um irmão só poderia deixar a Ordem para aderir a uma ordem monástica mais estrita. Em março, partiu com o rei para Constantinopla, em uma missão para restaurar boas relações com os bizâncios após o fracasso da invasão egípcia, mas morreu na rota, provavelmente em 3 de abril.

Philip foi sucedido como Grão-Mestre por Odo de St Amand, que já tinha sido marechal de Jerusalém, o mais alto oficial no comando militar do rei, mas só tinha sido um Templário desde 1169, no mínimo. Se Amalric esperava que o novo Grão-Mestre seria tão acomodado quanto o anterior, logo ficou desapontado.

Na época, a seita xiita conhecida como os Assassinos, que se pensava ser formada por de cerca de 60.000, ocupou vários castelos nas montanhas Niosairi ao redor de Trípoli e Antioquia, alguns dos quais estavam localizados bem próximos ao reduto Templário de Tortosa. Um deles, La Coible, ficava a apenas 5 milhas (8 quilômetros) ou mais do território controlado por Templários e pagava à Ordem cerca de 2.000 lunetas de ouro por ano para não ser molestado. Em 1173, o chefe dos Assassinos, conhecido como o Velho da Montanha, enviou um emissário chamado Abdallah à corte de Amalric, provavelmente para pedir que o acordo fosse anulado. Chave para manter a paz na região e para cultivar potenciais parceiros na luta contra os muçulmanos sunitas aliados a Saladino, Amalric enviou Abdallah de volta com detalhes de um possível acordo. Ele forneceu uma guarda armada e cartas de proteção, mas, como Abdallah estava prestes a passar de Trípoli para as montanhas, foi emboscado por um pequeno grupo de Templários liderados por um cavaleiro chamado Walter de Mesnil.

Amalric ficou surpreso quando ouviu falar do ataque e exigiu que Walter fosse punido, mas Odo de St Amand recusou, afirmando que o assunto seria tratado internamente. Apesar desta intransigência, Walter acabou sendo preso por Amalric - dois cavaleiros o arrastaram da casa Templária em Sidon, onde estava preso, até seu transporte a Roma para enfrentar o julgamento, levaram-no a Tyre e jogaram-no em um calabouço do palácio. O rei também pediu ao Arcebispo William de Tyre para preparar uma petição papal exigindo que a Ordem do Templo fosse dissolvida, pois

+ CAPÍTULO 5

não era mais bem-vinda no Reino de Jerusalém; no entanto, ela nunca foi assinada ou enviada.

Alguns meses antes, Amalric havia finalmente assegurado a liberação do Conde Raymond III de Trípoli, após nove anos em cativeiro. Nur ad-Din tinha estabelecido um preço de 80.000 dinares, com 50.000 a serem pagos imediatamente. Os Templários se recusaram a contribuir, então, Amalric e os Hospitalários foram forçados a pagar somente com seu dinheiro, criando inimizade de longa duração entre Raymond e os Templários.

Pouco tempo depois, em 15 de maio de 1174, Nur ad-Din morreu aos 56 anos, na Cidadela de Damasco, após complicações de um abcesso peritonsilar. Isto deu à Saladino a oportunidade de começar a unir o mundo muçulmano contra os Cruzados. Ele rapidamente mudou-se para a Síria com um exército pequeno e bem disciplinado, reivindicou a regência em nome do filho de 11 anos de Nur ad-Din. Então, usando uma mistura de diplomacia e poder militar, começou a construir seu império.

A morte de Nur ad-Din também fez com que Amalric tentasse retomar Banyas e, em junho, cercou o castelo, mas, logo levantou o cerco depois que os defensores concordaram em pagá-lo. Nessa época, o rei contraiu disenteria e foi forçado a voltar a Jerusalém, onde morreu em 11 de julho de 1174.

O REI LEPER
Quatro dias após a morte de Amalric, seu filho de 13 anos, Baldwin IV, foi coroado rei de Jerusalém. Apesar de sua tenra idade, o novo rei já sofria de sintomas de hanseníase. Miles de Plancy realizou brevemente a regência, mas foi assassinado em outubro 1174, e o Conde Raymond III de Trípoli foi nomeado para substituí-lo. Raymond nomeou William de Tyre chanceler de Jerusalém e arcebispo de Nazaré.

Baldwin, que estava consciente de sua juventude, fraqueza e vida curta, enviou uma mensagem à Europa pedindo ajuda para defender Jerusalém. Sua doença também semeou uma crise de sucessão no Reino de Jerusalém, pois seria incapaz de produzir um herdeiro. Em vez disso, muito provavelmente, seria bem-sucedido pelo filho de sua irmã grávida

A ASCENSÃO DE SALADINO, 1169-87 ✝

Sibylla, viúva de William de Montferrat. Os nobres do reino estavam ansiosos para encontrar um novo marido para Sibylla, mas, no início de agosto de 1177, a busca por uma combinação adequada foi desordenada com a chegada no Acre de Philip da Alsace, um dos membros mais antigos da aristocracia europeia, juntamente com uma grande força de cavaleiros. Philip exigiu que Sibylla se casasse com um de seus vassalos, mas Baldwin ganhou tempo formando uma aliança com o Império Bizantino, com a qual esperava conseguir apoio para atacar o Egito.

Philip e Baldwin IV rapidamente começaram a planejar um ataque naval ao Egito, mas os planos logo caíram à parte. Graças a uma eficiente rede de inteligência, Saladino conseguiu receber rapidamente a notícia da chegada de Philip e do ataque planejado, e começou a conspirar sua própria invasão ao Reino de Jerusalém. Seus planos foram acelerados quando descobriu que Baldwin havia fornecido a Philip mais de 1.000 cavaleiros e 2.000 soldados a pé, juntamente com um contingente de Templários para uma expedição ao norte, para ajudar o Conde Raymond III de Trípoli em uma campanha contra os muçulmanos, deixando, assim, Jerusalém perigosamente exposta.

Pensa-se que o exército de Saladino tenha sido composto de mais de 25.000 soldados, tanto turcos como árabes, incluindo cerca de 8.000 homens montados em camelos. Este grupo foi reforçado pela guarda pessoal de Saladino, com mil cavaleiros pesados mamelucos.

Em 18 de novembro, Saladino atravessou para o território cristão, entrando na Palestina, marchando para o norte ao longo da costa. Ele viajou com confiança, bem ciente de que seu exército superaria o de Baldwin. Quando os Templários receberam notícias dos movimentos de Saladino, chamaram cavaleiros de outros castelos para defender a fortaleza em Gaza, onde Odo de St Amand assumiu o comando. A guarnição foi logo bloqueada por um contingente das forças de Saladino enquanto a força principal continuava no norte.

Enquanto isso, Baldwin IV reuniu cerca de 500 cavaleiros e deixou Jerusalém, na esperança de montar uma defesa em Ascalon. Jovem, inexperiente e enfraquecido pela doença, Baldwin passou o comando efetivo

CAPÍTULO 5

do exército cristão a seu segundo comandante, Reynald de Châtillon, Senhor de Oultrejordain, um inimigo implacável de Saladino que tinha sido libertado do cativeiro em Aleppo, no ano anterior. O exército consistia em meros 375 cavaleiros, juntamente com alguns milhares da infantaria. O Bispo de Belém também acompanhou o exército, viajando com um remanescente da Cruz Verdadeira (dito ser aquela sobre a qual Cristo foi crucificado).

Baldwin emitiu um *arrière-ban*, uma proclamação geral e um chamado às armas que obrigaram seus vassalos e outros vassalos a se reunirem ao estandarte real e ir para a guerra para defender o reino. Em resposta, soldados de infantaria e *turcopoles* (tropas nascidas no local, geralmente arqueiros montando cavalos levemente blindados, que provocaram incêndios ao longo dos flancos dos exércitos Cruzados e que, também, atuavam como batedores) vieram para juntar-se a ele. Também viajando com o exército estavam Baldwin de Ibelin e seu irmão Balian, Reginald de Sidon e Joscelin III de Edessa.

Chegando em Ascalon, em 22 de novembro, Baldwin tomou o controle da cidade. Apenas algumas horas depois, um destacamento de combatentes da força principal de Saladino chegou e começou a montar um bloqueio. O rei, de alguma forma, enviou uma mensagem para os Templários em Gaza, dizendo-lhes para abandonar a cidade e juntar-se a ele em Ascalon. Mas, o ataque de Baldwin em Ascalon tinha deixado o resto do reino indefeso; tudo o que havia entre Saladino e Jerusalém estava disperso em guarnições.

Saladino permitiu-se tornar-se complacente. Tão confiantes da vitória, ele e seus emires relaxaram seu normal controle rígido sobre suas forças, permitindo que se espalhassem e pilhassem as ricas cidades da planície costeira, notadamente Ramla, Arsuf e Lydda. Saladino imaginou que o pequeno contingente que lhe restava em Ascalon seria suficiente para manter Baldwin e seus homens sitiados. Mas, sem que ele soubesse, os cristãos tinham conseguido fugir, movendo-se ao longo da costa. Depois de se unir com a força de 80 Templários, sob a liderança de Odo de St Amand, que tinha chegado de Gaza, marcharam rapidamente para o norte na esperança de interceptar Saladino antes de chegar a Jerusalém.

A ASCENSÃO DE SALADINO, 1169-87 ✢

As estimativas sugerem que o exército latino tinha entre 4.000 e 10.000 combatentes, incluindo até 375 homens seculares cavaleiros e uma infantaria composta por lanceiros, espadachins, machados e bestas, assim como várias centenas de turcopoles. Eles foram unidos pelos Templários de Gaza.

O exército cristão perseguiu as forças de Saladino ao longo da costa e, na tarde de 25 de novembro, alcançou o corpo principal em Montgisard, perto de Ramla, cerca de 20 milhas (32 quilômetros) a noroeste de Jerusalém, onde Saladino estava planejando sitiar um castelo Cruzado próximo. Saladino e seus homens foram pegos desprevenidos. Seu exército estava em desordem, os cavalos exaustos da longa marcha, o carro de bagagem lutava em dificuldades para atravessar um rio, os campos recentemente arados e os saqueadores espalhados por aqui e ali. Para piorar a situação, o tempo estava ruim, uma chuva forte havia caído durante os dez dias anteriores e os campos estavam lamacentos, dificultando o movimento. Com os soldados em pânico, apressados em formar linhas de batalha, muitos tiveram que abrir caminho na lama para recolher suas armas do carro de bagagem.

Com os exércitos adversários virados para fora, Baldwin ordenou ao Bispo de Belém ir à frente e levantar o restante da Cruz Verdadeira. Apesar do fato de que seu corpo foi devastado pela lepra, ele desmontou de seu cavalo (com alguma assistência) e caiu de joelhos, prostrando-se em frente à relíquia. Depois de dizer uma oração pela vitória, lentamente se levantou e montou de novo seu cavalo, aos aplausos de seu exército.

A principal força dos cavaleiros cristãos, então, cavalgou até as tropas sarracenas, atacando no centro das linhas de Saladino e, rapidamente, infligindo pesadas baixas. Odo de St Amand atacou como líder dos Templários e rasgou as forças muçulmanas. O rei, com suas mãos fortemente enfaixadas, lutou ferozmente no centro do tumulto. Quebrando as linhas de Ayyubid, os cavaleiros conduziram as forças inimigas. Os homens de Saladino foram rapidamente oprimidos.

Ralph of Diss, escreveu um relato de uma testemunha ocular, descreveu a formação dos Templários, portanto: "Estimulando todos juntos, como um só homem, eles fizeram uma única formação, não virando nem para a esquerda, nem para a direita. Reconhecendo o batalhão no qual Saladino comandou muitos cavaleiros, aproximou-se dele, penetrou-o imediatamente, incessantemente derrubado, espalhado, golpeado e esmagado. Saladino foi golpeado com admiração, vendo seus homens dispersos por toda parte, em todos os lugares virando em fuga, em todos os lugares dado à foz de espadas".

Saladino só evitou a captura ao fugir do campo de batalha em um camelo. Mesmo antes da formação da cavalaria dos Templários, muitos de seus homens tinham fugido. Quando os que ficaram viram seu líder fugir, a batalha se transformou em uma derrota. Ao final da tarde, o que restava do exército muçulmano havia fugido, tentando seguir o sultão enquanto eram perseguidos pelos cristãos, que os seguiram por cerca de 12 milhas (20 quilômetros) até cair a noite. Somente a chegada do anoitecer impediu que a batalha se transformasse em um massacre completo.

Saladino e um décimo de sobreviventes de seu exército fizeram seu caminho de volta ao Egito através do deserto do Sinai, sob chuva torrencial, molestados por nômades beduínos, chegando ao Cairo dez dias depois, em 8 de dezembro. No caminho, Saladino, que estava preocupado com seu domínio do poder, enviou mensageiros em camelos para informar ao Cairo que estava vivo. Ao chegar, ordenou que os pombos-correios fossem dispersos para longe e com notícias de seu retorno. O fato de que Saladino era um curdo em vez de um egípcio fez sua posição como o sultão Ayyubid precária. Sua popularidade não foi ajudada pelo fato de que tinha reprimido implacavelmente várias rebeliões a fim de estabelecer os muçulmanos sunitas governando sobre os muçulmanos xiitas e coptas cristãos da população do Egito. Ele também era impopular na Síria, onde era visto como um usurpador que havia roubado o sultanato do herdeiro legítimo. Na verdade, seu controle da Síria não se estendia muito longe da capital – tinha falhado em assumir o controle de cidades tão importantes como Aleppo e Mosul, cujos habitantes permaneceram leais ao filho de Nur ad-Din.

Por estas razões, o conflito de Saladino com os estados Cruzados foi uma distração bem-vinda, concentrando a atenção das pessoas em um inimigo

A ASCENSÃO DE SALADINO, 1169-87 ✣

e não em sua aparente ilegitimidade como governante. E, na verdade, os cristãos eram uma ameaça real. Eles podiam cortar a comunicação entre o Egito e a Síria, e já haviam invadido o Egito cinco vezes durante as décadas de 1160. Para apoiar as manifestações, Saladino tomou o grito de "jihad" - guerra santa.

CASTELO DE CHASTELLET
A vitória dos cristãos em Montgisard havia sido duramente conquistada, com cerca de 1.100 homens mortos e 750 feridos - cerca de um terço do total das forças francas; uma perda que o Reino de Jerusalém poderia não ter recursos para bancar. Apenas uma contribuição regular dos novos combatentes da Europa garantiria que os cristãos pudessem manter suas fortalezas na Terra Santa.

A derrota foi, também, um golpe poderoso para Saladino, que temia, com alguma razão, que alguns a veriam como um sinal de fraqueza e fomentariam revoltas contra seu governo. Com seu domínio sobre o Egito e sua aliança com seus vassalos sírios relativamente tênue, Saladino havia dito que espalhassem rumores de que as forças cristãs que haviam perdido a batalha. No entanto, acabou por chegar a acreditar que Deus o havia poupado para um propósito. Ele aprendeu várias lições da derrota, tornando-se mais cauteloso e sempre vigilante a qualquer sinal de excesso de confiança de sua parte.

Apesar do contratempo, Saladino continuou suas tentativas de unir os outros estados islâmicos da região, jurando forjar um império islâmico que circundaria Jerusalém. Seus olhos ainda estavam firmemente sobre o verdadeiro prêmio - a recaptura da Cidade Santa dos Cruzados.

Em pouco tempo, suas várias alianças formaram, de fato, um anel em torno do Reino de Jerusalém. Os Templários, reconhecendo que o reino estava cercado, convenceram Baldwin IV a reforçar a estrada que o ligava a Damasco. Seu primeiro ato foi financiar a construção de um castelo a um dia de marcha para o norte da cidade, no vau de Jacob, no rio Jordão, um dos pontos mais seguros para atravessar o rio e uma grande encruzilhada entre cristãos da Palestina e da Síria muçulmana. Baldwin IV e Saladino

CAPÍTULO 5

entraram em conflito repetidamente sobre a área estrategicamente importante e a primeira decisão de construir ali um castelo representou uma jogada ousada, provavelmente, pelo menos, parcialmente motivada por sua recente vitória em Montgisard.

A construção do castelo de Chastellet, que começou em outubro de 1178, foi supervisionada pelo Grão-Mestre Templário Odo de St Armand. No entanto, Baldwin IV ficou tão envolvido no projeto que mudou sua sede de governo para o canteiro de obras e montou uma casa da moeda para cunhar moedas especiais, com as quais poderia pagar a grande força de trabalho.

Saladino, preocupado com a aparente inexpugnabilidade do castelo e perturbado com sua localização, ofereceu a Baldwin a considerável soma de 60.000 dinares para interromper a construção e a demolição do que havia sido construído, mas o rei recusou. Enquanto se preocupava em abater rebeliões muçulmanas no norte da Síria, Saladino aumentou a oferta para 100.000 dinares, mas Baldwin novamente recusou.

DESAPROVAÇÃO PAPAL
No início de 1179, o Papa Alexandre III convidou William de Tyre para participar do Terceiro Conselho de Latrão, em Roma. Entre os assuntos discutidos na reunião de duas semanas estava o comportamento das ordens militares. Houve inúmeras queixas de que os Templários estavam colocando os interesses da Ordem acima dos direitos e privilégios da igreja, particularmente, quando se tratava da questão de excomunhão. Eles foram acusados de abrigar e acolher homens que haviam sido excomungados e de dar-lhes um enterro cristão em seu próprio cemitério, se morressem em suas instalações, ritos que, de outra forma, teriam sido negados. Normalmente, estas ações se realizariam em troca de um presente para o pedido. Os Templários também foram acusados de enviar seus próprios sacerdotes a comunidades que haviam sido colocadas sob interdição por um bispo, abrindo uma igreja que o bispo havia ordenado fechar e oferecendo comunhão santa, batismo, casamento e enterros cristãos - e aceitar esmolas para a prestação desses serviços que, de outra forma, não estariam

A ASCENSÃO DE SALADINO, 1169-87   ✚

disponíveis para as comunidades interditadas. As discussões acabaram levando a uma proclamação santa que censurava as ordens militares.

No mês de abril seguinte, chegou a Baldwin IV a notícia de que alguns beduínos estavam pastando seus rebanhos e manadas perto de Banyas - e isso dava a impressão de que lhes faltava qualquer proteção militar. O rei liderou um grupo de ataque para tentar capturar o valioso gado, mas o grupo foi emboscado durante à noite por um contingente de sarracenos liderados pelo sobrinho de Saladino, Farrukh Shah. O cavalo de Baldwin o derrubou e apenas a intervenção do muito respeitado segurança do reino, Humphrey II de Toron, permitiu que escapasse. No tumulto, Humphrey foi morto.

Nessa época, Saladino havia subjugado os levantes sírios e poderia voltar sua atenção para o castelo de Chastellet. No final de maio, reuniu um exército e marchou desde Damasco, mas voltou atrás depois que uma flecha templária matou um de seus comandantes. A fim de enfraquecer os estados Cruzados, enviou grupos de ataque de uma base em Banyas com o objetivo de empobrecer a população local confiscando ou destruindo seus vilarejos e colheitas, acabando com o aluguel dos francos que lhes é devido pelos agricultores e aldeões.

Baldwin IV respondeu transferindo seu exército, primeiro, para Tiberias e marchando, então, do norte a noroeste para o reduto de Safed e ao Castelo de Toron (Tebnine), a cerca de 13 milhas (21 quilômetros) de Tyre. Ele foi acompanhado por um contingente de Templários liderado por Odo de St Amand, assim como uma força do Condado de Trípoli, liderada por Raymond III.

Em 10 de junho de 1179, enquanto viajavam pelo lado oriental da costa, os Cruzados avistaram o acampamento de Saladino à distância, na entrada de um vale do rio. Eles decidiram atacar imediatamente, mas, enquanto desciam para a planície, as tropas montadas se adiantaram muito em relação à infantaria exausta e várias horas foram perdidas enquanto o exército se remontava. Ao se deparar com um grupo de sarracenos que abandonavam o rio Litani, no caminho de volta de uma incursão, os Cruzados atacaram, derrotando facilmente os muçulmanos.

✝ CAPÍTULO 5

Os francos estavam convencidos de que, agora, tinham vencido a batalha, e baixaram a guarda. A infantaria teve um descanso muito necessário enquanto os cavaleiros de Raymond e os Templários de Odo de St Amand fizeram seu caminho para um terreno mais elevado entre a Marj Ayyun (Vale da Primavera) e a garganta do rio Litani.

O devaneio deles foi quebrado quando o exército principal de Saladino apareceu. Odo de St Amand ordenou a seus Templários que se formassem, apesar de estar, claramente, em grande desvantagem em termos de número. Os Templários foram rapidamente dispersos pelo contra-ataque de Saladino e foram forçados a recuar em direção às tropas despreparadas de Baldwin, que logo estavam se retirando. O rei Baldwin IV foi desarmado durante a batalha e, incapaz de montar novamente sem a devida ajuda por sua aflição incapacitante, foi transportado do campo de batalha por um cavaleiro seguindo um caminho cortado através das forças sarracenas pelos guarda-costas do rei. Eles, eventualmente, alcançaram segurança do outro lado do rio Litani e, depois, fizeram seu caminho com alguns dos outros sobreviventes do castelo de Beaufort (Qala'at ash-Shaqif Arnoun) a cerca de 5 milhas (8 quilômetros) ao sudoeste. Raymond III fugiu para Tyre e Reginald de Sidon, o padrasto do rei, resgatou uma série de outros sobreviventes e, muitos que estavam escondidos, durante à noite, entre as rochas e cavernas ao redor de Marj Ayyun, foram capturados pela manhã. Odo de St Amand, Baldwin de Ibelin e Hugh of Tiberias, um dos enteados de Raymond III, foram todos levados prisioneiros. No rescaldo da batalha, o Grão-Mestre Templário foi culpado pela derrota.

Enquanto a maioria dos prisioneiros do alto escalão foram resgatados, Saladino estava ciente de que o pagamento do resgate era proibido sob a Regra Templária, então, se ofereceu para liberar Odo de St Amand em troca de seu sobrinho, que havia sido detido pelos francos. O Grão-Mestre rejeitou a oferta, no entanto, aparentemente, porque sentia que tal comércio seria aviltante. Ele morreu em uma masmorra de Damasco no ano seguinte e seu corpo foi entregue aos francos em troca da libertação de um líder muçulmano.

O CERCO DO VAU DE JACOB

A esta altura, o castelo Chastellet consistia em um recinto retangular com torres em cada canto e uma torre de retenção, construída a partir de até 20.000 pedras empilhadas. Apresentava paredes maciças, cerca de 33 pés (10 metros) de altura - descritas como "uma muralha inexpugnável de pedra e ferro" por um árabe contemporâneo. Estava bem abastecido com alimentos e tinha uma cisterna enorme para armazenamento de água. A manutenção do castelo era feita por uma guarnição de 80 cavaleiros com seus escudeiros, bem como outros 750 lutadores e numerosos artesãos.

Como o suborno não tinha funcionado, Saladino sabia que teria que usar a força - e quanto mais tempo esperasse, mais fortes as barricadas se tornariam. Ele montou um grande exército com reforços do norte da Síria e do Egito, e marchou para o sudeste em direção ao vau de Jacob, planejando sitiar o castelo antes que os reforços pudessem chegar de Jerusalém ou dos países dos territórios vizinhos. Ele teve que se mover rapidamente, no entanto, já que Baldwin estava em Tiberias, apenas meio dia ou mais de marcha do vau de Jacob.

Saladino chegou ao vau de Jacob em 24 de agosto. Seu primeiro ato foi ordenar a seus arqueiros que disparassem chuvas e mais chuvas de flechas de fogo no castelo do leste ao oeste, na esperança de desmoralizar a guarnição enquanto também proporcionaria uma distração aos sapadores que estavam começando a cavar um túnel sob as paredes de pedra e ferro no canto nordeste de Chastellet. Os francos responderam retirando-se para o castelo principal e, à noite, Saladino controlava o composto exterior.

Quando o túnel foi concluído, os sapadores encheram sua extremidade distante com madeira e atearam fogo. A ideia era que quando o túnel tivesse os suportes queimados, o telhado desabaria, derrubando a parede acima, mas, neste caso, o túnel era muito estreito e as tropas de Saladino tiveram que extinguir o fogo e começar a ampliar o túnel.

Até então, vários dias haviam se passado, e Baldwin havia tomado conhecimento do ataque e pediu reforços a partir de Jerusalém. Enquanto isso, os habitantes do castelo tentaram reforçar seus portões principais.

✝ CAPÍTULO 5

Ao nascer do sol do dia 29 de agosto, os sapadores reacendem o fogo no túnel e o muro acima desmoronou. Saladino e suas tropas invadiram Chastellet, saqueando o castelo e massacrando os cristãos. Os Templários travaram uma batalha feroz, seu comandante montou em seu cavalo de guerra e galopou por entre as chamas. De acordo com uma testemunha ocular muçulmana, "ele se jogou em um buraco cheio de fogo sem medo do calor intenso e, a partir do braseiro, foi imediatamente jogado em outro - o do inferno". No entanto, seus esforços foram em vão. Cerca de 700 cristãos foram mortos e 800 presos; metade dos Templários na guarnição foram mortos e muitos dos prisioneiros foram, mais tarde, mortos por soldados muçulmanos a caminho dos mercados de escravos em Damasco. Entre os tesouros saqueados pelas forças de Saladino estavam cerca de 1.000 armaduras. Os corpos dos cristãos mortos, apodrecendo sob o calor do verão, deram origem a uma doença que acabou por matar um número de soldados muçulmanos, incluindo dez dos oficiais de Saladino.

No dia em que a muralha do castelo foi rompida, Baldwin IV se estabeleceu de Tiberias com um exército de reforços. Eles não tinham ido longe quando avistaram fumaça subindo à distância, sinalizando a queda do castelo, então, retornaram. Saladino pediu que o que restava das fortificações fosse derrubado. Ele retornou, então, a Damasco, mas não antes de devastar o território cristão ao redor de Tiberias, Tyre e Beirute para desmoralizar ainda mais os francos.

TRÉGUA
No início de 1180, Arnold de Torroja, um cavaleiro espanhol, foi eleito Grão-Mestre para substituir Odo de St Amand. Nascido em uma poderosa família perto da casa real de Aragão, pensa-se que Arnold tenha se juntado aos Templários por volta de 1163, tendo, previamente, doado vinhedos e outras propriedades de sua família nas proximidades de Lérida para a Ordem. Em 1167, ele havia ascendido à posição de Mestre de Espanha e Provence, onde provou ser um eficaz angariador de fundos - uma habilidade muito necessitada no Oriente. Ele também tinha provado seu valor

como um guerreiro, lutando na *Reconquista* - a campanha para livrar a Península Ibérica de seus invasores muçulmanos - para a coroa de Aragão e para Portugal, principalmente na Catalunha e Aragão.

Acredita-se que Arnold tinha mais de 70 anos de idade quando foi eleito Grão-Mestre. Sua nomeação foi, provavelmente, uma reação às manobras políticas abertas de Odo de St Amand. Arnold tinha uma imagem de forasteiro, sem nenhuma lealdade forte às várias facções judiciais e, de fato, passou a agir como um mediador em vez de um ator político.

Em abril, Sibylla casou-se com Guy de Lusignan, que tinha chegado em Jerusalém algum tempo depois de 1173, seja como peregrino ou como Cruzado. O rei Baldwin se opôs energicamente à união, considerando o jovem franco-dinamarquês totalmente inadequado para se tornar o próximo rei de Jerusalém. Quando descobriu que antes do casamento a dupla já era amante, decidiu mandar executar Guy por violar a princesa, mas os Templários saíram em apoio do jovem casal e o rei cedeu.

Além disso, o reino estava muito necessitado de uma união estrangeira, o que poderia, potencialmente, trazer apoio - financeiro ou militar – do exterior. Guy era um vassalo do rei Henry II da Inglaterra, aparentemente tornando-o um marido politicamente adequado. O casamento também serviu para evitar uma potencial tentativa de golpe: Raymond de Trípoli e Bohemond III de Antioquia estavam fazendo preparativos para uma invasão para forçar o rei a casar Sibylla com Baldwin de Ibelin. Através do casamento, Guy se tornou Conde de Jaffa e Ascalon, e *bailli* (oficial de justiça) de Jerusalém.

Em maio de 1180, após uma incursão muçulmana na Galileia, Saladino e Baldwin IV assinaram uma trégua de dois anos. A Síria inteira estava sofrendo com a seca na época e, com a fome à espreita, nenhum dos lados teria sido capaz de obter alimentos suficientes para manter um exército no campo de qualquer maneira. Entretanto, nesta época, Reynald de Châtillon estava aproveitando sua posição em Kerak para assediar caravanas comerciais que viajavam entre o Egito e Damasco. Durante o verão de 1181, ele exagerou quando atacou uma caravana de peregrinos com destino a Meca, para o hajj, quebrando, assim, os termos da trégua.

✝ CAPÍTULO 5

Em maio do ano seguinte, Saladino retaliou, marchando sobre Kerak, lançando periodicamente batidas que danificaram e destruíram plantações nos territórios dos Cruzados. Baldwin IV mobilizou um exército para defender seus vassalos do norte, mas, ao mesmo tempo, o sobrinho de Saladino, Farrukh Shah, estava devastando o agora em desuso Principado da Galileia Latina, com uma força combinada de Damasco, Bosra, Baalbek e Homs, confiscando o castelo da caverna de Habis Jaldak, no Vale Yarmuk. Depois de uma pausa de três semanas, enquanto Saladino descansava em Damasco, as forças franciscanas escaramuçaram as tropas muçulmanas nas proximidades do castelo de Belvoir sem que nenhum dos dois lados infligisse danos ao outro, antes de Saladino romper o acordo e retornar com suas tropas a Damasco.

Ele não ficou lá por muito tempo, no entanto. Logo estava cercando Beirute, tendo providenciado para que uma frota egípcia se encontrasse com ele lá. Ao mesmo tempo, uma força egípcia estava realizando incursões no sul do reino. Baldwin conseguiu forçar Saladino a levantar o cerco de Beirute e recuperou Habis Jaldak, mas as batidas muçulmanas causaram sérios danos às plantações na região em uma época em que os alimentos estavam escassos.

PEDIDOS DE APOIO

Em 1182, a progressão da hanseníase de Baldwin havia deixado-o cego e incapaz de andar. Ele nomeou Guy de Lusignan, que era abertamente apoiado pelos Templários, regente do reino.

Em junho de 1183, Saladino capturou Aleppo, completando, assim, seu cerco a Jerusalém. Depois de passar algum tempo em Damasco, partiu novamente em setembro, levando seu exército para o outro lado do rio Jordão e saqueou a cidade abandonada de Baisan, antes de montar acampamento perto de algumas nascentes cerca de 5 milhas (8 quilômetros) sudeste de Al-Fule (Afula em Israel atual). A partir desta base, realizou invasões dispersas pelos campos, causando estragos. As aldeias de Jenin e Afrabala foram arrasadas, o mosteiro no Monte Tabor foi atacado e um contingente de soldados de Kerak que estava tentando se juntar ao exército de campo dos Cruzados foi massacrado.

A ASCENSÃO DE SALADINO, 1169-87 ✚

Guy de Lusignan assumiu que logo seria atacado, então, montou um dos maiores exércitos que Outremer tinha visto nos últimos anos, composto por cerca de 1.400 cavaleiros, 1.500 turcopoles e mais de 15.000 de infantaria. Ele, então, marchou de sua principal base em La Sephorie para o pequeno castelo de La Fève (Al-Fule). Lá, seguiram uma série de escaramuças entre os francos e os sarracenos, mas nenhum dos lados parecia disposto a entrar em uma batalha, e como os suprimentos de ambos os exércitos estavam baixos, retornaram para suas respectivas fortalezas. Mais uma vez, no entanto, os ataques sarracenos tinham feito danos significativos às colheitas e aldeias francas, ferindo a capacidade de Guy de levantar fundos.

O episódio também marcou o fim da regência de Guy. Baldwin IV ficou enfurecido com sua recusa em lutar contra Saladino, permitindo que ele e suas tropas escapassem, e o retirou da regência. Os Templários, que apoiaram abertamente Guy, fizeram sua ação de desaprovação a Baldwin, conhecida ao final da reunião na qual a decisão foi feita. Guy e Sibylla se retiraram para Ascalon em desgraça.

Com sua saúde continuando a falhar, Baldwin IV virou sua mente para a questão da sucessão, nomeando seu sobrinho de cinco anos, Baldwin de Montferrat, herdeiro e sucessor. Com o apoio da mãe de Baldwin IV, Agnes, e seu agora marido, Reginald de Sidon, junto com Raymond III e vários outros barões, a criança foi coroada coautora como Baldwin V, em 20 de novembro de 1183. Embora Baldwin IV continuasse a governar, isto significava que Sibylla tinha sido removida da linha de sucessão. No início do ano seguinte, Baldwin IV também tentou anular o casamento de Sibylla com Guy, mas Guy se recusou a deixar Ascalon para participar do processo de anulação e o casamento se manteve.

Nesta época, Saladino fez sua jogada na fortaleza de Reynald, Kerak. Ele lançou um ataque intenso à cidade e ao castelo; a certa altura, as forças de Saladino estavam disparando nove catapultas nas paredes da Kerak. Enquanto o ataque estava em andamento, um casamento estava ocorrendo dentro da fortaleza: enteado e herdeiro de Reynald, Humphrey IV de Toron, estava se casando com Isabella de Jerusalém, a meia-irmã

✠ CAPÍTULO 5

de Baldwin IV. Reynald enviou mensageiros para receber notícias do ataque ao rei de Jerusalém.

Quando ouviu a notícia, Baldwin reuniu uma força de ajuda. O exército cristão, carregando seu rei em uma maca, antes que as pesadas fortificações da Kerak tivessem sido violadas, e Saladino, percebendo que corria o risco de ficar preso entre os exércitos reais e Kerak, levantou o cerco. Ele fez outra tentativa de tomar o castelo no ano seguinte, mas foi repelido, mais uma vez.

No final de 1184, Baldwin IV enviou o Grão-Mestre Arnold de Torroja, Heraclius, Patriarca de Jerusalém e Roger de Moulins, Grão-Mestre dos Hospitalários, para a Europa para fazer um apelo de apoio financeiro e militar para o reino. Eles visitaram, pela primeira vez, a Itália, onde Arnold adoeceu e morreu em Verona, em 30 de setembro. O Papa Lúcio III lhes deu cartas de apoio para reuniões com Phillip II da França e Henry II da Inglaterra, mas estas tiveram um efeito mínimo e a delegação saiu com poucos recursos. Eles, no entanto, encontraram tempo para assistir à consagração da Igreja do Templo em Londres, em honra à Santíssima Virgem Maria, que se realizou em 10 de fevereiro e foi realizada por Heraclius. Henry II acompanhou, então, a delegação à França, para outras reuniões com Phillip II, mas, novamente, produziram pouco mais do que algumas promessas de homens e dinheiro – apesar Heraclius relembrar Henry de seu voto de ir em anos de cruzada ante uma penitência por seu papel no assassinato do Arcebispo de Canterbury, Thomas Becket, e depois o denunciou quando ele recusou-se a cumprir a promessa.

Em 29 de dezembro de 1170, quatro dos cavaleiros de Henry II haviam matado Becket na Catedral de Canterbury. Depois de fugir para a Escócia e se esconder no norte da Inglaterra, os cavaleiros se renderam ao Papa, em 1172. Ele os sentenciou, como penitência, à Cruzada na Terra Santa com os Templários durante 14 anos, embora fontes sugeriram que nenhum deles durou mais do que três anos. Nesse mesmo ano, em 21 de maio, o rei Henry negociou os termos para uma reconciliação entre ele e a Igreja. Em penitência, foi ordenado, entre outras coisas, a fornecer

A ASCENSÃO DE SALADINO, 1169-87 ✠

fundos para apoiar 200 cavaleiros templários na Terra Santa por um ano e a tomar, ele mesmo, a cruz por pelo menos três anos.

Não está claro, exatamente, quanto dinheiro Henry acabou enviando para a Terra Santa, mas uma soma considerável foi dada aos Templários em Londres, que a transmitiu. O saldo pode ter sido compensado através da doação para os Templários de terrenos em Waterford e Ballyhack, na Irlanda recém-adquirida. Henry também não estava interessado em deixar a Europa para ir em uma cruzada, pois estava preocupado que seus filhos rebeldes, Richard e John, tentariam derrubá-lo enquanto estivesse fora.

No final de 1184, Arnold de Torroja foi bem-sucedido como Grão-Mestre Templário por Gerard de Ridefort. Tendo origem flamenga, Gerard, provavelmente, chegou à Terra Santa como parte da Segunda Cruzada. No final dos anos de 1170, ele já estava a serviço de Baldwin IV e, por 1179, ocupava o posto de marechal do reino. Parece que em algum momento Gerard tinha entrado no serviço do Conde Raymond III de Trípoli, esperando, em vão, receber o próximo feudo disponível. Uma vez nos Templários, no entanto, subiu rapidamente à categoria de senescal, em junho de 1183.

O rei Balduíno IV morreu em Jerusalém, em 16 de março de 1185. Seu sucessor, Baldwin V, ainda tinha apenas oito anos de idade, então, Raymond de Trípoli assumiu como regente. O fracasso das precedentes chuvas de inverno sugeriram que o abastecimento alimentar começaria, em breve, ser novamente baixo, então, Raymond sugeriu aos barões locais que o reino buscasse uma trégua de quatro anos com Saladino. Naquela época, o sultão estava tendo seus próprios problemas - alguns de seus vassalos estavam mostrando sinais de agitação e ele estava extremamente indisposto – então, uma trégua também era de seu interesse e ele concordou prontamente; o acordo foi assinado em 22 de julho. A cessação das hostilidades significou que o comércio terrestre e marítimo se tornaram muito mais seguros, ao mesmo tempo em que incentivavam os peregrinos cristãos a voltar ao Reino de Jerusalém, trazendo com eles os fundos vitais.

✟ CAPÍTULO 5

A QUESTÃO DA SUCESSÃO

Este período de paz e prosperidade relativa provou ser de curta duração. Baldwin V foi rei de Jerusalém por um único ano, morrendo em agosto de 1186. Como seu tio havia previsto, a morte da criança precipitou uma crise de sucessão. De acordo com a vontade da Baldwin IV, se o rei morresse antes de completar dez anos, seu sucessor seria escolhido pelo Papa, o Santo Imperador Romano, o rei da França e o rei da Inglaterra. Enquanto isso, Raymond de Trípoli continuaria como regente. No entanto, as várias facções dentro das lideranças do reino não estavam dispostas a esperar para uma decisão da Europa. De acordo com os Templários, a mãe de Baldwin V, Sibylla, e seu marido Guy de Lusignan eram os herdeiros legítimos ao trono. Mas, Guy era extremamente impopular nas cortes, tendo conseguido alienar a maioria da elite local em menos de uma década, e poucos o acharam digno ou capaz de agir como rei. A outra opção disponível era Isabella, a meia-irmã de 14 anos de Baldwin IV e Sibylla, que era casada a Humphrey de Toron. Os barões e bispos locais que compreendiam a Suprema Corte de Jerusalém e, assim, eram legisladores sob a constituição com a escolha do governante do reino, escolheram Isabella e Humphrey, mas foram frustrados quando Sibylla ilegalmente coroou-se rainha, com Guy seu rei-consorte, enquanto o conselho estava em Nablus debatendo a sucessão.

No final de 1186, no auge do desentendimento, Raymond, que se recusou a aceitar Guy como rei-consorte, deixou Jerusalém e retornou ao seu próprio reduto perto da cidade de Tiberias. Tal era sua inimizade para com Guy que Raymond estava disposto a liderar seus partidários em uma marcha contra Jerusalém. No entanto, Humphrey não tinha interesse real em se tornar rei e, para pôr um fim à disputa da sucessão, jurou fidelidade a Guy, levando todos os barões, exceto Raymond e Baldwin de Ramla (também conhecidos como Baldwin de Ibelin) a retornar a Jerusalém para prestar homenagem a Sibylla e Guy.

Com as forças de Saladino sendo uma ameaça constante, os cristãos não podiam permitir discordâncias e rivalidades faccionais dentro de suas fileiras, então, Gerard de Ridefort, Roger de Moulins (Grão-Mestre dos

Hospitalários), Balian de Ibelin, Arcebispo Joscius de Tyre e Reginald Grenier, Senhor de Sidon, foram enviados a Tiberias para convencer Raymond a voltar para o rebanho. Saindo de Jerusalém em 29 de abril de 1187, a embaixada foi escoltada por dez Hospitalários e uma pequena força de turcopoles e infantaria. Naquela noite, eles ficaram no castelo de Balian de Ibelin de Nablus e, na manhã seguinte, ele ficou para trás para atender alguns negócios, prometendo encontrar-se, mais tarde, com os outros no castelo Templário em La Fève (al-Fula), no Vale de Jezreel.

Algum tempo antes, enquanto as disputas entre as facções estavam em fúria, Raymond havia negociado uma trégua própria com Saladino, esperando se prevenir de um ataque a Trípoli e à Galileia pelos Templários. Gerard de Ridefort havia encorajado Guy a marchar sobre Tiberias para forçar Raymond a se submeter, e apenas palavras calmantes de Balian de Ibelin haviam evitado uma expedição. O resultado do tratado deu a Saladino o direito de viajar pelo território sob controle de Raymond. Não surpreende que esta trégua não tenha corrido bem com seus contemporâneos francos e alguns haviam especulado que Raymond esperava construir uma aliança com Saladino contra seus rivais dinásticos em Jerusalém - de fato, diz-se que os dois discutiram a possibilidade de Raymond se tornar Rei de Jerusalém sob liderança de Saladino.

No entanto, no final de 1186, Saladino havia se reunido com um exército que estava acampado perto de Tiberias, levantando o espectro de uma invasão total ao reino franciscano. Não muito tempo antes, Reynald de Châtillon havia liderado outro ataque contra uma caravana muçulmana, efetivamente quebrando a trégua de quatro anos que Raymond tinha negociado em 1185. Como retaliação, Saladino enviou um pequeno contingente de soldados liderados conjuntamente pelo emir Muzaffar ad-Din e o filho adolescente de Saladino e herdeiro aparente, al-Afdal, em direção a Tiberias, com ordens para realizar uma incursão no domínio real ao redor do Acre. Como uma cortesia, em 30 de abril, al-Afdal informou a Raymond que o contingente estaria passando por seu território. Raymond, ciente de que a rota dos muçulmanos, provavelmente, os levaria para perto da embaixada, enviou um mensageiro para informar

✝ CAPÍTULO 5

os cristãos sobre a situação e sugeriu que ficassem onde estavam, a fim de evitar um confronto. A mensagem chegou ao grupo naquele dia, mais tarde, enquanto eles estavam em La Fève.

Enquanto Roger de Moulins aconselhava cautela, Gerard de Ridefort, de maneira característica, era mais beligerante. Ele enviou uma mensagem convocando James de Mailly, o Grande Marechal Templário que estava no castelo de Caco, a algumas milhas de distância, e logo chegaram com 90 cavaleiros Templários. Na manhã seguinte, o grupo chegou a Nazaré, onde convenceu cerca de 40 cavaleiros locais e um grupo de soldados a pé a se juntarem a eles. A esta altura, o exército cristão consistia em cerca de 90 a 100 cavaleiros de duas ordens militares, assim como seus dois Grão-Mestres, outros 40 cavaleiros locais e cerca de 300 homens de armas montadas e 400 soldados a pé.

Por volta do meio-dia de 1º de maio de 1187, o exército cristão se aproximou da nascente de Cresson, localizada em um vale ao norte de Nazaré. Lá, encontrou as forças Ayyubid. Enquanto alguns relatos contemporâneos sugerem que o exército muçulmano era composto por até 7.000, acredita-se que tenha sido mais provável que tenha sido cerca de 1.000 homens, todos eles montados, provavelmente, uma mistura de cavalaria pesada e arqueiros. Ainda assim, superou em número as forças cristãs, e Roger de Moulins e James de Mailly sugeriram a Gerard de Ridefort que seria prudente recuar.

Aparentemente enfurecido pelo que considerou insubordinação de seu marechal, Gerard o acusou de covardia e, então, ordenou que sua cavalaria atacasse, impulsionando seu cavalo e liderando a formação para o vale. Ao ver os cristãos descendo em direção a eles, os Ayyubids saltaram sobre seus cavalos e cavalgaram em aparente pânico. No entanto, eles estavam apenas fingindo um retiro desordenado e, enquanto os francos os perseguiam, os muçulmanos se voltaram de repente e soltaram uma salva de flechas, derrubando vários dos cavaleiros.

Os caçados, então, se tornaram os caçadores, contra-atacando os cristãos. O tumulto se mostrou desastrosamente unilateral e os Cruzados cansados foram rapidamente massacrados. Somente Gerard de Ridefort e dois cavaleiros templários escaparam. Sem proteção e sem uma adequada posição defensiva, os soldados a pé também foram massacrados pelos Ayyubids e, em pouco tempo, o evento conhecido como a Batalha de Cresson estava acabado. Gerard foi gravemente ferido, mas sobreviveu.

Diz-se que na noite de 1º de maio, quando a força dos Ayyubid passou por Tiberias, Raymond viu as cabeças cortadas de Cavaleiros Templários e Hospitalários sendo carregadas nas pontas de lanças dos cavaleiros muçulmanos. Após isso, talvez, com remorsos por ter permitido que os muçulmanos atravessassem sua terra, Raymond fez a paz com Guy e o Reino de Jerusalém, reconhecendo Guy como seu legítimo governante. Ele revogou seu tratado com Saladino e a guarnição muçulmana estacionada em Tiberias foi expulsa. Gerard e Reynald ainda consideravam Raymond um traidor, mas Guy estava ciente de que Saladino já estava preparando um exército para outro assalto ao reino e não podia se dar ao luxo de ter seus aliados brigando, por isso, deu as boas-vindas a Raymond de volta ao rebanho. Apesar da aproximação, o moral dos francos tinha sido severamente abalada pela derrota, assim como sua força militar.

A BATALHA DE HATTIN

No final de maio de 1187, Saladino reuniu suas forças no Morro de Golan. Como os soldados passaram várias semanas sob a supervisão de seu filho, al-Afdal, eles formaram o maior exército que Saladino já havia comandado, algo equivalente a 20.000 ou 30.000 homens, incluindo cerca de 12.000 da cavalaria regular. Entre os combatentes estavam os guarda-costas de elite de Saladino, os mamelucos, que eram, em sua maioria, de origem turco-curda e tinham sido treinados desde que eram meninos; numerosos mercenários (em sua maioria arqueiros montados); e tropas recrutadas a partir dos territórios sob o comando dos Ayyubids. Após inspecionar as tropas em Tell-Ashtara, ele as organizou em três divisões e atravessou o rio Jordão no final de junho.

Enquanto isso, Raymond, Gerard e Guy se encontraram no Acre com a maioria do exército dos Cruzados. Na sequência da Batalha de Cresson, Guy havia proclamado um *arrière-ban*, um chamado às armas. Embora

✛ CAPÍTULO 5

a maioria dos francos fosse tipicamente capaz de se reunir, o exército ainda era consideravelmente menor que o de Saladino, que consistia em cerca de 18.000-20.000 homens, incluindo 1.200 cavaleiros montados de Jerusalém e Trípoli, e 50 de Antioquia, cerca de 10.000 soldados a pé, um contingente de bestiais da frota mercante italiana e um grande número de mercenários (muitos deles contratados pelos Templários usando dinheiro do rei Henry II da Inglaterra).

No Acre, Guy realizou um conselho de guerra no qual Raymond defendeu cautela e contenção. Se pudessem estabelecer uma base próxima a um amplo abastecimento de água e forragem, eles poderiam esperar pelo calor do verão para enfraquecer o exército de Saladino. No entanto, o beligerante Gerard de Ridefort defendeu um ataque imediato contra os sarracenos e acusou Raymond de covardia e de estar ligado a Saladino. Por um momento, Guy escolheu efetivamente o caminho do meio. O exército marchou até as nascentes do La Saphorie, onde se reuniu sob uma norma que incorporou a relíquia da Cruz Verdadeira, transportada pelo Bispo do Acre.

O entendimento da Saladino sobre a situação tática se espelhou na de Raymond. Ele sabia que, se pudesse atrair Guy e seu exército para longe das nascentes, estariam em grave desvantagem, portanto, em 2 de julho, ele sitiou pessoalmente a fortaleza de Raymond em Tiberias, onde morava a esposa do conde, Eschiva. Enquanto isso, o grosso do exército muçulmano permaneceu na aldeia de Kafr Sabt, situada em uma planície inclinada a cerca de 6 milhas (10 quilômetros) a sudoeste de Tiberias. A guarnição de Tiberias tentou, sem sucesso, subornar Saladino e, mais tarde, naquele dia, seus sapadores fizeram uma das torres cair, desencadeando uma onda de tropas muçulmanas para se apressar na violação. Os defensores foram rapidamente esmagados e Eschiva foi sitiada na cidadela.

Mais cedo, naquela noite, os Cruzados haviam realizado outro conselho de guerra. Raymond havia argumentado, mais uma vez, que deveriam permanecer em La Saphorie, uma posição defensiva forte e bem irrigada, rodeada por terras áridas. Ele estava convencido, corretamente, de que uma marcha do Acre para Tiberias era exatamente o que Saladino queria. Ele também estava relativamente sem se preocupar com a perda potencial de

A ASCENSÃO DE SALADINO, 1169-87 ✣

Tiberias - a segurança do reino mais amplo era mais importante. Gerard e Reynald, no entanto, acusaram Raymond de covardia e argumentaram que deveriam atacar Saladino; eventualmente, o rei foi persuadido.

No dia 3 de julho, quando os sarracenos começaram a cavar minas em torno da cidadela em Tiberias, Saladino recebeu a notícia de que os Cruzados haviam caído em sua armadilha - Guy estava movendo seu exército para o leste, longe de La Saphorie e em direção a Saladino. Enquanto marchavam, os francos passaram pelas escassas fontes de Turan, cujo fluxo era insuficiente para fornecer água para o exército. Os arqueiros muçulmanos mantiveram um regular ataque de flechas (de acordo com o historiador do século XII, Imad ad-Din al-Isfahani, "as flechas lançadas a eles transformaram seus leões em ouriços"). Pelo meio do dia, ficou claro para Raymond que o exército iria lutar para chegar a Tiberias ao anoitecer. Ele conferenciou com Guy e decidiram alterar o curso, virando à esquerda, em direção às fontes de Kafr Hattin, a cerca de 6 milhas (10 quilômetros) de distância. Depois de passar a noite nas nascentes, o exército seria capaz de chegar a Tiberias no dia seguinte. No entanto, o exército muçulmano estava guardando a água, forçando os cristãos a acampar no planalto árido, perto do vilarejo de Meskenah. Nas proximidades havia uma colina dupla - os chamados Chifres de Hattin, os restos de um vulcão extinto.

Ao cair da noite, os francos se viram cercados por um estreito anel de forças muçulmanas. O contraste entre os dois exércitos era extremo. De acordo com Ibn al Athir, os francos estavam "desanimados, atormentados pela sede". Os homens de Saladino, por outro lado, estavam jubilantes, antecipando sua vitória.

Os Cruzados passaram uma noite miserável, praticamente sem dormir, ouvindo os muçulmanos orar, cantar, bater tambores e entoar cânticos, suas gargantas ficando cada vez mais secas e seus olhos cada vez mais vermelhos com a fumaça dos fogos colocados na grama seca por seus inimigos que enchiam o ar. Enquanto os Cruzados definhavam, exaustos, desmoralizados e ressecados, uma caravana de camelos mantinha um fluxo constante de água fluindo do lago Tiberias (agora conhecido como o Mar de Galileia) para as tropas muçulmanas, que foram organizadas em três divisões.

Saladino derrota Guy de Lusignan e toma posse da Cruz Verdadeira em 4 de julho de 1187, na Batalha de Hattin. A derrota devastadora dos Cruzados acabou levando à Terceira Cruzada.

A ASCENSÃO DE SALADINO, 1169-87 ✛

Durante à noite, os arqueiros montados de Saladino tinham sido reabastecidos com 400 cargas de flechas e, ao amanhecer, eles começaram a soltá-las nos francos. Os sedentos e desencorajados Cruzados no acampamento quebrado mudaram de direção mais uma vez e partiram para as nascentes de Hattin; entretanto, o caminho foi bloqueado pelo exército de Saladino, assim como qualquer possibilidade de retirada. Seguindo o conselho de Gerard e Reynald, Guy ordenou que seu irmão, Amalric, se retirasse, para formar o exército em linhas de batalha e atacar os Ayyubids enquanto Balian e Joscelin III de Edessa formavam a retaguarda.

Raymond de Trípoli, liderando a primeira divisão com Raymond de Antioquia, o filho de Boêmund III, formaram junto aos muçulmanos, esperando para ir até o lago Tiberias. Seu primeiro ataque foi repelido, mas sua segunda tentativa foi bem-sucedida e, depois de alcançar o lago, prosseguiu para Tyre. A perda de Raymond e suas tropas foi seguida pelo que foi efetivamente uma deserção em massa, com a maioria da infantaria cristã fugindo para os chifres de Hattin. Aqueles que permaneceram no campo de batalha, ou foram abatidos lá ou feitos prisioneiros. Guy tentou, sem sucesso, bloquear a cavalaria muçulmana, ordenando a suas tropas que armassem as tendas.

Os cristãos estavam completamente cercados. Eles fizeram três formações desesperadas sobre a posição de Saladino, mas todas foram repelidas. Al-Afdal forneceu um relato de testemunha ocular do que aconteceu em seguida: "Quando o rei dos francos [Guy] estava na colina com um grupo, eles fizeram uma formação formidável contra os muçulmanos, para que os levassem de volta a meu pai [Saladino]. Eu olhei para ele e fui dominado pela dor e sua compleição pálida. Ele pegou sua barba e avançou, gritando: 'Dê a mentira para o diabo'! Os muçulmanos se mobilizaram, voltaram à luta e subiram a colina. Quando vi que os francos se retiraram, perseguidos pelos muçulmanos, eu gritei de alegria: 'Nós os vencemos!' Mas, os francos se reuniram e refizeram a formação, como da primeira vez, e dirigiram os muçulmanos de volta para meu pai. Ele agiu como havia feito na primeira ocasião e os muçulmanos se voltaram para os francos e os conduziram de volta para a colina. Gritei novamente: 'Nós os vencemos', mas, meu pai

CAPÍTULO 5

me cercou e disse: 'Fique quieto! Nós não vencemos até que a tenda [do Guy] caia'. Enquanto ele falava comigo, a tenda caiu. O sultão desmontou, prostrou graças a Deus Todo-Poderoso e chorou de alegria".

Entre os prisioneiros estavam Guy, seu irmão Amalric II, Reynald de Châtillon, William V de Montferrat, Gerard de Ridefort, Humphrey IV de Toron, Hugh de Jabala, Plivain de Botron, Hugh de Gibelet e uma série de outros barões. Acredita-se que cerca de 3.000 cristãos tenham escapado.

Quando os combates finalmente pararam, Guy e Reynald foram levados para a tenda de Saladino. Ele ofereceu uma bebida a Guy; na cultura muçulmana, tal oferta significa misericórdia para o prisioneiro, cuja vida será poupada. Guy ignorou este costume e passou o cálice para Reynald, enfurecendo Saladino, que o golpeou das mãos de Reynald, dizendo: "Eu não pedi a este homem mau para beber, e ele não salvaria sua vida ao fazer isso". Ele prosseguiu, afirmando que Reynald tinha quebrado a trégua ao atacar uma caravana muçulmana e, depois, executando ele mesmo ou sinalizando aos seus guarda-costas que deveriam decapitá-lo. Guy naturalmente assumiu que era o próximo, mas Saladino acalmou seu medo, dizendo-lhe que "os reis não matam os reis".

Sob o comando de Saladino, os outros barões cativos também foram poupados; entretanto, todos os 200 cavaleiros que foram feitos prisioneiros - uma mistura de Templários e Hospitalários - foram decapitados sob encomenda de Saladino, com exceção do Grão-Mestre Templário, Gerard de Ridefort, que foi aprisionado. Os cavaleiros foram forçados a se ajoelhar antes de serem decapitados por soldados muçulmanos, encontrando sua morte em completo silêncio. Muitos outros soldados correram e reivindicaram ser Templários, na esperança de trocar a escravidão pela morte.

Dos que foram mantidos vivos, Guy foi levado para Damasco como prisioneiro, os barões francos de alta patente foram resgatados e o restante dos cavaleiros e soldados capturados foram vendidos como escravos (inundando o mercado de escravos local, que quase faliu; um soldado foi comprado por algumas sandálias). Muitos dos prisioneiros francos de patente inferior foram levados como escravos por soldados no exército de Saladino ao retornarem às suas vidas anteriores. Embora Raymond

A ASCENSÃO DE SALADINO, 1169-87 ✠

de Trípoli sobrevivesse à batalha, ele morreu de pleurisia mais tarde, naquele ano. Relatórios sugerem que, após a batalha, a Cruz Verdadeira foi colocada, de cabeça para baixo, em uma lança e enviada a Damasco.

JERUSALÉM CAI

O comprometimento de tantos homens com o exército havia esgotado gravemente as guarnições de castelos e assentamentos fortificados através dos estados Cruzados, deixando-os extremamente expostos; apenas cerca de 200 cavaleiros escaparam do conflito. As batalhas em Cresson e Hattin haviam reduzido pela metade o número de cavaleiros Templários na Terra Santa e nenhum de seus castelos estava totalmente guarnecido. Irmão Terricus, o Templário preceptor de Jerusalém, estava agora no comando da Ordem, mas sua única opção era escrever cartas para os preceptores Templários na Europa pedindo-lhes que enviassem homens e dinheiro o mais rápido possível.

A fraqueza dos francos significava que os muçulmanos estavam, mais uma vez, no poder militar preeminente na Terra Santa. Após as batalhas, 52 cidades e fortificações foram capturadas por Saladino, e em meados de setembro, ele havia assumido o controle do Acre, Nablus, Jaffa, Toron, Sidon, Beirute e Ascalon. A chegada oportuna de Conrad de Montferrat foi o que salvou Tyre de ingressar na lista - as negociações para a rendição da cidade já estavam aparentemente em andamento quando ele navegou para o porto. Conrad rapidamente tomou a formação de defesa da cidade e a agressão de Saladino foi eventualmente repelida com pesadas perdas.

Enquanto isso, a situação em Jerusalém era pobre e a crescente piora ocorreu quando refugiados famintos afluíam à cidade. Menos de 14 cavaleiros permaneceram lá, então, o recém-chegado Balian de Ibelin, que tinha sido convencido a tomar conta da defesa da cidade, apesar do fato de que fazer isso significava quebrar um juramento a Saladino, tinha 60 novos cavaleiros dentre os escudeiros.

Tendo rompido o cerco de Tyre, Saladino chegou do lado de fora Jerusalém em 20 de setembro, montando acampamento adjacente à Torre de David e ao Portão de Damasco. Após seis dias de agressões e

✛ CAPÍTULO 5

contra-ataques nos quais as forças de Saladino sofreram pesadas baixas, ele transferiu seu acampamento para o Monte das Oliveiras, para longe de qualquer portão da cidade através dos quais os Cruzados poderiam lançar contra-ataques. Alguns dias mais tarde, no dia 29 de setembro, com alguns ataques pesados contra a cidade, os sapadores de Saladino causaram o colapso de uma parte da muralha. Os defensores conseguiram manter distantes os combatentes muçulmanos que tentavam entrar na brecha, mas era uma questão de tempo antes que o simples atrito levasse à derrota.

Na esperança de evitar um massacre, Balian negociou uma rendição com Saladino, que entrou em vigor em 2 de outubro. O líder muçulmano havia atrasado sua entrada na cidade por dois dias porque, de acordo com o calendário muçulmano, o dia 2 de outubro era o 27º dia do mês do Rajab, o aniversário da noite em que o profeta Maomé fez sua viagem ao céu.

Sob os termos da rendição, muitos dos habitantes da cidade foram autorizados a sair ilesos em troca de um pagamento de mais do que 30.000 dinares, embora cerca de 15.000 que não foram capazes de pagar seus resgates individuais foram vendidos como escravos. Os resgatados habitantes, liderados pelos Templários, Hospitalários, Balian e o Patriarca, fizeram seu caminho até Tyre, onde Conrad recusou a entrada de todos, menos aos homens de luta, levando à formação de um grande campo de refugiados fora da cidade. Entre os admitidos estavam os cavaleiros Templários e homens de armas.

De volta a Jerusalém, todas as evidências de ocupação cristã foram removidas do Monte do Templo; a grande cruz dourada que os Cruzados tinham colocado sobre a Cúpula da Rocha foi puxada para baixo e a sede Templária foi lavada com água de rosas trazida de Damasco e reconsagrada como a Mesquita al-Aqsa. Na sexta-feira, 9 de outubro, o sábado muçulmano, Saladino e seus oficiais visitaram a mesquita para dar graças a Deus.

Saladino continuou sua campanha, capturando mais e mais castelos Cruzados, incluindo Belvoir, Kerak e Montreal. Ele retornou a Tyre para

A ASCENSÃO DE SALADINO, 1169-87 ✠

sitiá-la novamente, mas foi repetidamente repelido e, em 1 de janeiro de 1188, ele abandonou o cerco e se retirou para Acre. Seu fracasso deixou os francos com um último baluarte significativo, fortalecido por alguns castelos, incluindo Tortosa e Krak des Chevaliers, contra o colapso total dos estados Cruzados - e uma base a partir da qual se poderia realizar um contra-ataque desesperado.

CAPÍTULO 6
As Cruzadas continuam, 1188–1244

A perda de Jerusalém atingiu duramente a cristandade, levando a pedidos de uma nova Cruzada, que foi avidamente assumida pela nobreza da Europa. A Terceira Cruzada teria algum sucesso contra os exércitos de Saladino, incluindo a recaptura de Acre, mas, nas décadas seguintes, os cristãos nunca recuperaram duradouramente o controle da Cidade Santa. Para os Templários, havia um jogo constante de mudança de alianças e desafios papais, juntamente com uma base de apoio em desenvolvimento na ilha de Chipre.

A TERCEIRA CRUZADA

Em Roma, a notícia da derrota na batalha de Hattin, que foi trazida por Joscius, Arcebispo de Tyre, teria causado a morte do Papa Urbano III. Alguns dias depois, em 29 de outubro de 1187, sendo eleito o sucessor de Urbano, o Papa Gregório VIII emitiu a bula papal *Audita tremendi*, que exigia uma nova Cruzada. Através da Europa, numerosos fidalgos - incluindo o Santo Imperador Romano e rei da Alemanha e Itália, Frederick I Barbarossa, rei Henry II da Inglaterra, rei Philip II da França, os duques da Áustria e Aquitânia, e os condes de Champagne e Flandres – reunindo milhares de cavaleiros e dezenas de milhares de plebeus - tomaram a cruz, prometendo devolver Jerusalém ao controle cristão. Na Inglaterra, Henry II instituiu o que ficou conhecido como o Dízimo Saladino, um novo imposto para levantar fundos para a Cruzada. Foi o maior impostos já recolhido na Inglaterra, que se pensa ser o equivalente a mais de £150 milhões no dinheiro de hoje.

Os complexos preparativos para a Cruzada levaram tempo e o primeiro exército Cruzado, liderado pelo Santo Imperador Romano, não partiu para

AS CRUZADAS CONTINUAM, 1188-1244 ✠

a Terra Santa até maio de 1189, quase dois anos após a batalha de Hattin. Infelizmente, tendo optado rumar por terra, Frederick caiu de seu cavalo e afogou-se ao atravessar o rio Saleph (Göksu), no sul da Cilícia (sudeste do país, região costeira da Turquia moderna) em 10 de junho de 1190. A maior parte de sua tropa, cerca de 20.000 homens, deu meia volta e marchou para casa em desespero; o restante foi devastado por um surto de disenteria e apenas um pequeno remanescente conseguiu chegar ao Acre.

Não muito depois de Frederick ter partido, em 6 de julho de 1189, o rei Henry II morreu; seu filho, Richard I (conhecido como Richard Coração de Leão), rumou com o contingente britânico. Tanto ele como Philip II da França escolheram viajar ao Oriente Médio por mar, zarpando de Marselha no verão de 1190, mas as travessias do Mediterrâneo não eram viáveis durante o ano todo, e eles foram forçados a passar o inverno na Sicília.

QUEDA DOS CASTELOS DOS CRUZADOS

Enquanto isso, na Terra Santa, em 30 de outubro de 1187, Saladino liderou seu exército fora de Jerusalém para Tyre, onde tentou, mais uma vez, obter o controle da cidade das mãos dos cristãos. No entanto, Conrad de Montferrat tinha consolidado seu controle: organizando a defesa da cidade, cujas fileiras haviam sido engrossadas por refugiados e soldados de outros lugares em Outremer, incluindo os Templários de Jerusalém; providenciando remessas de alimentos e outros suprimentos a serem entregues à cidade, esta poderia resistir melhor a um cerco; e reforçar as defesas de Tyre, que estavam entre as mais fortes da Palestina. Consequentemente, Saladino foi repelido mais uma vez. Além disso, em 30 de dezembro, Conrad lançou uma incursão noturna nos navios egípcios que participavam do cerco, capturando vários e perseguindo outros mais, eliminando efetivamente a força naval de Saladino.

Saladino passou o inverno de 1187-8 no Acre e a primavera de 1188 em Damasco. Em maio, libertou Gerard de Ridefort, tendo dito ao Grão-Mestre Templário que poderia assegurar sua liberdade convencendo uma das fortalezas da Ordem a se render sem luta. Isto, Gerard conseguiu em

✠ CAPÍTULO 6

Gaza, onde, em resposta à sua ordem, a guarnição templária depôs suas armas e marchou para fora do castelo. Gerard e os cavaleiros partiram para o norte, para Tyre, eventualmente juntando-se à guarnição templária em Tortosa. Parece que levaram o restante dos fundos fornecidos por Henry II, que tinha sido deixado com os Templários em Tyre. Isto não foi bem aceito por Conrad de Montferrat, que escreveu uma carta furiosa ao novo Arcebispo de Canterbury, Baldwin de Forde, pedindo a ele e ao rei Henry II para forçar os Templários a entregar o dinheiro, mas o rei se recusou a intervir.

Com a chegada do verão, Saladino liderou seus exércitos para o norte, tomando o castelo de Akkar, no Condado de Trípoli. Em 30 de maio, sitiou Krak des Chevaliers, a sede Hospitalária na Síria, mas, ao ver as fortificações, decidiu seguir em frente. Ele também tentou e falhou em tomar o Castelo Hospitalário de Margat, e seu cerco a Trípoli foi frustrado pela chegada de uma frota de 50 navios transportando 200 cavaleiros, enviada por William II da Sicília.

Em 3 de julho, Saladino atacou Tortosa, invadindo a cidade e destruindo a catedral, mas não assumiu o controle do castelo graças, em parte, à chegada de Gerard de Ridefort e da guarnição de Gaza. Ele, então, capturou os portos de Jabala (16 de julho) e Latakia (22 de julho). Em 29 de julho, capturou o castelo de Saone, seguido pelos castelos de Bakas Shoqr (12 de agosto), Sirmaniyah (19 Agosto) e Burzey (23 de agosto). No mês seguinte, conquistou as fortalezas controladas pelos Templários de Darbsak (16 de setembro) e Baghras (26 de setembro). Ao invés de atacar Antioquia, ele assinou uma trégua de oito meses com Bohemond.

Em setembro, visitou Aleppo, dispensou algumas das tropas fornecidas por seus vassalos no oriente, e prosseguiu para Damasco, onde ficou para o mês santo do Ramadã. Ele, então, continuou sua campanha para levar o resto dos castelos dos Cruzados no Reino de Jerusalém. Em 6 de dezembro, após um cerco de duas semanas, marcado por fortes chuvas, capturou a fortaleza Templária de Safed, seguida pelo castelo de Belvoir, em janeiro. Em março de 1189, tendo completado sua campanha pelo norte, Saladino retornou a Damasco. Mais tarde, seu irmão, al-Adil, conseguiu

AS CRUZADAS CONTINUAM, 1188-1244 ✟

capturar al-Karak após um ano de cerco, enquanto Montreal se rendeu em outubro de 1189 e Reginald do castelo de Sidon, Beaufort, acabou caindo em 22 de abril de 1190.

O CERCO DE ACRE

Anteriormente, durante o verão de 1188, seguindo as súplicas da rainha Sibylla, Saladino tinha libertado Guy de Lusignan, tendo extraído dele um juramento de não pegar em armas contra nenhum muçulmano (Guy rapidamente encontrou um padre que declarou o juramento inválido porque foi feito sob coação e a um infiel); o irmão de Guy, Aimery, e William de Montferrat foram liberados ao mesmo tempo. Guy passou cerca de um ano em Trípoli e Antioquia, onde se juntou a Gerard de Ridefort, os dois visitaram os castelos Templários em Tortosa e na pequena ilha vizinha de Ruad.

Guy, então, começou a levantar um pequeno exército, incluindo um contingente de cerca de 700 cavaleiros que haviam se abrigado em Trípoli e cerca de 9.000 de outras tropas, antes de marchar sobre Tyre. No entanto, Conrad recusou-lhe a entrada na cidade. Ele disse a Guy que ele não o considerava mais rei de Jerusalém e que administraria Tyre até a chegada de alguém de sangue real para resolver a questão de sucessão, de acordo com os termos do testamento da Baldwin IV. Guy retornou com a rainha Sibylla, que detinha o título legal do reino, mas Conrad estava inflexível, então, Guy montou um acampamento nos portões da cidade.

Em 6 de abril de 1189, a frota siciliana foi reforçada com a chegada de 52 navios enviados pelo arcebispo de Pisa. Guy convenceu ambos a se juntar a ele em sua campanha; no entanto, só seria capaz de encenar um contra-ataque a Saladino se possuísse uma base adequada. Como Conrad o manteve fora de Tyre, deslocou sua atenção à antiga cidade portuária do Acre, 31 milhas (50 quilômetros) para o sul.

Localizada em uma península de 40 acres (16 hectares) no Golfo de Haifa, Acre era protegido no oeste e no sul por água. O norte era a conexão com o continente, guardado por uma barreira de paredes duplas, reforçadas com torres, e ao leste estava o porto, que também era protegido por um

CAPÍTULO 6

muro maciço. Acima do porto da pequena ilha, havia um formidável forte e um farol conhecido como a Torre das Moscas. Provavelmente, construída nos tempos dos fenícios e reforçada pelos Cruzados durante a Primeira Cruzada, a torre foi presa a uma enorme corrente que atravessava o porto para evitar a entrada de navios.

O Acre representou uma das principais bases militares de Saladino, a habitação de um número significativo de guarnições em milhares e um grande depósito de armas. A batalha de Hattin havia esgotado, em grande parte, as forças do reino de Jerusalém, então, o exército de Guy era minúsculo em comparação, talvez apenas a metade do tamanho da guarnição sozinha.

Inicialmente, Guy fez um assalto às muralhas da cidade, na esperança de surpreender a guarnição. Quando isto não foi bem-sucedido, estabeleceu um acampamento e esperou por reforços, que começaram a chegar por mar, alguns dias mais tarde. Uma frota dinamarquesa e de frísios navegou para substituir a dos sicilianos, que haviam se retirado após a notícia de que seu rei tinha morrido; havia, também, contingentes de franceses e soldados flamengos, assim como alemães e italianos, e tropas armênias lideradas por Leo II da Cilícia. Conrad de Montferrat enviou tropas de Tyre, após súplicas de seu primo alemão, uma vez afastado, Louis III, conde de Thuringia. O exército acabou chegando a um total de cerca de 7.000 em infantaria e 400 em cavalaria.

Assim que Saladino soube do assalto franco, reuniu suas tropas e marchou para o Acre. Em 15 de setembro, atacou o acampamento de Guy, mas suas forças foram repelidas. Pouco tempo depois, Guy e Conrad chegaram a uma trégua e este último se juntou ao cerco, embora se recusasse a receber ordens de Guy. Enquanto isso, Saladino mudou seu exército para o lado oriental da cidade, onde, em 4 de outubro, foi atacado pelas forças francas.

Os soldados muçulmanos, que vieram do Egito, Turquestão, Síria e Mesopotâmia, foram dispostos em um semicírculo a leste da cidade. Diante deles se levantou o exército dos Cruzados – poucas bestas armadas na frente e cavalaria pesada atrás. Assim que começou a batalha, os Templários escaramuçaram a ala direita de Saladino, que estava sob o comando de seu

AS CRUZADAS CONTINUAM, 1188–1244 ✟

O Cerco do Acre. Com quase dois anos de duração, o cerco finalmente terminou em julho 1191, quando as forças francas, sob liderança de Richard Coração de Leão, usaram suas formidáveis armas de cerco para derrubar as muralhas da cidade.

sobrinho, Taki. Quando Taki fingiu um retiro, na esperança de atrair os Templários para um ataque, Saladino o confundiu com um retiro real e moveu suas próprias forças do centro para ajudar. Isto permitiu que as forças cristãs no centro avançassem, bestas na frente, suavizando o inimigo, antes da cavalaria pesada montar uma formação. Na confusão, a direita e o centro das forças de Saladino quebraram e fugiram dos Cruzados em perseguição.

✠ CAPÍTULO 6

Com seus inimigos aparentemente derrotados, os soldados cristãos dispersaram e começaram a saquear os muçulmanos caídos. Mas, quando estavam caminhando entre os corpos, Saladino reuniu seus soldados. Quando os cristãos começaram a voltar para o acampamento com seus saques, a cavalaria leve de Saladino desceu sobre eles. A batalha foi chocantemente unilateral - os francos ofereceram pouca resistência e foram abatidos pelos turcos até que novas tropas chegassem ao flanco direito cristão e começassem a forçar os muçulmanos a voltar.

As guarnições de Guy, que tinham sido encarregadas de manter os sarracenos içados dentro do Acre, foram arrastadas para a batalha. Em resposta, 5.000 soldados muçulmanos fugiram da cidade e se uniram aos sarracenos na ala direita. As forças combinadas atacaram os Templários em retirada; Gerard de Ridefort foi capturado e decapitado publicamente enquanto Conrad teve que ser resgatado por Guy. Os Cruzados acabaram se reunindo e repelindo o exército mulçumano, mas suas perdas foram em número de milhares.

Durante o outono, as forças de Guy foram reforçadas pelo exército de Cruzados europeus e ele foi capaz de bloquear, com sucesso, o Acre por terra. Entre os novos recrutas estavam mais Templários, que foram trazidos por preceitos de toda a Europa. O moral no acampamento cristão se espalhou quando a notícia de que o Santo Imperador Romano, Frederick Barbarossa, logo chegaria. O notícias também levaram Saladino a trazer reforços.

No entanto, as coisas se tornaram mais silenciosas por um tempo. Em 30 de outubro, o Acre foi reabastecido com alimentos e armas depois que 50 galerias muçulmanas quebrarem o bloqueio naval cristão. Dois meses mais tarde, em 26 de dezembro, uma frota egípcia chegou e retomou o porto e o caminho que levava a ele.

Com a chegada da primavera, o tempo melhorou. Em março de 1190, Conrad navegou para Tyre com materiais para construir máquinas de cerco, mas, muitas das máquinas foram perdidas durante um assalto em 5 de maio. Ao longo deste período, Saladino havia trazido reforços e, duas semanas após o assalto Cruzado, atacou o acampamento cristão.

AS CRUZADAS CONTINUAM, 1188-1244 ✟

A batalha prosseguiu por oito dias, antes que os muçulmanos fossem finalmente repelidos.

Durante o verão, o exército dos Cruzados foi fortalecido com a chegada de reforços da França, liderados por Henry II de Champagne. No início de outubro, o duque alemão Frederick VI da Swabia chegou com o que restava do exército de seu falecido pai, Frederick Barbarossa, e logo depois um contingente de Cruzados ingleses chegou sob a liderança de Baldwin de Exeter, Arcebispo de Canterbury.

A vida para ambos os grupos sob cerco - a guarnição dos Cruzados e de Saladino - tornou-se cada vez mais dura, com os alimentos e os suprimentos começando a diminuir. Para piorar a situação, o apodrecimento humano e cadáveres de animais contaminaram o abastecimento de água local. Novas doenças começaram a se espalhar através das forças cristãs, acrescentando a malária endêmica.

Entre o final de julho e outubro, as filhas de Guy, Alais e Marie, morreram. A mãe delas, a rainha Sibylla, sucumbiu alguns dias mais tarde. A reivindicação de Guy para o trono de Jerusalém foi legitimada apenas por seu casamento com Sibylla e sua morte anulou sua reivindicação. O trono deveria ser passado para a meia-irmã mais jovem de Sibylla, Isabella de Jerusalém, mas Guy recusou-se a se afastar.

Os barões do reino tentaram colocar Guy de lado ao arranjar para que Conrad casasse com Isabella, mas ela já era casada com Humphrey IV de Toron, e não ficou claro se o casamento de Conrad, em 1187, com uma princesa bizantina havia sido anulado. Arcebispo Ubaldo Lanfranchi de Pisa, um legado papal, e Philip, bispo de Beauvais, eventualmente deram permissão para Isabella e Humphrey divorciarem-se em 24 de novembro, e para Conrad e Isabella se casarem; Guy insistiu que ele ainda era rei.

O exército de Saladino era grande o suficiente para bloquear completamente Acre no lado da terra, e as tempestades de inverno impediram o transporte marítimo para o reabastecimento ou reforço. No último dia de 1190, os cristãos fizeram outra tentativa de romper as muralhas da cidade, mas foram repelidos novamente. Seis dias depois, porém, elas foram parcialmente violadas.

✝ CAPÍTULO 6

Até agora, a doença havia se espalhado ainda mais através do acampamento cristão e seus líderes estavam sentindo os efeitos. Em 20 de janeiro, Theobald de Blois e Stephen de Sancerre morreram; Henry de Champanhe acabou se recuperando depois de lutar contra a doença por várias semanas; Frederick da Swabia e Patriarca Eraclius também morreram durante o cerco. Dentro da cidade, os defensores exaustos também foram envoltos em doenças, até que, em 13 de fevereiro, Saladino quebrou através das linhas cristãs e substituiu a guarnição por um novo contingente de combatentes. Conrad de Montferrat montou um ataque na Torre das Moscas, do mar, mas seu navio foi impedido por ventos adversos e rochas submersas de se aproximar o suficiente para causar danos significativos.

A coroação de Guy de Lusignan, marido da rainha Sybilla de Jerusalém. Antes de ser coroada, Sybilla concordou em anular seu casamento com Guy para agradar aos oponentes de sua corte, mas, depois de tomar a coroa, ela voltou a se casar com ele, e Guy se tornou rei em agosto de 1186.

AS CRUZADAS CONTINUAM, 1188-1244 ✠

Uma anotação no *Itinerarium Regis Ricardi*, que se pensava ter sido escrito por um membro do exército dos Cruzados, captura o horror das condições que os combatentes sofreram: "Enquanto nosso povo suava cavando trincheiras, os turcos os assediavam em revezamentos incessantes desde o amanhecer até o anoitecer. Assim, enquanto a metade estava trabalhando, o restante tinha que se defender contra o ataque turco... enquanto o ar estava preto com uma chuva torrencial de dardos e flechas além dos números ou estimativas... Muitos outros futuros mártires e confessores da fé chegaram à costa e foram unidos ao número dos fiéis. Eles eram realmente mártires; muitos morreram logo depois do ar sujo, poluído com o fedor dos cadáveres, desgastado por noites ansiosas passadas em guarda, e estilhaçados por outras dificuldades e necessidades".

Março viu um clima mais benigno, permitindo que os navios cristãos descarregassem seus suprimentos para as forças Cruzadas. Eles também trouxeram a duque Leopold V da Áustria, que assumiu o controle do exército.

Enquanto isso, uma frota de navios sarracenos havia transmitido más notícias para Saladino: o rei Richard Coração de Leão e o rei Philip Augustus da França estavam a caminho da Terra Santa com seus exércitos. Estes últimos chegaram em 20 de abril de 1191 e começaram, imediatamente, a construção de armas de cerco. Richard chegou em 8 de junho, tendo desviado o curso e arrastado para uma luta que, eventualmente, o viu conquistar o Chipre e tomar o governador bizantino, Isaac Komnenos, prisioneiro. Enquanto lá estava, uma delegação do Acre o acompanhou, desejosa em contar com seu apoio e aceitar sua liderança. Entre estes que fizeram a viagem, estavam o rei Guy de Jerusalém, seu irmão Aimery de Lusignan, príncipe Bohemond de Antioquia, príncipe Leo de Roupenia, Humphrey de Toron e um grupo de Templários, incluindo alguns oficiais de alto escalão.

Saindo do Chipre e se aproximando da Terra Santa, o navio de Richard encontrou um grande navio de abastecimento muçulmano carregado com 650 homens com destino ao Acre. O navio Cruzado bateu no navio inimigo, afundando-o e matando muitos dos que estavam a bordo. Não muito tempo depois, eles pararam na guarnição templária de Tortosa, onde Isaac Komnenos foi jogado nos calabouços do castelo.

CAPÍTULO 6

A frota de Richard era de cerca de 100 navios, transportando 8.000 homens, incluindo um contingente de Templários ingleses. A chegada das novas tropas lideradas por homens poderosos mudou o equilíbrio do poder militar: mais uma vez, era a cidade e não o acampamento cristão que estava sob cerco. Houve, também, um impacto sobre o equilíbrio do poder político dentro do campo cristão, onde a crise sucessória ainda estava causando tensão. De um lado estavam Richard, rei Guy (que tinha apoiado o rei inglês em sua conquista de Chipre) e os Templários; do outro lado estavam Philip da França, Conrad e os Hospitalários, que haviam tomado o lado de Philip, em resposta ao apoio dos Templários a Richard e Guy. Da mesma forma, os Pisans tomaram o partido de Richard, então, os Genoveses optaram por apoiar Philip.

A chegada de Richard também acabou ajudando os Templários a resolver sua própria crise sucessória. Tinha havido um longo atraso na eleição de um novo Grão-Mestre após a morte de Gerard de Ridefort, em 1189. Muitos cavaleiros Templários seniores consideravam que Gerard tinha sido um líder imprudente e se convenceram de que era insensato para os Grão-Mestres agirem como tropas da linha de frente. O atraso na eleição de um novo Grão-Mestre foi, provavelmente, devido a um desejo entre a hierarquia templária de rever as regras relativas ao serviço ativo dos Grão-Mestres.

Entre aqueles que chegaram ao Acre com Richard estava seu amigo e conselheiro - e almirante de sua frota - Robert de Sable, um cavaleiro de Anjou. Na época da morte de Gerard de Ridefort, Robert não era um Templário, mas parece que Richard sugeriu que se juntasse à Ordem ao mesmo tempo em que, aparentemente, também sugere aos Templários que elejam a ele como Grão-Mestre. A ideia, certamente, teria sido atraente aos Templários, pois garantiria o apoio de Richard. Robert também não seria prejudicado por eventos recentes, como o desastre em Hattin ou a queda de Jerusalém. De fato, ele era tão adequado que os Templários dispensaram o ritual habitual de iniciação, apesar do fato dele ter sido membro da Ordem por menos de um ano.

Ao chegar, Richard mandou dizer à Saladino que ele gostava de apostar. Foi declarado um armistício de três dias, mas ambos os reis, Richard

AS CRUZADAS CONTINUAM, 1188-1244 ✚

e Philip, ficaram doentes, e não houve nenhuma reunião. Philip estava interessado em atacar o Acre imediatamente, mas Richard argumentou, citando sua própria saúde e o fato de ventos adversos terem evitado alguns dos seus homens de chegar à cidade. Ele esperava que os soldados chegassem na próxima frota de navios, junto com o material para a construção de mais máquinas de cerco. No entanto, Philip foi em frente com seus planos, atacando a cidade com catapultas e armas de cerco em 17 de junho. Apesar das máquinas de cerco terem quebrado com sucesso as muralhas do Acre várias vezes, a brecha precipitava um ataque do exército de Saladino. Enquanto os cristãos lutavam contra o ataque externo, a guarnição do Acre, rapidamente, escorava suas defesas.

Mas, a maré tinha virado. Em 4 de julho, após uma grande quebra que tinha sido reparada mais uma vez, a cidade ofereceu sua rendição. Entretanto, Richard optou por rejeitar os termos oferecidos. A guarnição enviou uma embaixada a Saladino, ameaçando sua rendição se ele não prestasse assistência, mas, cinco dias mais tarde, após mais uma batalha, Richard aceitou os termos da cidade. A pedido de Saladino, Conrad de Montferrat, que havia retornado a Tyre em protesto ao apoio de Richard ao rei Guy, foi lembrado para atuar como negociador. Embora o próprio Saladino não tenha participado das negociações, ele aceitou a rendição, cujos termos incluíam o pagamento de 200.000 peças de ouro, a libertação de 1.600 prisioneiros francos - 100 dos quais, de categoria cavalheiresca, poderiam solicitar pelo nome – e o retorno da relíquia da Cruz Verdadeira que Saladino havia capturado na Batalha de Hattin. Em recompensa, uma vez que os termos tivessem sido cumpridos, os francos libertariam os 2.700 prisioneiros muçulmanos que estavam segurando.

Ao entrar na cidade, as forças cristãs capturaram as guarnições muçulmanas e Conrad ergueu as bandeiras do reino de Jerusalém, França, Inglaterra e o Ducado da Áustria. Não muito depois, porém, Leopold V da Áustria deixou a cidade com raiva e retornou à Europa: como líder sobrevivente do contingente imperial da Alemanha, ele havia exigido um posto igual ao de Philip e Richard, mas, este último tinha recusado e a bandeira de Leopold tinha sido tirada das muralhas. Algumas semanas

CAPÍTULO 6

depois, em 31 de julho, Philip também foi para casa. Richard estava, agora, no comando exclusivo das forças expedicionárias cristãs.

Quando os francos começaram a reconstruir as defesas do Acre, Saladino coletou os fundos necessários para os pagamentos acordados. Porque não conhecia ou não confiava em Richard, enviou um agente aos Templários, em quem confiava, para pedir-lhes que garantissem o cumprimento do acordo, mas eles recusaram. No entanto, em 11 de agosto, Saladino fez o primeiro dos três pagamentos planejados e liberou 500 prisioneiros cristãos. Entretanto, Richard ficou enfurecido quando os nobres cristãos que havia solicitado não estavam entre aqueles a serem trocados (aparentemente, porque ainda não tinham chegado ao Acre), e a relíquia da Cruz Verdadeira também não se concretizou. A troca foi abandonada e os líderes tentaram, sem sucesso, negociar outra.

Em 20 de agosto, Richard, exasperado com o que viu como um atraso tático de Saladino, ordenou a decapitação dos 2.700 muçulmanos prisioneiros da guarnição do Acre. Em uma resposta dente por dente, Saladino matou todos os seus prisioneiros cristãos. Dois dias depois, Richard e seus exércitos marcharam para o sul, em direção a Jerusalém.

TENTATIVAS EM JERUSALÉM

O exército dos Cruzados, composto por cerca de 15.000 homens e liderado por Richard, Guy e Henry II de Champagne, marchou lentamente para o sul, para Jerusalém, com o exército de Saladino com cerca de 25.000 soldados, na sua maioria soldados montados, que os acompanham. Os cristãos se moveram para a costa, onde lhes foi concedida alguma proteção pela frota de Richard, que também foi capaz de reabastecer o exército enquanto marchava. As tropas foram organizadas em uma formação rigorosa, com os cavaleiros Templários de elite sob liderança de Robert de Sable na frente e os Hospitalários na retaguarda, um núcleo interno de 12 regimentos de 100 cavaleiros e a infantaria marchando no flanco terrestre, com bestas nas fileiras mais externas. Embora fossem constantemente molestados pelos combatentes muçulmanos, mantiveram sua disciplina e fizeram seu caminho para o sul a uma velocidade de cerca de 5 milhas

AS CRUZADAS CONTINUAM, 1188-1244 ✝

(8 quilômetros) por dia. No final de agosto, eles assumiram o controle da cidade de Cesareia, que Saladino havia arrasado e abandonado após a queda do Acre. Quando os Cruzados se mudaram para lá, Richard exilou os muçulmanos restantes entre os habitantes.

Os dois exércitos, finalmente, se uniram à batalha na beira de uma floresta perto de Arsuf, uma pequena cidade ao norte de Jaffa, em 7 de setembro de 1191. Saladino esperava surpreender os Cruzados escondendo-se na floresta e cavalgando para atacar a retaguarda. Em particular, ele queria perturbar a coesão do exército para que pudesse cercar e aniquilar unidades separadas; entretanto, os Cruzados permaneceram resolutos, lutando enquanto continuavam sua marcha em direção a Arsuf. Com a chegada da vanguarda à cidade, os Hospitalários, finalmente, quebraram as fileiras e atacaram os sarracenos. A isto, Richard ordenou uma carga geral e a maré começou a virar a favor dos francos. Após vários ataques e contra-ataques, acabaram emergindo vitoriosos. Os mortos sarracenos eram milhares; os Cruzados sofreram perdas às centenas. Três dias depois, Richard capturou Jaffa.

Depois disso, o moral entre os soldados de Saladino estava tão baixa que eles não estavam dispostos a defender a cidade de Ascalon. Detestando deixar os Cruzados retomarem Ascalon, Saladino ordenou a seus homens que derrubassem suas fortificações. Ao ouvir isto, Richard pressionou para um ataque à cidade, mas os nobres de sua comitiva estavam de olhos nos postos em Jerusalém. No final, Richard desistiu e o exército permaneceu em Jaffa, reforçando suas fortificações. Um Saladino enfraquecido tomou a oportunidade de evacuar e demolir a rede de castelos e fortificações cruzadas entre Jaffa e Jerusalém, incluindo Gaza, Blanche-Garde, Lydda e Ramla.

Em 17 de outubro, iniciaram-se as negociações oficiais entre Richard e o irmão de Saladino, al-Adil. A proposta de abertura de Richard foi pedir todas as terras entre o rio Jordão e a costa, e o retorno de Jerusalém e da Cruz Verdadeira. Quando isto foi rejeitado, ele se ofereceu para casar sua irmã Joanna com a al-Adil; o casal governaria, então, a Palestina a partir de Jerusalém. Haveria, também, uma troca de prisioneiros e Saladino

✝ CAPÍTULO 6

devolveria a Cruz Verdadeira. Assumindo que Richard renegaria, Saladino aceitou os termos, mas Richard pediu apenas tempo para obter a aprovação do Papa. Entretanto, em novembro, antes que um acordo final pudesse ser assinado, Saladino quebrou as negociações, tendo que deixar o contingente de seu exército de seus territórios orientais voltarem para casa para o inverno. Ele marchou o resto do exército para Jerusalém.

Com a chegada do inverno, Richard sabia que o tempo estava passando para um ataque a Jerusalém, então, em meados de novembro, mobilizou o exército novamente, marchando pela estrada de Jerusalém até as ruínas da fortaleza de Ramla. Lá, eles passaram miseráveis seis semanas com as chuvas, que se tornaram mais pesadas e os ventos se fortalecendo. Em 28 de dezembro, eles seguiram para a fortaleza de Beit-Nuba, apenas 12 milhas (19 quilômetros) da Cidade Santa. A marcha levou cinco dias, o exército afundou na lama grossa durante todo o caminho.

Durante todo o tempo, aqueles ao redor de Richard, incluindo os Templários, os Hospitalários e seus próprios barões, tentaram dissuadi-lo de atacar Jerusalém pois o tempo estava tão ruim que os soldados estavam lutando para conseguir fazer qualquer coisa, desde montar barracas até construir armas de cerco. Todos e tudo estava encharcado. O exército não era grande o suficiente para manter um cerco em torno da cidade e se proteger de ataques em sua retaguarda pelos sarracenos. E, mesmo que conseguissem tomar Jerusalém, muitos dos Cruzados europeus, provavelmente, voltariam para casa depois, então, defendê-la seria difícil.

Após uma semana em Beit Nuba, Richard relutantemente viu a razão e ordenou que o exército retornasse a Ramla, para descansar por alguns dias. Em seguida, marcharam para Ascalon, chegando em 20 de janeiro e, depois de tomar controle, passaram os próximos quatro meses reconstruindo as muralhas da cidade.

Enquanto isso, Saladino voltou a entrar em negociações com Richard. Em 20 de março, al-Adil convidou Richard pessoalmente para propor um novo acordo: ele teria permissão para manter o território que havia conquistado, bem como a cidade de Beirute se suas muralhas fossem desmontadas, a Cruz Verdadeira seria devolvida, os sacerdotes latinos

AS CRUZADAS CONTINUAM, 1188-1244 ✠

seriam autorizados a entrar de novo em Jerusalém e os peregrinos cristãos seriam autorizados a visitar a cidade. Depois de considerar os termos, Richard os rejeitou.

A esta altura, o baú de guerra de Richard já começava a ficar baixo e ele, também, estava se perguntando como administrar o Chipre. Ele decidiu matar dois coelhos com uma cajadada só, vendendo a ilha aos Templários – provavelmente, agindo sob o conselho de seu velho compatriota, o Templário Grão-Mestre Robert de Sable. Os Templários fizeram uma primeira parcela do pagamento de 40.000 lunetas de ouro, o restante do total de 100.000 de taxas viria das receitas da ilha, que era um próspero centro de comércio e de produção de minas de cobre, fazendas e pomares.

Havia, ainda, a questão de quem governaria o Reino de Jerusalém. Em abril, Richard convocou os barões locais e lhes ofereceu a escolha de Conrad de Montferrat ou Guy de Lusignan. Ninguém falou a favor de Guy, então, apesar da amizade de Richard com Guy, enviou seu sobrinho, Henry II, Conde de Champagne, a Tyre, para informar Conrad que ele seria rei. Antes que a coroação pudesse ocorrer, porém, Conrad foi morto por dois assassinos, aparentemente, como retaliação por seu ataque a um navio de carga (embora muitos acreditassem que Saladino ou Richard tinham solicitado o assassinato). Uma semana após a morte de Conrad, a rainha Isabella, grávida, casou-se com Henry II que, assim, se tornou rei Henry de Jerusalém, embora ele não tenha usado o título. Como a própria Cidade Santa ainda estava sob controle muçulmano, fez do Acre sua capital. Guy de Lusignan estava, agora, bem e verdadeiramente marginalizado, mas o destino iria sorrir amavelmente para ele.

As tentativas dos Templários de governar o Chipre haviam sido um desastre. Por estarem em meio a uma campanha militar, podiam dispor apenas de 15 cavaleiros e um pequeno número de sargentos, sob o comando do irmão Templário Armand Bouchart, para administrar a ilha. Mas, os homens eram guerreiros, não administradores, e agiram como se a ilha fosse sua propriedade pessoal, tratando os locais - tanto nobres como plebeus - insultuosamente, instituindo impostos punitivos e, de um modo geral, levando o que quisessem, sempre que quisessem. Foram tão

✠ CAPÍTULO 6

ruins as relações que, em 5 de abril 1192, eclodiu uma revolta aberta na capital da ilha Nicosia. Bouchart refugiou-se em um castelo templário, onde se juntaram a ele todos os cavaleiros e sargentos templários da ilha. Juntos, invadiram o castelo, atacando ferozmente a população local e trazendo um fim à rebelião. No entanto, isto seria apenas uma breve pausa; tal era a animosidade em relação aos Templários que uma revolta mais ampla estava no forno. Consequentemente, Robert de Sable disse a Richard que os Templários gostariam de vender o Chipre de volta para ele. Mas, Richard teve uma ideia melhor, convencendo Guy a comprar a ilha. Antes de navegar para o Chipre, Guy concordou que os Templários seriam autorizados a manter seus castelos e terras lá.

Com o casamento de Henry e a questão da sucessão finalmente resolvida, Richard se mudou para o sul. Em 28 de maio, suas forças retomaram a fortaleza e a cidade de Darum, ao sul de Ascalon, a única fortaleza que Saladino tinha guarnecido. A batalha provou ser muito unilateral, pois a moral dos sarracenos estava em baixa.

Os Cruzados voltaram, então, para Beit Nuba. Eles gastaram um mês lá, enquanto Richard pesava novamente os prós e os contras de um ataque a Jerusalém. E, mais uma vez, acabou escolhendo deixar a cidade quieta, ciente de que, mesmo que fosse capaz de tomá-la, teria dificuldades para mantê-la. Em 5 de julho, mobilizou o exército, marchando de volta para Jaffa e reabrindo as negociações com Saladino. O ponto principal foi Ascalon: Saladino queria suas fortificações destruídas, mas Richard queria que fossem deixadas intactas. Acreditando que um acordo seria alcançado em breve, Richard mudou o exército para o Acre e começou a se preparar para a viagem de volta para a Europa. Ao sentir uma abertura, Saladino ordenou a seus homens que marchassem a Jaffa e, em 30 de julho, recapturaram o porto. Um pequeno grupo de Cruzados conseguiu segurar a cidadela, concordando em se render se suas vidas fossem garantidas. Saladino decidiu deixar suas tropas saquearam a cidade antes de aceitar os termos, dando a Richard o tempo suficiente para velejar do Acre e retomá-la.

As negociações entre os dois líderes continuaram e, em 2 setembro, assinaram o Tratado de Jaffa, uma trégua de três anos que garantia a

AS CRUZADAS CONTINUAM, 1188-1244 ✢

passagem segura de cristãos e muçulmanos pela Palestina, assim como o acesso cristão à Igreja do Santo Sepulcro, em Jerusalém, e o controle franco da costa entre Tyre e Jaffa. As fortificações de Ascalon deveriam ser demolidas e a cidade voltaria para Saladino. O tratado, efetivamente, trouxe a Terceira Cruzada ao fim. A esta altura, Richard já estava doente e determinado a fazer seu caminho de volta à Inglaterra. Em 9 de outubro de 1192, ele deixou o Acre e a Terra Santa, para nunca mais voltar.

Pouco tempo depois, em 4 de março de 1193, Saladino morreu em Damasco, tendo ordenado que seu reino fosse dividido entre seus 17 filhos e seu irmão al-Adil. Os filhos lutaram entre si e acabaram sendo depostos por seu tio.

DIFICULDADES LOCAIS

Neste momento, as principais cidades de Outremer, e em particular os portos, eram o lar de colônias de comerciantes europeus engajados no comércio marítimo e terrestre com os reinos dos Cruzados. Em 1193, o rei Henry de Jerusalém descobriu que um desses grupos, comerciantes italianos de Pisa que viviam em Tyre, estava a conspirar para tomar o controle da cidade e entregá-la a Guy de Lusignan, que tinha comprado o Chipre usando fundos emprestados pelos pisans e tinha dado em troca generosas concessões comerciais. Henry, por outro lado, favoreceu os rivais dos pisans, os genoveses.

Quando soube da trama, Henry expulsou os comerciantes pisans de Tyre e colocou seus líderes na prisão. Como retaliação, os pisans conduziram uma série de ataques em cidades e vilarejos costeiros entre Tyre e Acre, então, Henry também expulsou os pisans do Acre. O irmão de Guy, Aimery de Lusignan, falou em apoio aos pisans, enfurecendo Henry ao ponto de atirar Aimery para a prisão. Os Templários, que tinham uma longa e estreita relação com a família Lusignan, pediram a Henry para libertar Aimery e o rei acabou cedendo.

Os problemas também estavam surgindo ao Norte, com os armênios no Principado de Antioquia. Depois de roubar o castelo de Baghras dos Templários, em 1189, Saladino havia ordenado que fosse desmontado, mas

CAPÍTULO 6

não muito tempo depois, o príncipe Leo da Armênia havia se mudado e o reconstruiu. Além de tomar o castelo, anexou um importante pedaço de território ao longo da fronteira de Antioquia. Príncipe Bohemond, descontente com a ideia de os armênios controlarem uma fortificação de fronteira tão importante, exigiu que Leo devolvesse Baghras aos Templários, que estavam tão ansiosos para readquiri-la que discutiram usar a força. No entanto, em 28 de setembro de 1193, a Ordem foi atirada ao tumulto pela súbita doença e morte do Grão-Mestre Roger de Sable.

Um mês depois, o príncipe Leo convidou Bohemond a Baghras para estabelecer a propriedade do castelo. O convite foi, no entanto, um ardil, e quando Bohemond entrou no castelo com sua esposa Sibylla, ele e seu grupo foram levados cativos.

A disputa trouxe Henry para o norte. Ele convenceu Leo a liberar Bohemond e abandonar sua reivindicação sobre Antioquia, em troca, permitiu-lhe manter Baghras e as terras ao seu redor. Embora o acordo tenha trazido paz ao norte, os Templários estavam longe de estar felizes com o resultado, tendo sua reivindicação ao seu castelo sacrificada pelo bem maior. No entanto, estavam fortalecendo seus vínculos com Guy de Lusignan, resultando no ganho de mais território no Chipre. Em maio de 1194, Guy morreu e foi substituído como rei de Chipre por Aimery, outro aliado Templário.

O sucessor de Robert de Sable como Grão-Mestre Templário foi Gilbert Erail, um templário espanhol que se acredita ter nascido no Reino de Aragão. Gilbert foi um templário de carreira, que passou toda sua vida adulta a serviço da Ordem. Ele serviu como grande comandante de Jerusalém em 1183, antes de retornar à Europa e tornou-se Mestre dos Templários da Espanha e de Provence entre 1185 e 1190, e na luta da Reconquista. Ele também serviu como grande preceptor da França. Estava na Espanha quando foi eleito Grão-Mestre e não retornou à Terra Santa até no início de 1198. Mas, antes de deixar a Espanha, perguntou ao Papa Celestino III para confirmar os privilégios da Ordem que, a essa altura, formavam a base das atividades dos Templários - tanto econômicas como militares. Ele também passou tempo organizando e consolidando posses Templárias na França e na Puglia, no sul da Itália.

AS CRUZADAS CONTINUAM, 1188-1244 ✝

Gilbert estava interessado em que cristãos e muçulmanos vivessem juntos, em paz, e trabalhou para garantir que o Tratado de Jaffa fosse respeitado pelos cristãos. Esta posição era impopular, no entanto, e o Papa Inocêncio III e vários senhores francos o denunciaram, acusando a Ordem de traição e conluio com o inimigo. De fato, a posição de Gilbert, provavelmente, acabara prejudicando os Templários. Em 1198, uma briga entre os Templários e Hospitalários sobre vários direitos relativos a um feudo entre a cidade costeira de Valania e o castelo de al-Marqab, na Síria ocidental, cresceu de tal forma que os cavaleiros das duas Ordens foram, às vezes, vistos lutando uns contra os outros, até mesmo, ocasionalmente, até a morte, e Inocêncio III foi forçado a arbitrar. Ele veio em favor dos Hospitalários, mais provavelmente devido a sua antipatia para com os acordos que os Templários tinham negociado com um dos irmãos de Saladino, Malek-Adel.

Enquanto isso, em 10 de setembro de 1197, o rei Henry de Jerusalém tinha morrido depois de cair de uma janela do primeiro andar em seu palácio em Acre. Após sua morte, a rainha Isabella foi rapidamente casada com Aimery de Lusignan e a dupla foi coroada rei e rainha de Jerusalém, em janeiro de 1198, no Acre. Em 1º de julho, Aimery assinou uma trégua com al-Adil, o que garantiu a posse dos Cruzados da costa entre o Acre e Antioquia por cinco anos e oito meses.

A QUARTA CRUZADA

Um mês após a assinatura da trégua, o Papa Inocêncio III emitiu a bula papal *Post miserabile*, que exigiu uma nova Cruzada, desta vez, contra o Egito. Ele, claramente, esperava tirar proveito das batalhas de facção que envolviam o Oriente Médio enquanto herdeiros de Saladino lutavam entre si pela supremacia. *Post miserabile* fornecia inúmeras instruções sobre como a Cruzada deveria ser organizada, mas o apelo de Inocêncio foi largamente ignorado pelos monarcas europeus, que estavam preocupados com os conflitos locais. No final das contas, o Papa logo teve outras disputas a tratar.

Tensões entre a Igreja Latina e as Ordens militares estavam fervilhando há décadas e, em 1199, elas explodiram. Anteriormente, um bispo de

✝ CAPÍTULO 6

Tiberias havia colocado 1.300 bizantinos com os Templários para a guarda, mas, quando o bispo atual pediu para que o dinheiro fosse devolvido, os Templários recusaram, por razões desconhecidas. O bispo de Sidon foi convidado a arbitrar e, imediatamente, ao lado de seu companheiro bispo, disse aos Templários que, se não devolvessem o dinheiro no prazo de três dias, ele excomungaria a Ordem inteira. Eles o fizeram devidamente, mas o bispo decretou formal e publicamente que cada membro da Ordem dos Templários tinha sido excomungado. Gilbert Erail informou ao Papa sobre a situação, deixando claro que, se os Templários fossem excomungados, seus votos anteriores seriam nulos e vazios, dando-lhes rédeas para agir como bem entendessem. O Papa, claramente ciente do papel vital que os Templários desempenhavam na defesa de Outremer e nas Cruzadas, dispensou o bispo de Sidon de seu bispado e lembrou ao resto do clero latino que as Ordens sagradas eram de responsabilidade apenas do Papa.

Em 21 de dezembro de 1200, Gilbert Erail morreu. Na primavera seguinte, outro Templário de carreira, Philip de Plessis, foi eleito Grão-Mestre. Nascido na fortaleza de Plessis-Macé, Anjou, França, em cerca de 1165, Philip tinha viajado para a Terra Santa em 1189 como um cavaleiro secular na Terceira Cruzada. Enquanto estava na Palestina, ficou impressionado com a disciplina, coragem e resiliência demonstradas pelos Templários em batalha e decidiu juntar-se à Ordem.

Por volta do amanhecer de 20 de maio de 1202, um poderoso terremoto, com seu epicentro no sudoeste da Síria, causou uma destruição generalizada tanto no Sultanato Ayyubid quanto no Reino de Jerusalém. As cidades de Tyre, Acre e Nablus foram todas muito danificadas. Após isso, os Templários foram forçados a usar os homens e o dinheiro acumulados em antecipação à próxima Cruzada para a reconstrução e reparos. A população muçulmana local também estava preocupada com a reconstrução, assim, a Terra Santa desfrutou de um período de relativa paz.

Nessa época, a Cruzada do Papa Inocêncio III foi, finalmente, iniciada. Mas, em vez de atacar o Egito, as tropas europeias desceram sobre Constantinopla, para exercer pressão sobre o regime. A campanha foi, em última instância, bem-sucedida, com o controle dos bizâncios da Grécia, mas

AS CRUZADAS CONTINUAM, 1188-1244 ✟

foi manchada por um frenesi de saquear e matar. Enquanto os Templários desempenharam um papel nos preparativos iniciais da Cruzada - apoiando a proposta, coletando dinheiro para ela e escoltando esse dinheiro e outros suprimentos para o Leste - seu papel direto na verdadeira Cruzada parece ter sido menor, muito provavelmente restrito a alguns cavaleiros individuais da Europa que acompanharam os Cruzados de sua região, ou da própria Bizantina. Não há menção alguma nas anotações contemporâneas deles participando da luta, o que faria sentido pois a regra proibia-os de matar companheiros cristãos.

Em 16 de maio de 1204, o Conde Baldwin da Flandres e Hainault foram coroados Imperadores do Império Bizantino. Uma delegação de Templários da Terra Santa participou da coroação na esperança de aproveitar a oportunidade para fazer lobby para que a Cruzada voltasse ao seu propósito original de atacar o Egito; no entanto, o Papa estava ansioso para que os Cruzados permanecessem no Império Bizantino para consolidar sua vitória, e o legado papal emitiu um decreto formal que os libertaria de seu voto de ir para a Terra Santa. Além disso, as oportunidades se abriram na Turquia e Grécia, tentando cavaleiros e barões a deixar também a Terra Santa como novos recrutas Cruzados que, de outra forma, poderiam ter ido para o Oriente Médio. A política significou que os Templários eram capazes de adicionar à sua carteira de propriedades, comprando terras abandonadas e edifícios em Outremer a preços de barganha, mas a onda de compras espalhava ainda mais seus fundos e mão de obra.

Em setembro de 1204, o rei Aimery de Jerusalém e al-Adil assinaram uma nova trégua de seis anos sob a qual este último cedeu Jaffa e Ramla para o Reino de Jerusalém, tornando muito mais fácil para peregrinos cristãos visitarem Jerusalém e Nazaré. Em 1º de abril do ano seguinte, Aimery morreu após uma curta doença; rainha Isabella morreu quatro dias depois. Ela foi sucedida como rainha de Jerusalém por sua filha mais velha, Maria de Montferrat, que tinha 13 anos de idade. O meio-irmão de sua mãe, John de Ibelin, serviu como regente.

Em 1209, quando Maria completou 17 anos, a regência expirou e a busca começou para encontrar um marido para que ela pudesse assegurar sua

✠ CAPÍTULO 6

posição como rainha. Os nobres e o clero pediram conselho ao rei Philip II da França; no entanto, isso foi quase dois anos antes dele encaminhar um de seus vassalos, John de Brienne, um cavaleiro de 60 anos que havia saído da pobreza relativa para se tornar um comandante no exército de Philip. Ele foi, aparentemente, escolhido não tanto por sua adequação, mas porque o rei queria que ele saísse da França para encerrar um caso que estava tendo com a condessa Blanche de Champanhe.

O cerco e o saque de Constantinopla. Em abril de 1204, após um curto cerco, os exércitos Cruzados causaram um tumulto de três dias em Constantinopla, capital do Império Bizantino, saqueando e vandalizando a cidade, violando e matando seus habitantes.

Então, em 12 de novembro, o Grão-Mestre Philip de Plessis faleceu. No ano seguinte, foi sucedido por William de Chartres, um cavaleiro nascido na região de Champagne por volta de 1178. William tinha se juntado aos Templários no preceito de Sours, perto de Chartres, na sua juventude. Não se sabe quando ele chegou à Terra Santa, mas há uma sugestão de que era o preceptor do castelo Safed antes de este ser conquistado por Saladino, em 1188.

As tréguas com al-Adil expiraram em julho de 1210, pouco antes de John de Brienne chegar a Jerusalém. Talvez, nervoso com a possibilidade de outra Cruzada, o sultão mandou enviados para transmitir seu desejo de estender o cessar-fogo, mesmo indo tão longe quanto para oferecer melhores condições. O regente, John de Ibelin, convocou um conselho para discutir a extensão. Ele e os Mestres dos Hospitalários e os Cavaleiros Teutônicos (a Ordem dos Irmãos da Alemanha da Casa da Santa Maria em Jerusalém, uma ordem militar semelhante aos Templários e aos Hospitalários), assim como muitos dos barões, estavam ansiosos para aceitar os termos do sultão, mas o novo Grão-Mestre Templário estava firmemente contra fazer isso, argumentando que o novo rei não deveria estar vinculado a um tratado de longo prazo sobre o qual não tivesse sido consultado. Os bispos e nobres viram sentido no livro de anotações de William e a assinatura do acordo foi adiada.

John chegou no Acre em 13 de setembro, acompanhado por cerca de 300 cavaleiros franceses (aumentando, assim, o número de cavaleiros do reino em cerca de um quinto). Ele foi casado com a jovem rainha Maria no dia seguinte. A dupla foi coroada em Tyre em 3 de outubro.

No verão do ano seguinte, a maioria dos Cruzados franceses deixou a Terra Santa e, não muito tempo depois, John de Brienne assinou uma trégua de cinco anos com a al-Adil, que entraria em vigor efetivo um ano mais tarde. Ao conselho dos Templários e Hospitalários, ele escreveu ao Papa Inocêncio III para sugerir que chamasse uma nova Cruzada para ocorrer em 1217, quando a trégua expirasse.

Enquanto isso, o conflito entre o rei Leo da Armênia Ciliciana e os Templários se reacendeu. Em 1209, Leo havia prometido voltar Baghras para os Templários como parte de um tratado negociado com Az-Zahir Ghazi, o emir Ayyubid de Aleppo, e quando ele renegou, levou a declarar a guerra na Cilícia e na planície de Antiochene. No início de 1211, uma caravana trazendo suprimentos para os Templários no norte da Síria foi emboscada e, no tumulto que se seguiu, um irmão foi morto e William de Chartres foi gravemente ferido. Em resposta, em maio, Inocêncio III reconfirmou a excomunhão de Leo e instou John de Brienne para apoiar os Templários. O rei enviou 50 cavaleiros do norte para reforçar a Ordem e, juntos, eles montaram um ataque. Em 1213, a paz foi finalmente negociada e Leo concordou em devolver as terras e os castelos templários que havia apreendido, embora não tenha devolvido Baghras à Ordem até 1216.

No final de 1212, a rainha Maria morreu pouco depois de dar à luz uma filha, Isabella, desencadeando uma nova crise sucessória no Reino de Jerusalém. Tecnicamente, a reivindicação de John de Brienne para o trono morreria com sua esposa, mas, no início de 1213, o Papa Inocêncio III confirmou John como governante legal da Terra Santa.

A QUINTA CRUZADA

Em abril de 1213, o Papa Inocêncio III emitiu a bula papal *Quia maior*, a mais completa declaração papal sobre a cruzada até hoje. Ela dava acesso estendido à remissão de pecados para aqueles que apoiassem a Cruzada - não mais restrita àqueles que participassem ativamente, agora, também, era oferecida àqueles que fornecessem homens às suas custas e àqueles que doassem dinheiro para isso. Chegou ao ponto de pedir ajuda aos portos marítimos para a Cruzada. Distribuída amplamente, cópias foram enviadas para quase todas as províncias eclesiásticas da Europa.

Dois anos mais tarde, os assuntos apresentados na *Quia maior* foram ampliados no Quarto Conselho Laterano, reunido em Roma em 11 de novembro de 1215. *Ad liberandam*, o cânone da cruzada emitido pelo conselho, autorizava a tributação escriturária universal para apoiar a Cruzada e decretava que ela deveria partir de uma série de portos italianos em junho de 1217, sendo o Egito seu primeiro alvo. O Papa também ordenou aos governantes cristãos que observassem uma trégua de quatro anos para que a Cruzada pudesse ser lançada.

Inocêncio III não viveu para ver o lançamento de sua nova Cruzada - ele morreu em julho de 1216, após uma curta doença - mas seu sucessor, Honorius III, estava igualmente comprometido com a causa, impondo um imposto sobre todas as receitas da Igreja para ajudar a

AS CRUZADAS CONTINUAM, 1188-1244 ✛

pagar por ela. Os fundos foram depositadas junto ao tesoureiro dos Templários em Paris.

Os primeiros a tomar a cruz foram o rei Andrew II da Hungria e Leopold VI da Áustria. Embora Inocêncio III tivesse especificado que a Cruzada deveria partir da Itália, forças austríacas e da Hungria convergiram para Split, na Croácia. O exército de Andrew era tão grande - pelo menos 10.000 soldados montados e até mais infantaria - que não havia navios suficientes disponíveis para transportá-lo à Terra Santa e ele teve que enviá-los a Veneza para navios adicionais.

Em 23 de agosto de 1217, Andrew embarcou com Leopold VI e uma parte de suas tropas. Em 9 de outubro eles desembarcaram no Chipre, antes de navegar para o Acre. Lá, se juntaram a John de Brienne, rei Hugh I de Chipre e príncipe Bohemond IV de Antioquia. Os líderes militares, incluindo os Grão-Mestres dos Templários e Hospitalários, realizaram um conselho de guerra no Acre, no qual concordaram que deveriam atacar imediatamente.

Em novembro, o exército combinado fez alguns ataques preliminares na Palestina. Em 10 de novembro, os cristãos escaramuçaram com as forças da al-Adil em Betsaida, no rio Jordão, mas, tal era o tamanho do exército dos Cruzados que os muçulmanos recuaram para suas fortalezas e cidades, em vez de arriscar uma batalha total. Em Jerusalém, muros e fortificações foram apressadamente demolidos para tornar mais difícil para os cristãos a defesa da cidade, deveriam conseguir conquistá-la, e muitos dos muçulmanos da cidade fugiram por medo de uma repetição do banho de sangue que tinha ocorrido no final da Primeira Cruzada.

Entretanto, faltava ao exército cristão qualquer autoridade central, com os contingentes europeus, cipriotas e locais, todos recebendo ordens somente de seus respectivos líderes. Ele andou por aí por um tempo, vigiado com cuidado por batedores muçulmanos, e superou algumas pequenas cidades árabes, mas fez poucas tentativas de se envolver com o inimigo, e quando retornava ao Acre, pouco havia conseguido.

Frustrado pela falta de ação e pela rejeição de sua liderança dos Cruzados europeus, John de Brienne decidiu atacar a fortaleza de pedra

✠ CAPÍTULO 6

que al-Adil tinha construído no Monte Tabor, logo ao sul de Nazaré, por conta própria. Em 3 de dezembro de 1217, ele liderou suas forças fora do Acre, mas seu ataque foi repelido. Dois dias depois, os contingentes de Templários e Hospitalários incharam as forças de John, mas, mais uma vez, seu ataque foi malsucedido e John, relutantemente, liderou seu exército de volta ao Acre.

Enquanto isso, o rei Andrew viajava por aí gastando seu cofre de guerra em supostas relíquias religiosas. Ele, então, ficou doente (algumas fontes sugerem que foi envenenado) e, em janeiro ou fevereiro 1218, marchou por terra de volta à Hungria com a maior parte de seu exército. Bohemund e Hugh também fizeram seu caminho de volta para casa.

O CERCO DE DAMIETTA

A Cruzada não terminou, no entanto, e em março de 1218, uma frota de navios cruzados que transportam soldados frísios, flamengos, holandeses, alemães e italianos partiu de Lisboa, chegando ao Acre em abril, onde se juntou ao resto das forças de Andrew. Pouco depois de sua chegada, foi convocado um conselho de guerra no qual ficou decidido que a cidade portuária egípcia de Damietta seria o primeiro alvo. Esta atuaria, então, como base para um ataque ao Cairo e, em última instância, ao braço sul de um ataque a Jerusalém. Ao assumir o controle da região, os Cruzados também ganhariam uma fonte de recursos para a continuação da Cruzada, reduzindo ao mesmo tempo a ameaça da frota muçulmana. A fim de se concentrar no Egito, os francos fizeram uma aliança com Keykavus I, o sultão Seljuk de Rum, na Anatólia, que atacaria os Ayyubids na Síria para que os Cruzados pudessem evitar ter que lutar em duas frentes.

Em 24 de maio, as tropas partiram para Damietta, com parte do frota chegando em 27 de maio e o restante, atrasado pelas tempestades, em 29 de maio. Antes que pudessem começar a atacar a própria Damietta, teriam que conquistar o controle do rio que protegia a fortaleza. Chegar perto o suficiente para atacar seria difícil devido à presença, como em 1169, de uma grande cadeia de correntes em todo o porto para o leste,

AS CRUZADAS CONTINUAM, 1188-1244 ✠

que bloqueava o único canal navegável do rio - uma ponta estava presa à torre, a outra às muralhas da cidade.

Em 24 de junho, os Cruzados começaram seu assalto à torre, mas foram repetidamente repelidos, levando a uma mudança inovadora de plano. Por sugestão do oficial da igreja e cronista Oliver de Paderborn, passaram várias semanas construindo um novo tipo de arma de cerco, unindo dois navios e construindo uma torre de cerco e escada no topo de quatro mastros e saguões. Eles, depois, cobriram esta estrutura com peles de animais para protegê-la. Em 24 de agosto, os Cruzados navegaram com a arma de cerco até a torre e, no dia seguinte, seus defensores se renderam. Os espíritos cristãos estavam elevados quando souberam que o sultão Ayyubid, que estava em seus 70 anos, tinha morrido. Ele foi sucedido como sultão do Egito pelo comandante de campo, al-Kamil, um dos filhos de al-Adil.

Com o controle do rio, os Cruzados esperavam utilizar a frota para apoiar um ataque terrestre a Damietta. Entretanto, al-Kamil usava navios afundados para bloquear a aproximação e foi forçado a gastar uma quantidade significativa de tempo e esforço para limpar um velho canal para que seus navios pudessem circundar a cidade.

Enquanto isso, a chegada do inverno trouxe o frio e tempestades. O exército dos Cruzados também foi assolado por doenças e disputas sobre quem deveria liderar o cerco. Em setembro, o cardeal Pelagius, Bispo de Albano e legado da Sé Apostólica, chegou com um contingente novo, principalmente de Cruzados franceses. Tendo sido enviados pelo Papa para liderar a Cruzada, perderam pouco tempo em desafiar John de Brienne pelo controle do exército, alegando que a autoridade da Igreja era maior do que a de um líder secular. O fato de que Pelagius controlou os fundos de apoio à campanha lhe dava muita influência dentro do exército dos Cruzados e interferia regularmente nas decisões militares. Não ajudou que o Papa nomeando o líder secular para a Cruzada, Frederick II de Alemanha, havia permanecido na Europa, e que os combatentes do Ocidente se recusavam, regularmente, a receber ordens de John de Brienne.

No final de novembro de 1218, uma violenta tempestade destruiu vários dos navios cruzados e os suprimentos foram arrasados, mas, com

✛ CAPÍTULO 6

a primavera finalmente se aproximando, sua sorte virou. Em fevereiro, al-Kamil recuou depois de receber relatos de uma conspiração contra ele, deixando a margem do rio perto da cidade desocupada. Mas, embora tenham avançado rapidamente, atravessando o Nilo e ocupando o antigo acampamento de al-Kamil ao sul de Damietta, os Cruzados não conseguiram usufruir de vantagem. Em março, o exército do sultão voltou, montando o acampamento mais ao sul, em Fariskur. As forças opostas passaram a primavera e o verão em um impasse, com escaramuças periódicas.

Durante uma dessas batalhas no final de agosto, o Grão-Mestre William de Chartres foi gravemente ferido. Ele morreu em 26 de agosto, embora não esteja claro se foi devido a suas feridas ou a uma doença (provavelmente tifo) que havia se espalhado pelos dois exércitos. Ele foi rapidamente sucedido por Peter de Montaigu. Vindo de Auvergne, na França, Peter havia servido na Espanha e em Provence, tornando-se Mestre dos Templários da região em 1206. Ele foi um amigo próximo de William de Chartres, o que pode explicar porque foi eleito tão rapidamente após a morte do ex Grão-Mestre. É provável que fosse também o irmão do Grão-Mestre do Hospitalários, Guérin de Montaigu.

Em 29 de agosto, os cristãos montaram um ataque em grande escala no campo inimigo, mas, depois de perder a disciplina e tornar-se desorganizados, foram repelidos por um contra-ataque muçulmano. Não muito tempo depois, o sultão lhes ofereceu uma trégua sob a qual entregaria o Reino de Jerusalém, fornecendo fundos para reparar muros de Jerusalém, entregar a Cruz Verdadeira e liberar todos os cativos cristãos mantidos no Egito e em Damasco. Ele pediu, apenas, que os cristãos abandonassem sua invasão no Egito e que fosse permitido manter o controle das fortalezas de Kerak e Montreal. O rei John, com o apoio das tropas francesas e alemãs, recomendou aceitar os termos; cardeal Pelagius, apoiado pelos Templários, os Hospitalários e os italianos, era favorável em rejeitar o acordo. Pelagius levou à votação e a luta continuou - mas sem William I, conde da Holanda que, após ouvir que a oferta de rendição havia sido rejeitada, navegou para casa.

AS CRUZADAS CONTINUAM, 1188-1244 ✝

Então, no início de novembro, os Cruzados se aproximaram de Damietta. Encontrando a cidade essencialmente desguarnecida, os soldados fizeram seu caminho adentro, onde descobriram uma cena de total devastação. Estima-se que das 60.000-80.000 pessoas que haviam vivido na cidade antes ao cerco, menos de 10.000 e, talvez, pouco mais de 3.000, tinham sobrevivido, tendo o restante sucumbido à fome e à doença.

MARCHA SOBRE O CAIRO

O cardeal Pelagius e John de Brienne logo estavam brigando pelo controle de Damietta. Em 1220, John reivindicou-a e, depois, retornou ao Acre. Pelagius, por sua vez, estava agarrado à esperança de que Frederick II da Alemanha trouxesse um novo exército para continuar a campanha - e continuar para se tornar imperador do Egito. Essa possibilidade nunca se concretizou, mas, em maio de 1221, ele enviou uma grande parte de seu exército, com Louis da Bavaria como seu representante. Louis estava ansioso para atacar o Cairo imediatamente e, no final de junho, os Cruzados formaram seu exército em seu antigo acampamento. Rei John chegou em 7 de julho e exortou os outros líderes cristãos para mostrar cautela, mas, com os fundos em baixa e as paixões em alta, ninguém lhe dava muita atenção.

O exército, composto de cerca de 5.000 cavaleiros, 40.000 soldados a pé, um grande contingente de arqueiros e numerosos peregrinos desarmados, partiu em 17 de julho. Os cristãos também lançaram uma frota de cerca de 600 navios no Nilo para proteger as tropas em terra e ajudar a mantê-las abastecidas. Enquanto marchavam, os soldados cristãos foram acossados pelas forças de al-Kamil, forçando cerca de 2.000 tropas alemãs a retornar a Damietta. Os egípcios aguardavam a força de aproximação, mas quando viram como era grande, se retiraram para o lado oposto do rio Bahr, como o rio Saghir, que vai do Lago Manzalah até o Nilo.

Continuando a avançar, os cristãos se aproximaram do ponto onde o Bahr as-Saghir fluía para o Nilo. O Nilo estava começando sua enchente anual e os níveis crescentes, tanto dele como do Bahr as-Saghir,

✛ CAPÍTULO 6

bloquearam o caminho a seguir. Presos em uma ilha entre os dois rios, os cristãos tentaram fortificar suas posições. Al-Kamil, novamente, ofereceu condições, incluindo o retorno de Jerusalém e uma longa paz. Mais uma vez, o rei John exortou à aceitação mas, novamente, a oferta foi rejeitada por Pelagius.

Então, de repente, as coisas passaram de ruins a significativamente piores. As águas ascendentes entraram num canal seco que os Cruzados tinham atravessado e logo estavam tão profundas que os egípcios foram capazes de enviar navios pelo canal. Os Cruzados estavam, agora, encurralados dentro de um triângulo aquoso, sem esperança de reabastecimento por parte de sua frota. Seu abastecimento inadequado - havia comida suficiente para apenas 20 ou poucos dias mais - em breve ficaria baixo e, na noite de 26 de agosto, eles começaram um retiro forçado. Assim que ficou claro que estavam rumando para casa, muitos dos soldados comuns começaram a beber o fornecimento de vinho do exército, enquanto os Cavaleiros Teutônicos atearam fogo aos outros suprimentos, a fim de negá-los ao inimigo.

Quando al-Kamil percebeu o que estava acontecendo, ordenou à suas tropas abrir as comportas no lado oriental do canal, causando a inundação do solo para o qual os cristãos estavam tentando se retirar. Os soldados estavam passando pela lama e caindo em regos cheios de água, no escuro e, em muitos casos, bêbados. Então, os egípcios atacaram.

Os Templários e os outros cavaleiros sob liderança do rei John fizeram o que puderam para reter os soldados egípcios, mas as perdas cristãs foram significativas. O que sobrou do exército se retirou para seu acampamento, mas seus suprimentos alimentícios estavam uma bagunça fedorenta. Com sua situação claramente desesperada, Pelagius ordenou ao rei John pela paz. Sob os termos da rendição resultante, que aconteceu em 29 de agosto, os combatentes cristãos sobreviventes renunciaram à Damietta e teriam passagem segura para fora do Egito, todos os prisioneiros muçulmanos seriam trocados por todos os prisioneiros cristãos, uma trégua de oito anos seria declarada e o sultão devolveria a relíquia da Cruz Verdadeira (entretanto, quando chegou a hora de ser entregue, ninguém pôde encontrá-lo; nunca mais foi visto). Em 8 de setembro, os remanescentes do exército cristão embarcaram em seu navios e retornaram ao Acre.

JERUSALÉM RECUPERADA

A trégua com al-Kamil deu aos Templários espaço para respirar, o que lhes permitiu enviar combatentes da Terra Santa para a Espanha para apoiar a *Reconquista*. Também permitiu que o rei John começasse a reconstruir laços comerciais vitais com seus vizinhos muçulmanos, na esperança de melhorar a situação econômica do reino.

Apesar do retrocesso, o recrutamento de cruzados na Europa continuou. Ainda havia esperança de que Frederick II da Alemanha seria fiel ao seu juramento, ao ser coroado Imperador Santo Romano pelo Papa Honório III, em 22 de novembro de 1220, para viajar para a Terra Santa. Em 1225, se casou com Isabella II de Jerusalém, filha de John de Brienne e herdeira do Reino de Jerusalém (levando à abdicação forçada de John de Brienne), o que não ocorreu até agosto de 1227 quando ele, finalmente, partiu para a Terra Santa, do porto italiano de Brindisi.

No entanto, logo que embarcou, de repente, ficou doente e voltou ao porto. Os Grão-Mestres Templários e Hospitalários foram vozes ativas na condenação da relutância do imperador em honrar seu voto de Cruzado e, depois, ele foi excomungado, em 29 de setembro de 1227 pelo Papa Gregório IX, e atacou os domínios Templários e Hospitalários dentro de seus territórios europeus em vingança; uma série de cavaleiros de ambas as Ordens foram mortos quando seus soldados saquearam seus preceitos.

Em junho do ano seguinte, Frederick navegou novamente de Brindisi sobre o que é amplamente conhecido como a Sexta Cruzada, mas, em vez de molestar o Papa, isto trouxe outra excomunhão porque, como excomungado, Frederick não tinha permissão de realizar uma Cruzada. O exército que o acompanhou estava no lado pequeno, portanto, depois de ter chegado ao Acre, em setembro, buscou soluções diplomáticas para o conflito com os Ayyubids. Em fevereiro de 1229, concordou com um tratado com al-Kamil que retornou Jerusalém, Nazaré, Sidon,

✚ CAPÍTULO 6

Jaffa e Belém aos francos, na condição de que a Cidade Santa permanecesse não fortificada e fosse aberta a todos, e o Monte do Templo permanecesse sob o controle das autoridades religiosas islâmicas. As hostilidades também foram suspensas por dez anos. Em 18 de março, Frederick foi coroado rei de Jerusalém, na Igreja do Santo Sepulcro, apesar de ainda ser excomungado.

Embora tivesse ganhado o prêmio significativo da Cidade Santa, Frederick era extremamente impopular dentro de Outremer, onde havia a crença generalizada de que estava apenas tentando estender os limites de seu império. Os Templários e Hospitalários eram particularmente críticos de seu acordo com os Ayyubids e, após os motins eclodirem em Jerusalém, o Imperador acusou o Grão-Mestre Templário Peter de Montaigu de instigá-los. Frederick apressadamente deixou Jerusalém; quando navegou do Acre para a Europa, em 1º de maio, desejoso de retornar porque seus bens na Itália estavam sob ameaça de um exército criado pelo Papa e liderado por John de Brienne, foi atingido com miudezas.

Na paz relativa que se seguiu, Peter de Montaigu e os Templários realizaram uma série de ataques contra exércitos muçulmanos em seus castelos e bases nos poucos remanescentes estados controlados pelos Cruzados. Entre eles, houve um ataque conjunto com os Hospitalários sobre emir de Hama, em 1230, como punição por não pagar seu tributo aos Hospitalários. Saindo de Krak de Chevaliers, a força combinada de 500 cavaleiros e 2.700 soldados a pé foi derrotada após ter sido emboscada pelo exército do emir, mas voltaram em 1233 com uma força muito maior, que incluía 25 cavaleiros Templários, saqueando o assentamento em Montferrand, assolando os arredores dos campos e convencendo o emir a pagar.

Enquanto isso, em 28 de janeiro de 1232, Peter de Montaigu faleceu. Ele foi sucedido por Armand de Périgord, que já havia servido como Mestre de Apúlia e Sicília. Cinco anos mais tarde, o novo Grão-Mestre liderou um grupo de Templários fora de Baghras e atacou um grupo de nômades muçulmanos cujo gado estava pastando em um vale no lado oriental do lago de Antioquia, roubando os animais e expulsando os nômades. Os muçulmanos aflitos apelaram para a ajuda de Aleppo e Baghras logo foi sitiada. Os Templários, por sua vez, apelaram ao príncipe Bohemond de Antioquia para obter assistência. Ele liderou uma pequena força para aliviar o castelo e negociar uma trégua entre os Templários e o emir de Aleppo.

O comandante templário de Antioquia, William de Montferrat, considerou a trégua humilhante e, em junho de 1237, liderou um ataque à fortaleza de Darbsak, na fronteira entre a Síria e Cilícia, na esperança de restaurar o orgulho dos Templários. Ela provou ser uma das piores derrotas militares dos Templários de todos os tempos. A guarnição da fortaleza foi capaz de resistir à força templária de 120 cavaleiros e 300 bestas até que um exército de ajuda de Aleppo pudesse chegar. Menos de 20 cavaleiros escaparam. Tanto o Papa Gregório IX como o rei Henry III da Inglaterra tiveram que dar fundos aos Templários para pagar o resgate por aqueles que foram presos. Guilherme de Montferrat não estava entre os sobreviventes.

Anteriormente, em 1234, o Papa havia emitido a bula papal *Rachel suum videns*, proclamando que uma nova Cruzada deveria chegar à Terra Santa, antes que a trégua com al-Kamil acabasse, em 1239 (embora o próprio al-Kamil tivesse morrido em março de 1238). O entusiasmo para a cruzada havia diminuído e poucas potências europeias mostraram muito interesse na montagem de outra campanha, mas, eventualmente, um grupo díspar de nobres franceses e ingleses fez seu caminho separadamente para a Terra Santa para conduzir o que ficou conhecido como a Cruzada dos Barões.

A primeira expedição, sob liderança de Theobald de Champagne, o rei de Navarre, composta por cerca de 1.500 cavaleiros, chegou ao Acre em 1 de setembro de 1239, e uniu-se aos Cruzados do Chipre e um grande exército foi montado pelos barões e as Ordens militares em Outremer. Em 2 de novembro, o exército, que agora incluía cerca de 4.000 cavaleiros, marchou até Ascalon, onde planejava reconstruir o castelo demolido por Saladino e Richard Coração de Leão, em 1191. No caminho, o exército se dividiu em vários pequenos contingentes

CAPÍTULO 6

para escaramuças com exércitos muçulmanos, com diferentes graus de sucesso. Em uma batalha desastrosa em Gaza, em 13 de novembro, uma força egípcia derrotou um contingente de 400-600 cavaleiros, e várias centenas de Cruzados foram feitos prisioneiros. Os Templários atraíram críticas por não apoiar o ataque; foi dito que o rei da França estava tão enojado que retirou seus depósitos em dinheiro do Templo de Paris.

Cerca de um mês depois, an-Nasir Dawud, o emir de Kerak (e ex-sultão de Damasco), marchou sobre Jerusalém, que tinha ficado, em grande parte, indefesa e, em 7 de dezembro, a guarnição da cidade cristã se rendeu em troca de uma passagem segura para o Acre. Jerusalém estava, mais uma vez, em mãos muçulmanas, mas nem tudo estava perdido. Após a morte de al-Kamil, a guerra civil eclodiu no interior da dinastia Ayyubid, com os governantes de Damasco, Homs, Kerak e Egito lutando entre si. Tirando proveito da discórdia, Theobald assinou um tratado com as-Salih Ismail, emir de Damasco, contra os Ayyub do Egito e os Dawud de Kerak. Em seus termos, os francos recuperaram o controle de Jerusalém, Belém, Nazaré e Galileia oriental. O último deles significou o retorno de vários castelos Templários, incluindo Beaufort e Saphet, e mais de 200 vilarejos. Os Cruzados revitalizados começaram reconstruindo Ascalon, realizaram incursões no Vale do Jordão e atacaram Nablus, embora não o tenham tomado. Em resposta, no final do verão 1240, Dawud negociou um tratado com o próprio Theobald.

Em meados de setembro, os barões franceses voltaram para casa. Eles foram logo substituídos por uma Cruzada liderada por Richard de Cornwall, que chegou ao Acre em 11 de outubro com um pequeno exército de cerca de uma dúzia de barões ingleses e várias centenas de cavaleiros. Este grupo não veria qualquer combate, mas continuaria as negociações de paz iniciadas por Theobald (chegando a um acordo com Ayyub que incluía uma troca de prisioneiros), bem como continuaria a reconstrução dos castelos de Ascalon e cuidaria dos enterros das pessoas mortas durante a batalha em Gaza. Quando Richard partiu para a Inglaterra, em 3 de maio de 1241, o Reino de Jerusalém estava em sua maior extensão territorial desde 1187; pelo verão, tinha até recuperado o controle da própria Jerusalém.

No entanto, nem tudo estava bem no acampamento franco. Os Hospitalários e os Cavaleiros Teutônicos, que apoiavam o imperador Frederick II (regente de Jerusalém para seu filho, Conrad, que logo teria idade suficiente), estavam em conflito direto com os Templários, que apoiavam os barões locais e Alice, rainha viúva de Chipre, que consideravam a herdeira mais próxima do trono e, portanto, a única candidata legítima a regente. As duas facções também estavam divididas sobre a questão de diplomacia com os muçulmanos – os apoiadores imperiais favoreceram o Egito, enquanto a facção baronial favoreceu Damasco. Os Templários suspeitavam que os egípcios estavam cometendo duplicidade e, assim que Richard partiu para a Inglaterra, formaram uma aliança própria com Ismail em Damasco. Frederick II estava infeliz que sua aliança com o Egito estivesse sendo minada e disse aos Templários que, se eles não entrassem na linha, confiscaria todos os bens da Ordem na Alemanha e na Sicília.

Em outubro de 1241, com Richard da Cornwall fora da cena, as latentes tensões eclodiram em conflito aberto quando o *bailli* de Frederick, Richard Filangieri, tentou tomar controle do Acre, utilizando o convento dos Hospitalários na cidade como sua base. Os Ibelins e os Templários bloquearam o convento por quase seis meses, entre outubro de 1241 e março de 1242. Os Templários também atacaram a casa dos Cavaleiros Teutônicos no Acre. Eventualmente, no verão de 1243, com a assistência das tropas recém-chegadas de Gênova e Veneza, os francos expulsaram Filangieri e o resto do grupo imperial de Tyre.

FORÇADOS A SAIR DO OUTREMER
No início de 1244, os Templários assinaram outro tratado com Damasco. Kerak e Homs aderiram à aliança. Embora o objetivo principal fosse a conquista conjunta e a divisão do Egito, nos termos do acordo, os cristãos recuperaram o Monte do Templo que, até então, tinha sido reservado para o culto muçulmano. Al-Mansur Ibrahim, o emir de Homs, visitou

✝ CAPÍTULO 6

o Acre pessoalmente enquanto Dawud montou acampamento perto de Jerusalém e o exército damasceno marchou para o sul e ocupou Gaza.

Ayyub respondeu à ameaça convocando os khwarezmians, mercenários turcos que haviam se mudado recentemente para Edessa após terem fugido dos mongóis. Cerca de 12.000 khwarezmians moveram-se para o sul e, em 11 julho, atacaram Jerusalém. A minúscula guarnição dos defensores cristãos foi rapidamente dominada e os turcos causaram tumultos, saqueando a cidade e ateando fogo à Igreja do Santo Sepulcro.

Embora estivessem relutantes em enfrentar os khwarezmians, os Ayyubids sírios de Damasco, Kerak e Homs juntaram-se aos Templários, Hospitalários, Cavaleiros Teutônicos, à Ordem de São Lázaro e ao que restou dos combatentes do Reino de Jerusalém para formar um grande exército no Acre. Al-Mansur comandou cerca de 2.000 na cavalaria e um destacamento de tropas de Damasco, enquanto o exército cristão consistia em cerca de 1.000 da cavalaria e 6.000 soldados a pé. As forças de Oultrejordain (do leste do rio Jordan) consistiam em cerca de 2.000 beduínos montados. O exército egípcio, que era ligeiramente menor do que o de seus oponentes, foi reforçado com os mercenários khwarezmians.

Os dois exércitos se encontraram perto da pequena aldeia de La Forbie, no nordeste do país de Gaza. A batalha começou na manhã do dia 17 de outubro. Os cavaleiros cristãos carregaram repetidamente as linhas egípcias, mas ficaram firmes. Os khwarezmians montaram um ataque furioso contra as tropas sírias, praticamente circundando-as; os sírios acabaram a luta fugindo, Al-Mansur liderando 280 soldados restantes longe do campo de batalha. Os Cruzados abandonados lutaram por várias horas, mas sua causa era desesperada e acabaram sendo derrotados.

Mais de 5.000 cristãos foram mortos na batalha, incluindo entre 260 e 300 cavaleiros Templários. Outros 800 foram levados prisioneiros e vendidos como escravos. Philip de Montfort, segurança de Jerusalém, e Robert de Nantes, Patriarca de Jerusalém, escaparam para Ascalon, juntamente com apenas 33 Templários, 26 Hospitalários e três Cavaleiros Teutônicos. Armand de Périgord não estava entre os sobreviventes, embora não esteja claro se pereceu no campo de batalha ou, mais tarde, em uma prisão egípcia.

A batalha marcou o fim do poder cristão em Outremer. Com as forças francas na Terra Santa totalmente devastadas, eles nunca mais seriam capazes de desafiar, com sucesso, seus inimigos muçulmanos.

CAPÍTULO 7
A PERDA DA TERRA SANTA, 1245-1304

Tendo perdido Jerusalém mais uma vez, os Cruzados passaram a ver o Egito como o principal obstáculo à sua ambição de recapturar a Cidade Santa. A esta altura, no entanto, já estavam severamente enfraquecidos, então, se voltaram para os mongóis em busca de apoio.

Durante o início dos anos 1200, Genghis Khan tinha unido as tribos nômades das estepes da Ásia Central em um vasto exército conquistador que varreu tudo atrás dele. Cavaleiros e arqueiros altamente habilidosos, os mongóis eram guerreiros formidáveis e, no meio do século, controlavam uma faixa de território da Europa Oriental para o Mar do Japão e estavam começando a se mover para o Meio Leste. Na Europa, foram vistos como aliados potenciais contra os muçulmanos - como diz o velho provérbio, "O inimigo de meu inimigo é meu amigo" – mas, agora, o Império Mongol estava começando a faturar, complicando os esforços diplomáticos.

Enquanto isso, a agitação entre os muçulmanos levaria ao poder um novo e ainda mais impiedoso e brutal inimigo dos francos. Os mamelucos eram originalmente soldados escravos (seu nome traduzido como de "propriedade"), principalmente os turcos Qipchak da Ásia Central, capturados como meninos e treinados como uma força de elite para o uso pessoal dos sultões e da realeza muçulmana. Hostil para com os cristãos em geral e às ordens militares, como os Templários em particular, eles colocaram cavalaria pesada em batalha, que foi mais do que um desafio para os cavaleiros Cruzados.

A SÉTIMA CRUZADA
Durante o Primeiro Conselho de Lyon, em 1245, o Papa Inocêncio IV ofereceu seu apoio para a Sétima Cruzada, que estava sendo organizada

A PERDA DA TERRA SANTA, 1245-1304 ✠

por Louis IX, rei da França, com o objetivo de derrotar a dinastia Ayyubid no Egito e na Síria, e retornar Jerusalém ao controle cristão. Embora a Cruzada fosse impopular na corte de Louis, foi fortemente apoiada pelos Templários franceses. Seu preceptor, Renaud de Vichiers, prometeu acompanhar a Cruzada com um grande contingente de cavaleiros e ajudou a organizar os navios necessários para o transporte das forças cruzadas ao Egito.

Reconhecendo a escala da tarefa em mãos, os Cruzados se voltaram para os mongóis (que não estavam constrangidos por uma determinada fidelidade religiosa) para apoio. Eles esperavam que os exércitos nômades varressem do leste enquanto atacavam os muçulmanos do oeste. Mas, não era para ser. Quando o Papa enviou seu emissário franciscano, Giovanni da Pian del Carpine, para Karakorum para buscar uma aliança com Güyük, o Grande Khan dos mongóis, foi-lhe dito que o Papa e os reis da Europa deveriam reconhecer os mongóis como seus governantes, não como iguais com quem poderiam formar alianças.

Em 1247, um novo Grão-Mestre Templário foi escolhido para substituir Armand de Périgord. Nascido em uma família nobre na França, região de Rouergue, Guillaume de Sonnac foi descrito pelo monge beneditino inglês do século XIII, Matthew Paris, como "homem discreto e prudente, que também era hábil e experiente nos assuntos de guerra". Ele já estava estabelecido na Ordem quando foi eleito, servindo como preceptor de Aquitânia na França. Após sua eleição, seguiu seu caminho para a Terra Santa.

Apesar de ter sido rejeitado pelos mongóis, Louis continuou seus preparativos e, em 25 de agosto de 1248, uma flotilha de navios - liderada por Louis e seus irmãos, Charles de Anjou e Robert de Artois, carregando um contingente de cavaleiros Templários e outro de cavaleiros ingleses, sob liderança de William II Longespée de Salisbury - navegou do recém--construído porto de Aigues-Mortes, no sul da França e de Marseilles.

A frota desembarcou em Limassol, no Chipre, em 17 de setembro, onde Louis foi recebido pelo rei de Chipre, Henry I, e Guillaume de Sonnac, que tinha trazido um grande contingente de cavaleiros extraídos das for-

CAPÍTULO 7

talezas e dos comandos dos Templários nos reinos de Jerusalém e Chipre. Os acréscimos ao exército dos Cruzados eram grandes o suficiente para que a frota fosse, agora, muito pequena para acomodá-los, e foi forçada a passar o inverno no Chipre enquanto novos navios foram adquiridos. Os suprimentos também foram embarcados, tornando Chipre uma base avançada para os Cruzados.

Em meados de maio do ano seguinte, uma frota de cerca de 1.800 navios, carregando o exército de 2.800 cavaleiros e mais de 10.000 de infantaria, navegou para o Egito, eventualmente, desembarcando perto de Damietta, em 4 de junho de 1249. O grupo de aterrissagem se afastou de alguns sarracenos enquanto os cavalos eram descarregados, depois soltando um contra-ataque que enviou os muçulmanos para um retiro. De fato, os combatentes sarracenos e muitos dos habitantes da cidade abandonaram o porto. Os Cruzados atravessaram a ponte que a ligava à margem oeste do Nilo e se instalaram para um cerco, mas alguns da comunidade dos cristãos saíram da cidade na manhã seguinte, para deixar os francos saberem que não seriam defendidos.

Após tomar o controle de Damietta, Louis IX enviou uma carta para as-Salih Ayyub, o sultão Ayyubid do Egito, na qual ele, arrogantemente, ameaçou-o de aniquilação. Em resposta, o sultão moribundo se ofereceu para trocar Jerusalém por Damietta, mas o fez enviando uma mensagem secreta para Guillaume de Sonnac. Quando Louis descobriu sobre o contato, rejeitou a oferta do sultão (seu plano era conquistar os Ayyubids e tomar o Cairo) e repreendeu severamente o Grão-Mestre Templário por receber o enviado do sultão sem permissão. Com a oferta rejeitada, os líderes Ayyubid no Cairo declararam uma emergência geral (chamada *al-Nafir al-Am*), trazendo os fiéis muçulmanos de todo o Egito para a zona de batalha.

Tendo aprendido a lição da desastrosa Quinta Cruzada, Louis IX esperou a inundação anual do Nilo dentro e ao redor de Damietta, sofrendo frequentes ataques da guerrilha muçulmana, que viu numerosos francos levados cativos e enviados de volta para o Cairo. No entanto, os espíritos foram impulsionados pela chegada de reforços liderados por Alphonse de Poitiers, o terceiro irmão do rei.

Finalmente, em novembro, quando as águas do Nilo recuaram, o exército dos cruzados marchou para o sul ao longo da margem leste do rio, acompanhado por uma grande frota que transportava suprimentos e engenharias de cerco. Os Templários assumiram sua posição tradicional na vanguarda e logo estavam sob ataque de um pequeno grupo de sarracenos. Louis IX havia ordenado aos cristãos que mostrassem contenção e evitassem combate aberto, mas, depois de um Templário ter sido derrubado perto de Renaud de Vichiers, que havia sido nomeado marechal do Templo, ele gritou: "Pelo amor de Deus, vamos pegá-los! Eu não suporto esperar mais!". Ele impulsionou seu cavalo e conduziu os Templários para a batalha, aniquilando os assediadores sarracenos.

Em 22 de novembro, as-Salih Ayyub morreu. No Cairo, sua viúva, Shajar al-Durr, manteve a notícia em segredo durante o máximo de tempo que pôde. Ela enviou um mensageiro para Hasankeyf, uma cidade no rio Tigris, no sudeste da Turquia, para dizer a Turanshah, o filho e herdeiro do sultão, voltar ao Cairo para tomar o trono e liderar o exército egípcio. Com Turanshah fora, Shajar al-Durr tinha o controle total do Egito e, à medida que os Cruzados avançavam, entregou a liderança das forças egípcias para dois mamelucos, Faris ad-Din Aktai e Baibars al-Bunduqdari - a primeira vez que os mamelucos agiram como comandantes supremos no Egito.

Quando os Cruzados chegaram ao acampamento muçulmano de Gideila, 2 milhas (3 quilômetros) da cidade de Al Mansurah, em 21 dezembro, sua aproximação foi barrada pelo canal de Ashmum (conhecido hoje como El-Bahr El-Saghir). Eles tentaram construir um passadiço, mas os defensores muçulmanos desenterraram o lado de fora tão rapidamente enquanto os Cruzados avançavam e os bombardearam com fogo grego. Então, em 8 de fevereiro de 1250, um homem beduíno local lhes mostrou um vau através dos cardumes do canal, localizado suficientemente fora da vista do campo muçulmano. Depois de atravessar o canal, Conde Robert de Artois, Guillaume de Sonnac e cerca de 280 cavaleiros Templários, e um contingente inglês liderado por William II Longespée - no total, cerca de 1.400 soldados - lançaram um ataque surpresa ao acampamento egípcio. Na confusão, as tropas muçulmanas fugiram de volta para

✝ CAPÍTULO 7

a cidade. O Grão-Mestre Templário pediu contenção, mas Robert de Artois ordenou uma perseguição; os outros o seguiram com relutância, em grande número e, rapidamente, foram arrastados cada vez mais longe da principal força francesa.

Quando os muçulmanos em retirada entraram em Al Mansurah, Baibars ordenou que os portões fossem deixados abertos e Robert de Artois se apressou a entrar com os outros cavaleiros que o seguiam; os Templários formaram a retaguarda. Uma vez dentro da cidade, os Cruzados se viram presos em suas ruas estreitas. Rodeados por todos os lados por uma mistura de moradores locais e soldados egípcios, sofreram pesadas perdas. Robert de Artois e William II Longespée foram mortos, assim como praticamente todos os Templários; apenas cinco escaparam. Guillaume de Sonnac estava entre aqueles que conseguiram voltar ao exército principal franco, mas sofreu feridas graves, incluindo a perda do olho direito. Apesar de sua condição, se recusou a se aposentar; depois de receber atendimento médico, retornou e ajudou a repelir um grupo de ataque muçulmano.

Os Cruzados sobreviventes fizeram um retiro desordenado a seu acampamento em Gideila, que rapidamente se instalou ao redor de uma vala e um muro, criando uma barreira a partir de uma captura de engenharias de cerco egípcias. No entanto, sua posição ainda estava extremamente exposta e, no início da manhã de 11 de fevereiro, os muçulmanos atacaram, devastando o acampamento.

Guillaume de Sonnac estava entre os que foram mortos. Sua morte foi registrada pelo grande cronista da França medieval, Jean de Joinville: "Ao lado das tropas de Walter de Châtillon estava o Irmão Sonnac, Mestre dos Templários, com aqueles poucos irmãos que tinham sobrevivido à batalha de terça-feira. Ele tinha construído uma defesa na frente, com as engenharias sarracenas que tínhamos capturado. Quando os sarracenos vieram para atacá-lo, jogaram fogo grego na barreira que tinha feito; e o fogo pegou facilmente, pois os Templários tinham colocado uma grande quantidade de tábuas de suporte lá. E você deve saber que os turcos não esperaram que o fogo se apagasse, mas se apressaram sobre os Templários, entre as chamas abrasadoras. E nesta batalha, Irmão William (Guillaume),

Mestre dos Templários, perdeu um olho; e tinha perdido o outro na terça-feira anterior; e morreu como consequência, que Deus o absolva!".

Em 28 de fevereiro, Turanshah finalmente chegou em Al Mansurah e tomou o controle do exército egípcio. Ele fez seus homens se moverem por longas distâncias, por um afluente para o Nilo, em Bahr al-Mahala, onde foram lançados atrás dos navios Cruzados, bloqueando, assim, as linhas de abastecimento do exército a partir de Damietta. Usando o fogo grego, os egípcios destruíram e assumiram o controle de inúmeros navios Cruzados de abastecimento; só no dia 16 de março, a frota muçulmana capturou 32 navios francos. Enquanto isso, os Cruzados sitiados estavam sem alimentos e começaram a sofrer de doenças; um número até se juntou ao lado muçulmano.

Apesar da aparente inevitável derrota, Louis IX tentou negociar com os egípcios. Entretanto, sua oferta de devolver Damietta em troca de Jerusalém e algumas cidades da costa Síria foi, previsivelmente, rejeitada. Na noite de 5 de abril, cobertos pela escuridão, os Cruzados carregaram tantos doentes e feridos quanto puderam aos navios e começaram sua retirada. A esta altura, Louis estava entre os muitos cristãos que sofriam de disenteria e tinha que ser continuamente ajudado a subir e descer de seu cavalo.

Em meio ao caos da retirada, os Cruzados esqueceram de destruir uma ponte que tinha sido instalada sobre o canal, permitindo aos egípcios segui-los facilmente. No dia seguinte, as forças egípcias alcançaram os Cruzados em Fariskur. A batalha que se seguiu foi um massacre, com milhares de Cruzados mortos (de acordo com historiadores muçulmanos medievais, entre 15.000 e 30.000 soldados franceses perderam suas vidas) e muitos outros foram feitos prisioneiros. A frota também foi atacada pelas galerias muçulmanas e os feridos a bordo foram mortos.

Louis IX e alguns de seus nobres se refugiaram na aldeia vizinha de Moniat Abdallah (agora Meniat el Nasr), mas os egípcios os encontraram. Louis e seus irmãos, Charles de Anjou e Alphonse de Poitiers, foram levados para Al Mansurah, onde foram acorrentados na casa do chanceler real. Enquanto isso, um acampamento era estabelecido fora de Al Mansurah para acomodar os milhares de soldados cristãos capturados.

✠ CAPÍTULO 7

Os prisioneiros foram forçados a comprar sua liberdade, Turanshah fixou o resgate total em 400.000 livres. Jean de Joinville recolheu o dinheiro que pôde, mas lhe faltaram 30.000 livres. Ele pediu aos Templários que lhe emprestassem o restante do dinheiro das reservas que tinham a bordo de uma galeria ao largo de Damietta, mas Stephen d'Otricourt, o comandante interino dos Templários, recusou-se, declarando que os fundos não pertenciam ao Templo, mas a um terceiro grupo. Entretanto, Renaud de Vichiers disse a Jean que os Templários não atrapalhariam se ele tentasse tirar o dinheiro deles pela força - e que qualquer dinheiro retirado seria sacado das reservas do rei mantidas pelos Templários no Acre. Jean disse ter ido para a galeria e pego um machado para quebrar o cofre contendo o dinheiro, mas ao invés de ver o cofre danificado, Renaud lhe deu as chaves.

Em 8 de maio, depois de pagar o resgate, Louis IX recebeu uma licença para fazer seu caminho para o Acre, tendo se comprometido a nunca mais voltar ao Egito. Ele viajou com seus irmãos e 12.000 prisioneiros de guerra. Após a sua libertação, Louis permaneceu na Terra Santa por mais quatro anos a mando do Grão-Mestre Templário, bancando e supervisionando a reconstrução e atualização das fortificações nos portos costeiros de Cesareia, Jaffa e Sidon, de propriedade cristã.

Algum tempo depois da libertação de Louis, Guillaume de Sonnac foi sucedido como Grão-Mestre por Renaud de Vichiers. Nascido em torno de 1198, em Vichiers, Champagne, ele já havia servido como preceptor do Acre, mestre do templo na França e, depois, marechal da Ordem. Ele foi um apoiador e companheiro de luta de Louis IX, cuja influência foi crucial para sua eleição como Grão-Mestre.

FORTUNAS EM DECLÍNIO

A batalha em Fariskur provou ser o maior compromisso final da Sétima Cruzada e da última ofensiva militar de grande escala que os Cruzados empreenderam contra o Egito. Apesar do fracasso da Cruzada, Louis IX não perdeu o interesse nela, continuando a enviar ajuda financeira e apoio militar para o restante dos assentamentos cristãos latinos em Outremer

A PERDA DA TERRA SANTA, 1245-1304 ✠

de 1254 a 1266; manteve um "regimento francês" de até 100 cavaleiros no Terra Santa durante este período.

No mundo muçulmano, a batalha desencadeou um período de caos quando Turanshah foi assassinado, em 2 de maio de 1250, em Fariskur, pelo general mameluco Baibars. Na sequência, os mamelucos tornaram-se o poder governante no Egito.

Nos territórios cristãos, as coisas também não estavam resolvidas. Nos anos anteriores, os Templários haviam se acostumado a negociar seus próprios assuntos com o emir da Síria, an-Nasir Yusuf. As mortes de as-Salih Ayyub e Turanshah fizeram an-Nasir Yusuf tornar-se sultão do Império Ayyubid, em 1251, quando uma disputa surgiu sobre a propriedade de uma terra rica em agricultura, Renaud de Vichiers enviou seu marechal, Hugues de Jouy, para Damasco para martelar um acordo. Entretanto, quando o Grão-Mestre pediu a Louis IX que ratificasse o tratado resultante, ele foi tomado por uma fúria gigantesca, horrorizado com o fato de os Templários negociarem com um governante muçulmano sem antes pedir sua permissão. O rei exigiu uma grande cerimônia de desculpas. Com todo o exército cristão presente, os Templários locais foram forçados a andar descalços à tenda do rei, que tinha sido aberta nos três lados e, depois, ajoelhar-se diante dele. O rei ordenou ao Grão-Mestre e ao enviado muçulmano que havia retornado com Hugues de Jouy, sentar-se no chão, a seus pés. Com a grande cerimônia, o rei ordenou ao Grão-Mestre entregar o tratado de volta ao enviado e anunciar que, agora, estava nulo. Ele também declarou que Hugues de Jouy estava banido da Terra Santa. O Grão-Mestre de Vichiers fez um pedido formal de desculpas e chegou ao ponto de oferecer ao rei tudo do acervo da Ordem, do qual poderia escolher o que receberia em retribuição, uma oferta que o rei recusou. Esta humilhação pública foi realizada apesar do fato de que, tecnicamente, o rei não tinha o direito de dar ordens aos Templários - somente o Papa tinha esse direito. E parece provável que apenas a história de Renaud de Vichiers com o rei impediu-o de desobedecer às ordens, e que a formação e os autos só foram realizados porque foram ordens do Grão-Mestre.

CAPÍTULO 7

De acordo com alguns historiadores, este incidente soletrou o início do fim do papel de Grão-Mestre de Renaud de Vichiers. No ano seguinte, pensa-se que o Capítulo Geral da Ordem pediu sua demissão e ele se retirou para um mosteiro, onde ficou até sua morte, em 20 de janeiro de 1256. Há incerteza quanto ao momento de sua substituição, com alguns relatórios que sugerem que seu sucessor, Thomas Bérard, foi eleito em 1252, quando Renaud de Vichiers se aposentou, enquanto outros afirmam que Bérard não assumiu até a morte de Renaud, em 1256. Pouco se sabe sobre a história de Thomas Bérard antes de sua eleição.

Naquela época, os quatro principais grupos de poder controlavam o sul do país e a bacia do Mediterrâneo oriental: os Mamelucos no Egito, os Ayyubids na Síria, os Francos no Acre e em algumas fortalezas na costa síria, e os Armênios cristãos no Reino da Cilícia. Os Ayyubids e os Mamelucos eram rivais, enquanto os francos, armênios e o Principado de Antioquia formaram uma aliança cristã. No entanto, um quinto jogador estava prestes a se mudar e alterar significativamente a dinâmica do poder local.

Em 1258, o exército mongol, sob a liderança de Khan Hulagu, neto de Genghis Khan e irmão de Kublai, sobrepujou a Mesopotâmia. Após o saque de Bagdá, em fevereiro, pondo fim ao califado Abbasid e abatendo dezenas ou, mais provavelmente, centenas de milhares de pessoas, o exército marchou para a Síria, capturando Aleppo em 24 de janeiro de 1260 e Damasco, em 1 de março, no processo que arranca o coração do sultanato Ayyubid.

Quando os mongóis começaram a invadir a Terra Santa, Bohemond VI de Antioquia seguiu o conselho de seu sogro, Hethum I, rei da Armênia, e se submeteu a eles de forma preemptiva. A decisão de tornar-se um estado vassalo foi o ponto culminante de uma história de cooperação que tinha visto Bohemond fornecer tropas aos mongóis para o saque à Bagdá e para a invasão da Síria. Esses atos fizeram com que ele ficasse mais impopular entre seus vizinhos muçulmanos e, certamente, contando com a proteção dos mongóis. Os mongóis recompensaram Bohemond por sua lealdade, retornando seu território mais cedo perdido para os muçulmanos, que ele conseguiu reocupar com a ajuda dos Templários e dos Hospitalários.

A PERDA DA TERRA SANTA, 1245-1304 ✠

No rescaldo das extraordinárias forças armadas dos Mongóis apenas o Egito, algumas cidades isoladas da Síria e a península da Arábia Saudita foram deixadas ao Islã. Posteriormente, o Islã foi abandonado, o poder islâmico mudou decisivamente para os mamelucos egípcios com base no Cairo e liderados pelo sultão Saif ad-Din Qutuz, que tinha obtido um papel proeminente na derrota da Sétima Cruzada e, depois, tomou o poder em novembro de 1259. Hulagu mandou enviados a Qutuz, exigindo que ele se rendesse, mas o sultão mandou matá-los e pendurarem suas cabeças nos portões do Cairo. Qutuz mobilizou suas forças, nomeando Baibars o comandante do exército.

A notícia de que o Grande Khan, Mongke, tinha morrido, chegou, então, ao acampamento mongol, prejudicando seu avanço, enquanto Hulagu tomava uma grande parte do exército de volta a Karakorum para apoiar seu ramo da família na luta de poder que, inevitavelmente, se seguiria. Ele abandonou um exército de ocupação de cerca de 10.000-20.000 homens na Síria sob comando do tenente cristão nestoriano Naiman Kitbuqa Noyan.

Nesta época, o exuberante e extravagante Conde Julian de Sidon e Beaufort, que havia contraído pesados empréstimos dos Templários para financiar seu estilo de vida pródigo, decidiu tirar proveito do conflito mongol-muçulmano e saquear alguns assentamentos muçulmanos das redondezas. Infelizmente para ele, os assentamentos estavam, agora, sob o governo dos Mongóis, e Kitbuqa enviou uma pequena força para punir o conde. Com ajuda de seus vizinhos, Julian fez uma emboscada e massacrou os mongóis, matando um dos sobrinhos favoritos de Kitbuqa na luta corpo a corpo. Em retaliação, Kitbuqa enviou um exército, que saqueou o porto de Sidon. Em seguida, os Templários exigiram seus empréstimos, que foram garantidos contra Sidon e o castelo de Beaufort, mas, embora eles tenham ganhado alguns bens valiosos, tiveram que esticar seus limitados recursos humanos ainda mais, movendo cavaleiros já sem castelos para a guarnição dos novos.

A divisão das forças mongóis proporcionou uma abertura para os mamelucos, que começaram a empurrá-los para o norte a partir do Cairo. Em setembro de 1260, negociaram um tratado com os francos no Acre,

CAPÍTULO 7

que permitia passar pelo território cruzado em seu caminho em direção à Galileia para enfrentar o exército mongol. Os mamelucos, posteriormente, venceram a batalha central de Ain Jalut, em 3 de setembro de 1260, no Vale de Jezreel, no que hoje é o norte de Israel. Cinco dias depois, eles retomaram Damasco e, em um mês, também recuperaram Aleppo. No final de outubro, quando os mamelucos voltaram para o Cairo, Qutuz foi assassinado, muito provavelmente por Baibars que, então, tornou-se sultão.

A esta altura, a guerra aberta havia eclodido entre Hulagu e seu primo Berke, da Horda de Ouro, então, em dezembro, o Ilkhanate (a parte do antigo Império Mongol governado por Hulagu, sediado no Irã moderno) tentou reconquistar Aleppo, apesar de só conseguir enviar 6.000 soldados para a tarefa. Embora eles tenham conseguido retomar a cidade, foram decisivamente derrotados em uma batalha perto de Homs não muito tempo depois e forçados a recuar sobre o rio Tigre, que marcava o limite do território controlado pelos mongóis.

Enquanto isso, os francos estavam, mais uma vez, em guerra uns com os outros sobre quem deveria governar o Reino de Jerusalém. Começou em torno de 1256, com uma disputa entre os venezianos e genoveses sobre comércio. Então, em 1258, a rainha Plaisance de Chipre viu o comércio interno como uma oportunidade para colocar seu filho de cinco anos, o rei Hugh II de Chipre, no trono de Jerusalém, e ela como regente. A maioria dos senhores locais, os Templários e os venezianos apoiaram-na, enquanto os Hospitalários e os genoveses apoiaram o alemão Conradin, que havia se tornado rei de Jerusalém em 1254, com dois anos de idade.

Os assuntos degeneraram em guerra aberta. Os genoveses e as frotas venezianas travaram uma feroz batalha marítima enquanto as forças terrestres de Acre e todos os Templários que o Grão-Mestre Bérard poderia reunir dos castelos Templários próximos marcharam para o norte para interceptar Philip de Montfort e seu exército antes de chegar ao Acre. Eles conseguiram e Philip fez um rápido retiro para Tyre. Os genoveses abandonaram o Acre e fizeram sua base em Tyre; os venezianos de todo Tyre foram transferidos para o Acre. Finalmente, no verão de 1260, a intervenção do Patriarca de Jerusalém recém-nomeado, James Pantaleon,

A PERDA DA TERRA SANTA, 1245-1304 ✝

trouxe o assunto a uma conclusão, com um desconforto da paz acordada pelas partes em conflito.

No mês de fevereiro seguinte, provavelmente na esperança de explorar a turbulência que havia invadido a Terra Santa, os Templários se uniram aos senhores de Ibelin para uma incursão na Galileia. Juntos, atacaram um grande acampamento de turcos perto de Tiberias, mas a batalha foi um desastre e numerosos Templários foram mortos ou capturados. Entre estes últimos estavam os futuros Grão-Mestres William de Beaujeu e Thibaud Gaudin, que foram forçados a pagar um resgate de 20.000 bezants para assegurar suas liberdades.

Em fevereiro de 1263, o Conde John de Jaffa viajou para a corte de Baibars em uma missão de paz, retornando com tréguas e um acordo para realizar uma troca de prisioneiros. Entretanto, os Templários se recusaram a participar do intercâmbio porque dependiam dos artesãos muçulmanos escravizados para produzirem materiais para eles em seus postos de comando - uma fonte significativa de renda; os Hospitalários também recusaram-se participar pelo mesmo motivo. Quando soube da recusa das Ordens em participar, Baibars estava incandescente de raiva. Em retaliação, enviou um exército para Nazaré, onde houve um tumulto, o massacre dos cristãos e a demolição da Igreja da Virgem. Isto foi seguido pelo saque dos assentamentos satélites ao redor do Acre e um ataque à própria cidade, em 4 de abril. Entretanto, Baibars não estava pronto para sitiar a cidade e se retirou após saquear os subúrbios.

Quase dois anos depois, Baibars estava de novo na ofensiva. Ele atacou Cesarea, usando catapultas para bombardear as muralhas da cidade, que foram violadas após uma semana; a cidade se rendeu e seu habitantes foram escravizados. Baibars, então, enviou um exército ao norte para atacar Haifa, cujos habitantes fugiram rapidamente pelo mar. Aqueles que ficaram para trás foram mortos quando os mamelucos invadiram a cidade. Enquanto isso, Baibars liderou seu exército principal para o sul e cercou o castelo Pilgrim, o maior reduto remanescente dos Templários. Apesar de jogar tudo o que tinha no castelo, ele permaneceu inexpugnável e, no final de março, Baibars desistiu e marchou para o castelo dos Hospitalários

✝ CAPÍTULO 7

em Arsuf, perto de Jaffa. Após algumas semanas de bombardeio quase constante, as muralhas do castelo começaram a cair e, no final de abril, o comandante dos Hospitalários concordou em se render se Baibars deixasse a guarnição partir livre. Baibars concordou com o termo, mas, uma vez que os Hospitalários deixaram a segurança do castelo, ele os fez prisioneiros antes de voltar ao Cairo.

No início do verão de 1266, dois exércitos mamelucos marcharam do Egito, um liderado por Baibars e o outro por seu amigo de confiança, o emir Qalawun. Em 1 de junho, o primeiro fez um breve cerco ao Acre antes de conduzir um cerco de curta duração e sem sucesso à fortaleza teutônica dos Cavaleiros de Montfort. O sultão, então, seguiu para o castelo dos Templários em Safed, começando um cerco lá em 7 de julho. Com uma guarnição de 200 cavaleiros e ainda mais turcopoles, o castelo, impressionantemente fortificado, estava bem abastecido. As agressões iniciais de Baibars foram repelidas, então, ele mudou de rumo, enviando uma mensagem aos turcopoles de que se eles abandonassem o castelo, seria permitido sair em liberdade. Muitos decidiram aceitar a oferta, mas os Templários se recusaram a deixá-los sair, espancando aqueles que insistiam, assim, começaram a escapar escalando as muralhas do castelo à noite. O êxodo deixou os Templários expostos, sem a mão de obra para defender efetivamente o castelo.

Baibars ofereceu repetidamente condições para a rendição da guarnição que, após várias semanas, aceitou sua palavra de que, em troca de se render pacificamente, os Templários seriam escoltados até sua sede no Acre. Entretanto, ao abrir os portões do castelo, os cerca de 80 Templários sobreviventes foram colocados em correntes. O sultão disse que, pela manhã, seriam obrigados a escolher entre converter-se ao Islã ou à morte. No dia seguinte, os Templários foram alinhados fora do castelo e Baibars exigiu sua resposta. Antes que pudessem responder, o comandante da guarnição lhes disse para escolher a morte ao invés de abandonar sua fé. O sultão ordenou que o comandante fosse esfolado vivo. Os guardas o arrastaram para a frente dos outros prisioneiros e o despiram, diante de um carrasco, começaram a arrancar tiras de sua pele com pinças. Ainda

A PERDA DA TERRA SANTA, 1245-1304   ☩

assim, os Templários recusaram-se a voltar atrás em seus votos e, eventualmente, Baibars desistiu e decapitou a todos. O único sobrevivente foi um sírio Templário chamado Irmão Leo, que muitos suspeitam que, de alguma forma, tenha traído os outros.

Baibars atacou, em seguida, o castelo de Toron, que capitulou com apenas uma luta e foi arrasado pelos homens do sultão. Então, com o verão virando outono, ele voltou para o Cairo, deixando uma guarnição no castelo de Safed. Os barões locais esperavam usar a ausência do sultão como uma oportunidade de recuperar parte do território que haviam perdido em Galileia e montaram um exército que incluía pequenos contingentes de Templários e Hospitalários. Mas, quando começaram sua marcha, a guarnição de Safed desceu sobre eles e os forçou a voltar à sua base.

Enquanto Baibars estava em campanha na Galileia, o segundo exército mameluco, sob liderança de Qalawun, marchou para a Cilícia. Em 24 de agosto, os armênios, em menor número, foram cercados. Pouco tempo depois, a capital armênia, Sis, caiu sob os mamelucos, que saquearam o palácio, incendiaram a catedral e abateram vários milhares de civis.

No final de 1266, Louis IX da França informou ao Papa Clemente IV que planejava realizar outra Cruzada. Ele tomou formalmente a cruz em 24 de março de 1267, em um parlamento especial em Paris, depois, começou os preparativos para a expedição que navegaria de Aigues-Mortes no início do verão de 1270. O plano inicial era usar o Chipre como ponto de parada para um ataque à costa de Outremer, mas, em 1269, o destino foi alterado para Tunis, como base para um ataque ao Egito. O irmão mais jovem do rei, Charles de Anjou, rei da Sicília, se juntaria à principal força em Tunis.

O CERCO DE ANTIOQUIA
Enquanto isso, em março de 1267, Baibars marchou com seu exército para a Síria, uma demonstração de força destinada a afugentar uma incursão mongol. Ele, então, mudou-se para Safed, onde seus homens continuaram a reconstruir e reformar o castelo, e ordenou que as muralhas de Arsuf também fossem reconstruídas. Em maio, conduziu uma batida no Acre, usando bandeiras templárias e hospitalárias capturadas durante as

✝ CAPÍTULO 7

campanhas anteriores para marchar até o fim, para as muralhas da cidade. Quando o ardil foi descoberto, os Cruzados lutaram com sucesso contra os mamelucos, mas Baibars, então, conduziu quatro dias de ataques intensos nas terras agrícolas ao redor do Acre, matando fazendeiros e queimando plantações e pomares. Os corpos de suas vítimas sem cabeça foram deixados nos campos e jardins ao redor da cidade. Horrorizados com o massacre, os francos mandaram enviados a Safed para pedir ao sultão uma trégua. Lá, eles encontraram o castelo cercado pelas caveiras de prisioneiros cristãos assassinados.

Em março do ano seguinte, Baibars deixou o Cairo com seu exército novamente, desta vez, lançando um poderoso ataque contra Jaffa, a única posição de Cruzados fortificada que permanecia ao sul de Atlit e Acre. Depois de apenas um dia de luta, a cidade caiu no dia 7 de março. A cidadela, que Louis IX havia reconstruído recentemente, foi demolida e sua madeira e mármore foram enviados ao Cairo para incorporação na nova mesquita que Baibars estava construindo. Ele, então, continuou para o norte, contornando o Acre e o castelo Pilgrim para se dirigir ao recém-adquirido castelo Templário de Beaufort, que olhava do alto o rio Litani, a algumas milhas a nordeste de Tyre. O exército bombardeou as muralhas do castelo usando uma coleção de catapultas arrastadas para as colinas. Dentro de dez dias, as paredes começaram a desmoronar e, em 15 de abril, o comandante Templário se rendeu. Baibars soltou as mulheres e crianças - não queria que seu exército fosse sobrecarregado pela bagagem humana – mas, os homens foram acorrentados e forçados a reconstruir as defesas do castelo.

Em seguida, Baibars se dirigiu para o norte. Em 1º de maio, chegou a Trípoli, mas, como esta estava bem guarnecida, ele prosseguiu em direção a Antioquia. Os castelos Templários de Tortosa e Safita ficavam entre Trípoli e Antioquia, mas eles não estavam interessados em se envolver com o exército egípcio se não fosse necessário, então, mandaram enviados ao sultão para tentar descobrir quais eram seus planos. Como Baibars estava focado em punir Antioquia por aliar-se aos mongóis, fez um pacto de não agressão com os Templários - se estes não interferissem na batalha, ele não atacaria seus castelos.

Em 14 de maio, Baibars chegou a Antioquia, que estava em um estado particularmente exposto, enfraquecida pelos conflitos com a Armênia e por disputas políticas internas. O governante da cidade, Bohemond VI, estava em Trípoli, junto com uma parte do exército que havia tomado como escolta. Apenas quatro dias depois, os habitantes de Antioquia se renderam, com a condição de que suas vidas fossem poupadas; a cidadela caiu dois dias depois. Talvez, sem surpresas, Baibars não poupou a vida dos habitantes. Ele tinha os portões da cidade trancados enquanto, por dentro, suas tropas correram em motim, saqueando, destruindo e matando com abandono. Cerca de 14.000 cristãos, a maioria de ascendência armênia, foram abatidos e outros 100.000 foram escravizados. Baibars, então, ordenou que a cidade fosse incendiada. Tão devastador foi o massacre que Bohemond só descobriu sobre os eventos quando recebeu uma carta de Baibars vangloriando-se de sua vitória.

O principado de Antioquia tinha sido o primeiro estado que os francos haviam fundado em Outremer, com duração de 171 anos. Antes do ataque, a cidade de Antioquia tinha sido a mais extensa metrópole em Outremer; era, também, a mais rica, e Baibars ficou com toneladas de tesouro. Levou vários séculos para que Antioquia se recuperasse, reduzida, durante grande parte desse tempo, a pouco mais do que uma grande vila de ervas.

A RENDIÇÃO DE BAGHRAS

Quando Baibars deixou o Egito a caminho de Antioquia, o comandante Templário do castelo de Baghras enviou uma mensagem a Thomas Bérard, avisando-o de que Antioquia estava sob ameaça e pedindo-lhe que enviasse tropas tanto para defender a cidade quanto para reforçar a resistência da guarnição de Baghras, mal-equipada. O Grão-Mestre respondeu que enviaria homens no caso de um ataque, mas que era improvável que o sultão escolhesse tal caminho.

Quando Baibars, de fato, conquistou Antioquia, os Templários em Baghras ficaram ainda mais preocupados. Eles estavam cientes de que se ele escolhesse atacar o castelo, havia pouco que pudessem fazer para detê-lo.

✝ CAPÍTULO 7

Uma noite, enquanto os irmãos da guarnição estavam comendo, um Templário chamado de Gins de Belin viajou com as chaves dos portões do castelo e entregou ao sultão, dizendo-lhe que os irmãos lá dentro desejavam abandoná-lo. Baibars respondeu enviando um grande contingente de tropas para Baghras. Vendo os combatentes mamelucos se aproximando, os irmãos e sargentos perguntaram ao comandante o que fazer. Ele respondeu que iria defender o castelo pelo máximo de tempo possível, mas os sargentos não estavam dispostos a se sacrificar, então, o comandante e os irmãos decidiram destruir tudo o que pudessem no castelo e, depois, escapar para o castelo vizinho de La Roche Guillaume.

Enquanto isso, Thomas Bérard tinha tomado conhecimento da rápida capitulação. Era claro que a pequena guarnição em Baghras seria incapaz de defender o castelo, então, enviou um irmão para dizer-lhes para abandoná-lo. Quando se tornou evidente que a guarnição havia fugido antes da chegada do mensageiro e tinha, assim, abandonado o castelo sem permissão - uma grave violação da Regra Templária – duas linhas de pensamentos surgiram. Alguns argumentaram que os combatentes ofensores deveriam ser expulsos da Ordem; outros defenderam a clemência - afinal, se o mensageiro tivesse chegado até eles, o resultado teria sido o mesmo. De fato, o Grão-Mestre e os que o acompanhavam tinham rezado para que a guarnição tivesse o bom senso de partir antes dos homens de Baibars chegarem. No final, a leniência prevaleceu; como o castelo não estava devidamente guarnecido ou equipado, as regras normais foram consideradas não aplicáveis, e como o Grão-Mestre tinha decidido que fugir era o melhor curso de ação, os Templários ofensores foram meramente repreendidos e receberam dois dias de penitência por falhar em fazer um trabalho adequado de destruir o material útil dentro de Baghras antes de fugirem. Tendo triunfado em Antioquia, Baibars concordou com um ano de tréguas com o Acre e o príncipe Bohemond. Enquanto isso, em Outremer, outra crise sucessória foi resolvida em 24 de setembro de 1269, com Hugh III de Chipre sendo coroado rei de Jerusalém.

A OITAVA E A NONA CRUZADAS

Em 1º de setembro de 1269, a Oitava Cruzada começou quando o rei James I de Aragon navegou de Barcelona para a Terra Santa com uma grande frota. Pouco tempo depois de saírem do porto, no entanto, foram pegos por uma poderosa tempestade e o rei e a maioria dos navios retornaram para a Espanha via Aigues-Mortes. Apenas um pequeno esquadrão prosseguiu, chegando ao Acre no final de dezembro. Mas, embora Baibars tivesse quebrado a trégua com Hugh no início do mês, as tropas espanholas nunca viram ação, e voltaram a Aragão não tendo conseguido nada.

Em 1 de julho de 1270, a principal força da Cruzada, uma grande frota transportando entre 10.000 e 15.000 homens sob a liderança de Louis IX, navegou de Aigues-Mortes; uma segunda frota sob a liderança do rei de Navarre navegou de Marseilles no dia seguinte. Juntando-se ao largo da costa de Sardenha, as duas frotas desembarcaram perto de Tunis, em 17 de julho e, após uma breve batalha pelo controle do local de desembarque, o exército combinado mudou-se para Carthage e montou um acampamento. Enquanto esperavam a chegada de um contingente siciliano sob o comando de Charles de Anjou, uma epidemia de disenteria se espalhou através do exército, matando muitos; em 25 de agosto, o próprio Louis sucumbiu. Charles de Anjou chegou em seguida e assumiu o comando da Cruzada, mas, no final de outubro, ele ordenou uma retirada após um acordo ter sido negociado com o emir de Tunis, sob o qual entregaria os prisioneiros cristãos, garantiria a liberdade de culto na cidade e faria um pagamento de 210.000 ounces de ouro.

Enquanto a frota se preparava para retornar à Europa, o príncipe Edward (mais tarde rei Edward I) da Inglaterra chegou à Tunis com uma frota própria. No dia seguinte, a frota combinada embarcou para a Sicília. Mas, os navios encontraram uma violenta tempestade ao largo de Trapani, no oeste da Sicília; numerosos navios afundaram e 1.000 homens foram perdidos.

Enquanto as outras tropas cristãs retornavam a seus respectivos países, Edward optou por continuar sua Cruzada e, no final de abril de 1271, a frota inglesa de oito veleiros e 30 galerias navegou para o Acre, chegan-

CAPÍTULO 7

do em 9 de maio. Edward, um forte militar tático, montou uma série de batidas bem-sucedidas contra os mamelucos, apesar de sua força ser de apenas 1.000 homens, incluindo 225 cavaleiros, complementados por um punhado de cavaleiros franceses. Suas habilidades diplomáticas também o ajudaram a convencer os mongóis a conduzir várias batidas em cidades mamelucas na Síria. No entanto, em última análise, faltava a mão de obra e a base de apoio para uma campanha significante.

Enquanto isso, Baibars tinha, mais uma vez, marchado para o território franco, aparecendo diante de Chastel Blanc, o impressionante castelo de Safita, no sul da Síria, em fevereiro. A pequena guarnição resistiu por algum tempo, mas, eventualmente, o Grão-Mestre aconselhou que se rendessem; aqueles que sobreviveram à batalha foram autorizados a retirar-se em Tortosa.

Baibars atacou, então, a fortaleza Hospitalária de Krak des Chevaliers. Durante um mês, a partir de 3 de março, sob fortes chuvas e sob um bombardeio mais pesado ainda, os cavaleiros defenderam o castelo, mas, em 8 de abril, finalmente, capitularam e foram autorizados a fazer seu caminho para Trípoli. Baibars ordenou que as fortificações do castelo fossem fortalecidas ainda mais antes de partir para capturar Akkar, outro castelo Hospitalário.

Seu próximo alvo era Trípoli e ele enviou uma carta zombeteira para Bohemond VI, predizendo sua derrota. Entretanto, a chegada do príncipe Edward no Acre, em 9 de maio, foi o suficiente para convencê-lo a cancelar o cerco e oferecer a Bohemond uma trégua de dez anos, que aceitou com avidez. O sultão, então, se dirigiu ao Egito, parando no caminho para atacar a fortaleza Teutônica dos Cavaleiros de Montfort, que se rendeu em 12 de junho, após uma semana de cerco. Os mamelucos, depois, passaram 12 dias demolindo o castelo, a última fortaleza que pertencia aos francos.

Um ano depois, em 22 de maio de 1272, o sultão concluiu outro tratado de paz, desta vez, com o governo do Acre. Segundo o acordo, ele tinha a posse do reino que consistia, principalmente, em uma estreita planície costeira entre o Acre e Sidon, bem como o direito de usar a estrada de peregrinos para Nazaré foi garantido por dez anos, dez meses e dez

A PERDA DA TERRA SANTA, 1245-1304 ✣

dias. Apesar da trégua, Baibars tentou mandar matar o príncipe Edward, pagando os assassinos para eliminá-lo. O príncipe sobreviveu ao ataque de 16 de junho e, uma vez recuperado, voltou à Inglaterra, velejando do Acre em 22 de setembro.

O Papa Gregório X tentou chamar outra Cruzada, mas não foi capaz de reunir apoio suficiente. A opinião pública havia se voltado contra a ideia, principalmente, porque as supostas guerras santas eram vistas, agora, como meros instrumentos da política papal.

Em 25 de março de 1273, Thomas Bérard morreu. Em 13 de maio, foi sucedido por Guillaume de Beaujeu, membro de uma poderosa família de Beaujolais, França, com laços familiares com o rei Louis IX e Charles de Anjou. Pensa-se que ele tenha se juntado aos Templários na idade de 20 anos, servindo como preceptor da província de Trípoli em 1271 e preceptor da província de Pouilles a partir de 1272. Brevemente após sua eleição, participou do Conselho de Lyon, convocado pelo Papa Gregório X durante o verão de 1274, e não chegou ao Acre até setembro de 1275.

Durante os próximos anos, ataques regulares de muçulmanos e ataques internos motivados por brigas políticas viram uma maior deterioração do que restou dos reinos dos Cruzados. Então, em outubro de 1276, a fervilhante animosidade entre Hugh III e os Templários explodiu. A Ordem tinha adquirido recentemente a aldeia de La Fauconnerie, algumas milhas ao sul do Acre e, deliberadamente, falhou em garantir a segurança do consentimento do rei. Hugh já estava enfurecido por sua incapacidade de exercer controle sobre os barões no Acre e as colônias comerciais italianas; este ato insubordinado de Guillaume de Beaujeu e dos Templários foi a gota d'água. Declarando raivosamente que o comportamento das ordens militares o impossibilitava de governar a Terra Santa, ele navegou para Tyre, de onde seguiu para Chipre. Enquanto estava em Tyre, nomeou Balian de Ibelin como *bailli* na sua ausência. As tensões políticas subjacentes a este tumulto provocaram lutas nas ruas, com comerciantes muçulmanos de Belém, que estavam sob a proteção dos Templários, lutando com os comerciantes nestorianos de Mosul, que estavam sendo protegidos pelos Hospitalários. Os venezianos e os genoveses também vieram, mais uma vez, aos golpes.

✝ CAPÍTULO 7

Em março de 1277, Maria de Antioquia vendeu seus "direitos hereditários" ao trono do Reino de Jerusalém para Charles de Anjou que, rapidamente, assumiu o título de rei de Jerusalém e enviou uma força armada sob Roger de San Severino, Conde de Marsico, que atuaria como seu *bailli* no Acre. Os Templários e venezianos ajudaram a delegação a chegar no Acre em 7 de junho. Balian de Ibelin estava bem ciente de que os Templários e os venezianos lutariam para apoiar Roger e não receberam nenhuma promessa de apoio do próprio Patriarca ou dos Hospitalários, então, se demitiu e Roger içou a bandeira de Charles sobre a cidadela e o proclamou rei de Jerusalém e da Sicília.

Em 1 de julho de 1277, tendo confinado efetivamente os Cruzados a algumas fortalezas ao longo da costa da Terra Santa, Baibars morreu em Damasco. Embora não tivesse vivido para ver a completa expulsão dos francos da Terra Santa, tinha feito sua eventual eliminação inevitável. Após alguns anos de turbulência, o emir Qalawun tornou-se sultão, em 1279. Seguindo a liderança de Baibars, assinou tratados com os demais estados Cruzados, ordens militares e senhores individuais, e com o Império Bizantino, bem como a construção de alianças comerciais com Gênova e Sicília. Entre estes tratados estava uma nova trégua de dez anos com os francos, assinada em junho de 1283. Apesar disso, os mamelucos continuaram a expandir seus controles territoriais, conquistando o castelo Hospitalário de Margat, em maio de 1285 e a cidade portuária de Lattakiah, em 1287, nenhum dos dois foram cobertos pelo acordo de 1283. Qalawun também forçou Bohemond VII, o Conde de Trípoli, a destruir o castelo de Maraclea.

A QUEDA DE TRÍPOLI

Em 19 de outubro de 1287, Bohemond VII morreu, aos 26 anos de idade. Como não tinha produzido herdeiros, deveria ter sido sucedido por sua irmã, Lucia de Trípoli, que vivia na Itália, mas sua mãe, a Condessa Viúva Sibylla da Armênia, tentou nomear Barthélémy Mansel, o Bispo de Tortosa, para governar em seu nome. Os Templários, os senhores e comerciantes locais estavam contra e enviaram uma carta à princesa, o que resultou em sua viagem para Trípoli em 1288.

A PERDA DA TERRA SANTA, 1245-1304 ✠

Nesse meio tempo, entretanto, os cavaleiros e barões de Trípoli tinham se unido e tentaram anular a dinástica da família Bohemond por reivindicações e substituí-la por uma comuna de estilo republicano. Eles pediram apoio a Gênova, que foi dado com a condição de que os cônsules genoveses recebessem aposentos maiores na antiga cidade de Trípoli e maiores privilégios de residência. Este plano foi, naturalmente, rejeitado pelos venezianos e, portanto, também, por seus aliados, os Templários.

O inescrupuloso magnata mercante genovês Benedetto Zaccaria foi enviado a Trípoli junto com cinco galerias de guerra para supervisionar as negociações e fazer cumprir o eventual acordo. Ele ameaçou trazer 50 galerias de Gênova e assumir o controle ele próprio de Trípoli, a fim de fazer Lucia estender as concessões de Gênova, particularmente com relação ao comércio marítimo na região.

Enquanto tudo isso acontecia, de acordo com o chamado "Templário de Tyre", o secretário e cronista do Grão-Mestre, duas pessoas foram para Alexandria para avisar ao sultão que se os genoveses fossem deixados sem controle, acabariam dominando o Levant, potencialmente obstruindo ou mesmo eliminando o comércio mameluco na região e em Alexandria, em particular. Segundo o relato do Templário de Tyre, a embaixada, que era quase certamente composta de comerciantes venezianos, disse ao sultão: "Os genoveses assumirão Trípoli de todos os lados; e se eles segurarem Trípoli, vão governar as ondas."

Qalawun, agora, tinha a desculpa de que precisava para romper suas tréguas com Trípoli e fez planos para atacar. Em março de 1289, chegou ao chefe de uma grande força armada com várias catapultas enormes. Em resposta, tanto os Templários quanto os Hospitalários enviaram reforços. A partir do Acre, veio um regimento francês sob a liderança de Jean de Grailly, e o rei Henry II de Chipre enviou quatro galerias com seu irmão Amalric e uma companhia de cavaleiros. Um grande número de civis deixou Trípoli e se dirigiu a Chipre.

Após cuidadosa preparação, os mamelucos começaram a disparar suas catapultas nas muralhas da cidade. Em pouco tempo, duas das torres desmoronaram e as paredes estavam começando a fazer o mesmo. Dentro da cidade, os defensores fugiram a bordo de qualquer embarcação disponível. No entanto, os mamelucos já estavam invadindo através das brechas, massacrando quem quer que encontrassem. Eles capturaram a cidade em 26 de abril, marcando o fim de 180 anos de governo cristão, a ocupação mais longa de qualquer uma das maiores conquistas francas no Levant. Qalawun ordenou que Trípoli fosse arrasada até o chão e reconstruída alguns quilômetros no interior, aos pés do Monte Pilgrim.

A QUEDA DO ACRE

Quando Trípoli caiu, as providências frenéticas começaram a defender o Acre e o rei Henry II de Chipre enviou Jean de Grailly para avisar aos monarcas europeus que a situação no Levant estava em um momento crítico. O Papa Nicolau IV juntou-se ao chamado, escrevendo aos líderes da Europa e instando-os a agir, mas, mais uma vez, os problemas na Terra Santa e as súplicas do Papa foram, em grande parte, ignoradas.

Henry navegou para o Acre e negociou uma trégua de dez anos com Qalawun, mas ele não estava convencido de que isso iria se manter. Entretanto, o pedido de ajuda do Papa provocou, de fato, uma resposta na Itália. Em maio de 1290, cerca de 25 galerias navegaram de Veneza com uma tropa desorganizada, em sua maioria, formada por camponeses e pessoas desempregadas da cidade, todos liderados por Nicholas Tiepolo, filho de Doge Lorenzo Tiepolo, assistido pelo regressado Jean de Grailly. O rei James II de Aragon enviou outras cinco galerias, apesar de estar atolado em um conflito com o Papa e os venezianos.

Muitas vezes sem pagamento, faltavam aos reforços italianos a disciplina. Alguns relatórios sugerem que atacaram e mataram vários comerciantes muçulmanos ao redor do Acre em agosto de 1290, outros, que saquearam algumas cidades e vilarejos, matando vários habitantes. Ainda há relatos que sugerem um ataque a um grupo de peregrinos cristãos que levou ao assassinato retaliatório de 19 comerciantes muçulmanos em uma caravana síria. Independentemente dos detalhes, Qalawun exigiu que os perpetradores fossem extraditados para enfrentar castigo no Cairo. Guillaume de Beaujeu sugeriu que o Conselho do Acre debatesse a questão. A discussão levou ao acordo com o sultão rejeitado; de acordo com os Cruzados, os assassinos dos muçulmanos seriam responsáveis por suas próprias mortes.

Em resposta, o indignado Qalawun dissolveu a trégua com Acre. Em outubro, os mamelucos haviam começado a se mobilizar, mas, em 10 de novembro, Qalawun morreu no Cairo. Ele foi sucedido por seu filho, Al-Ashraf Khalil, que enviou uma mensagem a Guillaume de Beaujeu dizendo que continuaria com o plano de seu pai de atacar o Acre e recusaria qualquer abertura de paz. Percebendo que estavam em menor número, os Cruzados enviaram uma delegação de paz ao Cairo, liderada por Sir Philip Mainebeuf, incluindo um irmão Templário, mas dando crédito à sua palavra, Khalil mandou aprisioná-los.

No mês de março seguinte, Khalil partiu do Cairo com um exército que superava, em muito, as forças Cruzadas. Seu chamado de reforços para a Síria trouxe contingentes de Damasco, Hama, Trípoli e Al-Karak. O exército, uma proporção significativa do qual era formada por voluntários, trouxe consigo alguma artilharia pesada de fortalezas de todo o império mameluco, incluindo uma enorme catapulta conhecida como Al-Mansuri ("a Vitoriosa") de Hama.

Em contraste, os pedidos de assistência dos Cruzados foram, novamente, em grande parte, ignorados. Alguns cavaleiros chegaram da Inglaterra; Henry II de Chipre enviou tropas lideradas por seu irmão, Amalric. Burchard von Schwanden, Grão-Mestre dos Cavaleiros Teutônicos, abruptamente renunciou ao seu cargo e voltou para a Europa. Os contingentes genoveses também saíram do Acre, concluindo um tratado separado com Khalil. Muitas das mulheres e crianças do Acre foram evacuadas para Chipre, principalmente pelos comerciantes genoveses que partiram. Os Cruzados se ofereceram para fazer a restituição do massacre que, inicialmente, levou Qalawun a quebrar o tratado com o Acre. Khalil concordou, mas a recompensa que exigia - o próprio Acre - era mais do que os Cruzados estavam dispostos a fornecer.

Em 5 de abril de 1291, Khalil chegou ao Acre com seu exército. Dois dias depois, as tropas sírias chegaram com várias engenharias de cerco. Os mamelucos montaram acampamento a cerca de uma milha dos muros da

CAPÍTULO 7

cidade, o acampamento espalhado que atravessava o promontório. Khalil colocou sua tenda pessoal, conhecida como *dihliz* vermelha, em uma pequena colina a oeste da Torre do Legado. Os muçulmanos passaram oito dias se instalando e construindo uma série de barricadas e telas de vime, empurrando-as em direção à cidade, acabando por chegar o mais próximo da parede externa. Carabohas - engenharia de cerco rápido – foram, então, levadas para perto das paredes e começaram um bombardeio. Os sapadores dos sitiadores também começaram a cavar debaixo das paredes.

Os Cruzados, por sua vez, deixaram os portões do Acre abertos para serem capaz de lançar facilmente ataques ao acampamento mameluco, mas os mantiveram fortemente defendidos. Em uma dessas incursões, realizadas à noite, em 14 de abril, 300 Templários liderados por Guillaume de Beauje, saíram a cavalo e atacaram a artilharia Haman com fogo grego. As armas sobreviveram ao ataque, mas foram necessários mais de 1.000 mamelucos para repelir os Templários, que retornaram ao Acre carregando suprimentos úteis, embora tivessem perdido 18 cavaleiros. Os Cruzados também realizaram um número de agressões anfíbias, atacando com sucesso os Hamans, que estavam estacionados na seção mais setentrional da linha junto ao mar, embora os Cruzados tenham sofrido pesadas baixas na batalha. Apesar destes sucessos cristãos, os mamelucos continuaram a se preparar para um assalto direto às muralhas da cidade.

Em 4 de maio, o rei Henry II de Chipre chegou ao Acre com 40 navios transportando 700 soldados, incluindo 100 cavaleiros, trazendo um impulso significativo para o moral na cidade. Entretanto, após inspecionar as defesas, o rei estava convencido de que a vitória era improvável e que a melhor opção dos Cruzados era negociar um acordo. Em 17 de maio, dois homens - um cavaleiro chamado William de Villiers e William de Caffran, membro da família de Guillaume de Beaujeu - deixaram a cidade para negociar com Khalil. Os cristãos apelaram para que ele levantasse o cerco para o bem da população civil do Acre, mas Khalil estava bem ciente de que tinha a vantagem. Ele se ofereceu para deixar os habitantes da cidade partirem com suas vidas e com seus bens, mas os Cruzados, também, se recusaram a recuar. Com as negociações arrastadas, uma pedra disparada pela artilharia Cruzada pousou perto do *dihliz*. Khalil ficou furioso; enviou a delegação cristã de volta para a cidade e ordenou a seus homens que conduzissem um ataque total ao Acre no dia seguinte.

A esta altura, as defesas da cidade estavam gravemente enfraquecidas. A subminerarão havia causado danos a várias das torres e grandes seções do muro estavam para desmoronar, preenchendo parte da fossa. A evacuação de mulheres e crianças foi intensificada à medida que se tornou claro que a queda da cidade era iminente.

Na escuridão, antes do amanhecer de 18 de maio, o exército mameluco montado fora das muralhas da cidade, acompanhado por um contingente de trompetistas e bateristas que faziam um enorme barulho, atacou ao longo de todo o comprimento do muro. Em pouco tempo, seções das paredes começaram a tombar e os soldados mamelucos invadiram através das brechas; às 9h da manhã, a sorte estava lançada. Os mamelucos capturaram a Torre Amaldiçoada, na parede interna, e os Cruzados foram forçados a se retirar para o Portal de Santo Antônio. Eles lutaram valentemente para reconquistar a torre, porém, em vão.

Enquanto defendia sua posição ao redor do portão, Guillaume de Beaujeu foi mortalmente ferido. Dizem que ele deixou cair sua espada e caminhou para longe das paredes. Quando os cavaleiros o encontraram, ele respondeu: "Eu não vou fugir; estou morto". Ele, então, levantou seu braço para mostrar onde uma flecha, agora aparentemente visível, tinha penetrado em sua armadura.

Os mamelucos entraram na cidade, matando qualquer um que atravessasse seu caminho. O caos reinou com a tentativa de soldados e civis fugirem dos combates e embarcar em qualquer navio disponível, o que foi prejudicado pelo mal tempo. Os residentes ricos tentaram subornar seu caminho para uma passagem segura. Henry II e Jean de Villiers, Grão-Mestre dos Cavaleiros Hospitalários, estavam entre aqueles que conseguiram escapar.

Ao cair da noite, os mamelucos controlavam a cidade, com exceção da fortaleza templária na orla marítima, na ponta ocidental do Acre, que resistiu por mais dez dias. Uma semana depois que a cidade principal

CAPÍTULO 7

havia caído, Khalil e Peter de Severy, o líder dos Templários restantes, negociaram um acordo que concederia passagem segura ao Chipre para aqueles que permaneceram na fortaleza. Entretanto, quando os mamelucos, supervisionando a evacuação no interior da fortaleza tentavam a escravização de uma série de mulheres e meninos, foram mortos pelos Templários, o acordo entrou em colapso. Naquela noite, sob a cobertura da escuridão, o comandante Templário Thibaud Gaudin e alguns outros se afastaram da fortaleza com a tesouraria da Ordem, que levaram para Sidon. Na manhã seguinte, uma delegação liderada por Severy tentou negociar com Khalil, mas seus membros foram todos executados em represália; não houve mais negociações.

Finalmente, em 28 de maio, foi aberta uma ampla brecha na fortaleza e cerca de 200 soldados mamelucos entraram no muro. A fortaleza desmoronou, matando os Templários e os refugiados no interior, juntamente com metade dos invasores mamelucos.

A queda do Acre provou ser o fim das Cruzadas de Jerusalém. Outros apelos do Papa em retomar as tentativas de reconquistar a Terra Santa foram, em grande parte, ignorados.

Quando Thibaud Gaudin chegou a Sidon com a tesouraria dos Templários, foi eleito Grão-Mestre, para substituir o falecido Guillaume de Beaujeu. Nascido de uma família nobre, com propriedades perto de Chartres ou Blois na França, Thibaud entrou na Ordem algum tempo antes 1260, quando foi feito prisioneiro durante um ataque a Tiberias. Dizia-se que ele era um homem particularmente piedoso, cujo apelido era "Monge Gaudin". Ele serviu como o comandante do Acre a partir de 1270 e, em 1279, havia subido ao posto de preceptor de Jerusalém, a quarta posição Templária mais significativa.

Em Sidon, Thibaud ajudou na preparação da defesa do território. No entanto, a guarnição era muito pequena, então, quando as tropas mamelucas chegaram para sitiar a cidade, seus habitantes foram evacuados para um abrigo Templário, conhecido como Castelo do Mar, de onde foram transportados para Chipre. Thibaud navegou com eles para reunir reforços para a defesa de Sidon, mas sua missão foi um fracasso e

Os Cruzados defendem o Acre contra as forças mamelucas. A queda da cidade, em maio de 1291, sinalizou o fim das Cruzadas de Jerusalém.

✠ CAPÍTULO 7

não vieram reforços; mais tarde, ele foi acusado de covardia. De volta a Sidon, os mamelucos começaram a construir uma estrada para a ilha e, na noite de 14 de julho, os Templários restantes escaparam silenciosamente e navegaram para Tortosa.

A queda do Acre foi rapidamente seguida pela destruição de Beirute, em 21 de julho. Em 30 de julho, o sultão ocupou Haifa e os mosteiros do Monte Carmelo foram destruídos. Tyre já tinha se rendido, em 19 de maio, depois de ver os barcos saindo do Acre para Chipre. A nobreza e os habitantes mais ricos também fugiram para o Chipre; os que ficaram foram mortos ou vendidos como escravos, e as cidades foram completamente destruídas sob as ordens de Khalil.

A QUEDA DE RUAD

No início de agosto, importantes bastiões francos em Outremer tinham sido reduzidos a duas cidades fortificadas, ambas ocupadas pelos Templários. No entanto, ambas eram seriamente mal-guarnecidas, então, em 4 de agosto de 1291, os Cruzados abandonaram sua sede em Tortosa e, dez dias depois, também deixaram Atlit, mudando-se para Chipre. Agora, seus únicos bens restantes no continente eram alguns castelos individuais.

O reinado de Thibaud Gaudin como Grão-Mestre provou ser bem curto. Ele morreu em 16 de abril de 1292, aparentemente, devido à exaustão, enquanto organizava a defesa da Cilícia. Seu sucessor foi Jacques de Molay, que se pensa ter nascido em Burgundy, na década de 1240. Ele entrou para os Templários em 1265, em Beaune, e viajou para a Terra Santa por volta de 1270, mas pouco se sabe sobre suas atividades entre essa época e sua eleição como Grão-Mestre.

Em dezembro de 1293, Khalil foi assassinado pelo vice sultão turco e seus seguidores, e seu irmão, de nove anos de idade, o filho mais novo de Qalawun, an-Nasir Muhammad, tornou-se sultão. Um pouco previsível, isto desencadeou outra violenta luta pelo poder, que deu aos francos um pouco de espaço para respirar, mas, em 1298-9, os últimos castelos templários continentais da região foram perdidos quando os mamelucos capturaram a fortaleza de Roche-Guillaume (no que tinha sido anteriormente Antioquia) junto com o castelo de Servantikar; Jacques de Molay e Guillaume de Villaret, os Grão-Mestres dos Templários e dos Hospitalários, aparentemente, participaram dessas batalhas. Em resposta às perdas, o rei armênio Hethum II da Cilícia pediu ao governante mongol de Ilkhanate da Pérsia, Ghazan, para ajudar a conter a ameaça mameluca.

Em 1299, Ghazan começou a se preparar para uma ofensiva contra os mamelucos na Síria. Ele enviou embaixadores para Henry II em Chipre e ao Papa Bonifácio VIII, convidando-os a participar de uma operação. Henry ficou entusiasmado e, no outono, enviou duas galerias, lideradas por Guy de Ibelin e John de Giblet, para se juntarem a Ghazan. A "frota" conseguiu reocupar Botrun (agora Batroun, no Líbano) no Condado de Trípoli, que havia caído para os mamelucos em 1289. Durante alguns meses, até fevereiro de 1300, eles trabalharam na reconstrução da fortaleza vizinha de Nephin.

Em 22 de dezembro de 1299, Ghazan e seu vassalo Hethum II, cuja forças incluíam um contingente de Templários e Hospitalários da Cilícia, infligiram uma derrota esmagadora aos mamelucos na batalha de Wadi al-Khazandar perto de Homs, na Síria. No entanto, a guerra civil mongol estava em curso na época e, quando um de seus primos levantou a revolta, em fevereiro de 1300, Ghazan foi forçado a retirar a maior parte de seu exército. Antes de partir, fez saber que voltariam até novembro e encorajou seus aliados a fazer preparativos para uma continuação do assalto aos mamelucos.

As tropas que Ghazan deixaram uma série de escaramuças na Palestina, invadindo o Vale do Jordão e chegando até Gaza. Eles entraram em várias cidades, provavelmente, incluindo Jerusalém. Estes sucessos foram recebidos com grande entusiasmo no Ocidente, onde crescia o otimismo de que a Terra Santa estava sendo arrancada dos muçulmanos e que Jerusalém estaria, em breve, sob controle cristão mais uma vez. No entanto, em maio, as forças egípcias partiram do Cairo e varreram para o lado dos mongóis.

Em julho, Henry II combinou suas forças com as dos Templários e Hospitalários para criar uma operação de ataque naval que consistia em 16 galerias. Acompanhado pelo embaixador de Ghazan, conduziu ataques em Rosetta, Alexandria, Acre, Tortosa e Maraclea.

✝ CAPÍTULO 7

Como os mamelucos haviam desmantelado a cidadela de Atlit em 1291, Tortosa era a fortaleza continental com maior potencial para ser recapturada. Consequentemente, o rei Henry uniu forças com as três ordens militares na esperança de retomar o porto. O plano era estabelecer um posto avançado em Ruad (agora Arwad na Síria), uns 50 acres (20 hectares) de ilha sem água a 2 milhas (3 quilômetros) da costa de Tortosa. Ruad havia sido anteriormente fortificado pelos francos e Henry esperava usar a cidadela como uma cabeça-de-ponte.

Em novembro de 1300, Jacques de Molay e o irmão do rei Amalric de Lusignan, filho de Hugh III de Chipre, lançaram uma expedição para reocupar Tortosa, transportando 600 soldados, incluindo cerca de 150 Templários e um número similar de Hospitalários, e seus cavalos para Ruad em preparação para um assalto marítimo. Ghazan tinha prometido que suas forças mongóis chegariam no final de 1300, e os cristãos estavam contando com um assalto terrestre sincronizado. Mas, o clima hostil do inverno atrasou os mongóis e eles falharam em chegar como planejado; a tentativa de reocupar Tortosa durou apenas 25 dias. Os Cruzados saquearam a cidade, destruindo bens e tomando prisioneiros antes de sair e estabelecer uma pequena base em Ruad.

Foi somente em fevereiro de 1301 que os mongóis, acompanhados por Hethum II, finalmente, fizeram seu prometido avanço na Síria. A força de 60.000 soldados da Cilícia, liderada pelo general mongol Kutlushka e acompanhada por Guy de Ibelin, Conde de Jaffa, e John de Giblet, conduziu uma série de batidas perfunctórias, eventualmente, alcançando até os arredores de Aleppo. Por volta de 20.000 cavaleiros foram colocados no Vale do Jordão para proteger Damasco, onde tinha sido instalado um governador mongol, mas, logo eles foram retirados. Ghazan anunciou que havia cancelado suas operações por um ano e, após alguma deliberação, os Cruzados retornaram ao Chipre, deixando uma pequena guarnição em Ruad.

De volta a Limassol, seu refúgio no Chipre, Jacques de Molay enviou uma série de apelos urgentes ao Ocidente para mais tropas e suprimentos. Ghazan estava igualmente empenhado: no final de 1301, escreveu para o

A PERDA DA TERRA SANTA, 1245-1304 ✠

Papa pedindo-lhe que enviasse tropas, sacerdotes e camponeses na esperança de fazer da Terra Santa novamente um estado franco.

Em novembro, o Papa Bonifácio VIII concedeu oficialmente o controle de Ruad aos Cavaleiros Templários. Em resposta, eles reforçaram as fortificações da ilha e instalaram uma guarnição permanente, relativamente grande, de 120 cavaleiros, 500 arqueiros e 400 cristãos sírios criados sob o comando do marechal templário Barthélemy de Quincy. Uma vez instalados, começaram a lançar ataques contra postos avançados muçulmanos na costa.

Nos próximos dois invernos, os líderes cristãos e mongóis fizeram planos para operações combinadas. Então, em 1302, os mamelucos enviaram uma frota de 16-20 galerias do Egito para Trípoli, e dali a Ruad, onde montaram um acampamento e cercaram a fortaleza templária. Embora eles tenham engajado os mamelucos em várias ocasiões, os Templários não conseguiam expulsá-los e foram, eventualmente, passando fome. Uma frota partiu de Famagusta, no Chipre, para salvar os Templários, mas não conseguiu chegar a tempo e, em 26 de setembro, o irmão Hugh de Dampierre negociou uma rendição. Uma das condições era que os mamelucos concedessem aos cristãos segurança para a terra de sua escolha, mas, à medida que os Templários emergiram, os mamelucos quebraram o acordo e atacaram. Barthélemy de Quincy foi assassinado e todos os arqueiros e cristãos sírios foram executados. Dezenas de Templários foram feitos prisioneiros e enviados ao Cairo. Entre os prisioneiros estavam várias dezenas de cavaleiros templários. Eles se recusaram a renunciar sua fé e cerca de 40 permaneceram na prisão por vários anos antes de, finalmente, morrer de fome. Seguindo a batalha, os mamelucos destruíram as fortificações Cruzadas.

A queda de Ruad marcou a perda do último posto Cruzado avançado na costa do Levant, seu último reduto na Terra Santa, representando um dos eventos culminantes das Cruzadas no Mediterrâneo Oriental. No rescaldo da derrota, os francos envolvidos em uma série de ataques navais ao longo da costa síria de sua base no Chipre, destruíram Damour, ao sul de Beirute, mas foram incapazes de infligir qualquer dano grave aos muçulmanos.

CAPÍTULO 7

Na primavera seguinte, Ghazan, juntamente com os armênios, conduziram um ataque final contra os mamelucos, mas, apesar de ter 80.000 soldados a seu comando, a campanha terminou em uma série de derrotas - em Homs, em 30 de março, e na batalha decisiva de Shaqhab, ao sul de Damasco, em 21 de abril; seus generais, Mulay e Qutlugh Shah, foram encaminhados no dia 20 de abril à Batalha de Marj al-Saffar, perto de Damasco. Ghazan morreu no ano seguinte, no dia 10 maio de 1304, finalmente, aniquilando os sonhos dos francos de uma rápida reconquista da Terra Santa.

CAPÍTULO 8
O FIM DA ORDEM, 1305-20

Com os Francos expulsos da Terra Santa, os Templários montaram uma sede em Limassol, no Chipre. Havia 118 Templários cavaleiros lá, da França, Alemanha, Inglaterra, Itália, Península Ibérica e outros lugares - em sua maioria, jovens e recém-recrutados; cerca de 80% haviam feito seus votos após a queda de Acre, em 1291. Mas, a perspectiva de uma nova cruzada parecia duvidosa.

Enquanto isso, os eventos na França estavam desenhando o foco dos Templários de volta à Europa, onde se envolveriam em uma luta por poder entre a realeza e o Papado, na qual sua riqueza desempenharia um papel fundamental. Qualquer que fosse a motivação, a última consequência seria que os franceses poderiam desacreditar a Ordem e provocar uma completa supressão dos Templários através da cristandade.

A TEMPESTADE DE REUNIÃO
Em junho de 1305, um novo Papa foi eleito. Anormalmente, Clemente V não era um cardeal na época e sua eleição foi entendida como tendo sido feita através da manipulação do rei Philip IV da França, pois eram amigos desde a infância; após a eleição de Clemente, o rei, rapidamente, começou a refrear o papel da Igreja em assuntos seculares. Clemente se recusou a se mudar para Roma, estabelecendo-se na corte Papal de Poitiers (agora, no sul da França, naquele tempo, a cidade estava no Reino de Arles, que fazia parte do Santo Império Romano). A natureza da eleição de Clemente e sua proximidade geográfica de Paris, colocaram-no sob intensa pressão para seguir com a proposta de Philip.

Nesse mesmo ano, o rei se reuniu com Esquieu de Floyran, o antigo prior do preceito dos Templários de Montfaucon, em Perigueux, no sudoeste da França. Por razões desconhecidas, Esquieu havia sido rebaixado

CAPÍTULO 8

e viajado à Espanha onde, aparentemente, tentou vender informações sobre as supostas práticas heréticas secretas dos Templários, para James II, o rei de Aragão. Suas acusações caíram em ouvidos incrédulos na corte espanhola, então, ele retornou à França e tentou sua sorte com Philip IV.

Depois de ouvir as alegações de Esquieu de Floyran, o governo francês começou a construir um caso contra os Templários. Eles entrevistaram irmãos que haviam sido expulsos ou abandonados em circunstâncias tensas e chegaram ao ponto de colocar 12 espiões dentro da Ordem, na França. Talvez, sem surpresas, quando os agentes infiltrados voltaram, disseram ao rei que as alegações eram verdadeiras.

No final de 1305, Clemente V convocou uma nova Cruzada. Philip IV foi receptivo e, em 29 de dezembro, concordou em pegar a cruz sob a condição de que as ordens militares fossem reformadas e, de preferência, fundidas. Ele também levantou preocupações sobre os inquietantes rumores de que tinha ouvido falar sobre o comportamento dos Templários.

Em junho do ano seguinte, Clemente escreveu a Jacques de Molay e Fulk de Villaret, os Grão-Mestres dos Templários e Hospitalários, respectivamente, perguntando por suas ideias sobre uma possível fusão e propostas de como a próxima Cruzada deveria prosseguir. Ele convidou os dois a Poitiers para discutir estas questões.

Enquanto se preparava para a viagem, Jacques de Molay enviou cartas abordando as duas questões. Ele argumentou que uma fusão era desnecessária, pois as funções militares das duas Ordens eram complementárias, formando a retaguarda e a guarda avançada dos grupos de peregrinos para envolvê-los "como uma mãe faz com seu filho". Quanto à Cruzada, recomendou "uma grande e abrangente expedição para destruir os infiéis e restaurar a terra salpicada de sangue de Cristo".

No início de 1307, Jacques de Molay navegou para o porto em Marseilles, com uma frota de seis galerias Templárias. O Papa tinha instruído-o a ir direto para Poitiers e a viajar incógnito, mas, ao invés disso, sua primeira parada foi no Templo de Paris, chegando com um escolta pessoal de 60 cavaleiros, seus escudeiros e sargentos, um contingente de criados e um trem de 12 cavalos com mais de 150.000 florins de ouro.

Jacques de Molay. O vigésimo terceiro e último Grão-Mestre Templário, Jacques de Molay foi queimado na fogueira em 18 de março de 1314, em uma ilha no rio Sena, em frente à Notre-Dame de Paris.

✠ CAPÍTULO 8

Sua reunião com o Papa foi adiada até o final de maio, pois Clemente V não estava bem. Fulk de Villaret ainda estava ausente, tendo adiado por vários meses, já que os Hospitalários lutaram pelo controle da ilha de Rodes. Enquanto esperavam por ele, Jacques de Molay e o Papa discutiram os rumores que tinham circulado sobre o mau comportamento dos Templários. Embora Clemente estivesse disposto a acreditar que as acusações eram falsas, ele enviou ao rei, mais tarde, um pedido escrito de assistência em uma investigação sobre sua veracidade.

Parece provável que Jacques de Molay tenha assumido que os rumores desapareceriam rapidamente. Os Templários tinham um bom relacionamento com o rei, tendo financiado suas guerras e o dote para o casamento de sua irmã Blanche com Edward I, o rei de Inglaterra, e o noivado de sua filha com o príncipe de Gales, e guardado as joias da coroa e a tesouraria da França; o Grão-Mestre era até padrinho do filho menor de Philip, Robert. Em 24 de junho, ele e o rei tiveram uma reunião em Paris, na qual discutiram as acusações. Ele, então, retornou a Poitiers, onde solicitou que o Papa abrisse uma investigação na esperança de limpar o nome da Ordem. Em 24 de agosto, Clemente V informou que estava montando uma comissão de inquérito.

A TEMPESTADE ESTOURA

Em 12 de outubro de 1307, Jacques de Molay estava, mais uma vez, em Paris, onde se juntou à mais alta nobreza da França como portador de caixão no funeral da princesa Catherine, a esposa do irmão de Philip, Charles de Valois. Ao amanhecer do dia seguinte, as propriedades dos Templários da França foram invadidas. Todos os Templários do país foram presos e seus bens apreendidos. No total, mais de 600 Templários foram presos, desde o Grão-Mestre até os empregados domésticos, artesãos e trabalhadores rurais; todos se submeteram pacificamente. Somente cerca de 24 fugiram da captura, incluindo o Mestre da França, Gerard de Villiers, mas eles também foram presos, em sua maioria, eventualmente.

As ordens para as prisões haviam sido distribuídas a todos os senescais na França, em 14 de setembro. Foi-lhes dito que organizassem uma força

O FIM DA ORDEM, 1305-20 ✛

militar na noite de 12 de outubro e só então um segundo conjunto de ordens seladas seria aberto. Em 22 de setembro, o chanceler do rei renunciou e foi substituído por William de Nogaret, um advogado excomungado que tinha ficado órfão da Igreja quando seus pais e avós foram condenados como hereges, durante a Cruzada Albigensian (um brutal exército de 20 anos de campanha iniciado pelo Papa Inocêncio III em 1209 para eliminar o catarismo, um movimento de reforma cristã, em Languedoc, região do sul da França). Nesse mesmo dia, o chefe dos Inquisidores no país escreveu a seus seguidores em toda França para dizer-lhes para se preparar para os tempos difíceis que se avizinhavam.

Os motivos do rei para mandar prender os Templários têm sido debatidos desde aquele fatídico dia. A motivação mais comumente citada é o desejo de fugir de suas dívidas e de pôr as mãos na riqueza dos Templários. Quando tomou o trono, em 1285, Philip herdou uma grande dívida de seu pai, grande parte da qual era devida aos Templários. Ele havia exacerbado a situação pedindo empréstimos para financiar guerras contra a Inglaterra e Flandres, depois, tornou as coisas piores, desvalorizando repetidamente a moeda, levando a um aumento da inflação e descontentamento generalizado. Em 30 de dezembro de 1306, após uma outra desvalorização, eclodiram tumultos em Paris e o rei tinha sido forçado a refugiar-se no Templo de Paris por três dias.

Outra estratégia utilizada pelo rei para lidar com suas dívidas financeiras - e que tem claros paralelos com o caso dos Templários - era demonizar, prender e expulsar os "forasteiros" ricos. Em 1291, ele tinha se movido contra os Lombardos, banqueiros italianos que viviam na França, a quem ele devia uma soma significativa e, em 1306, contra a população judaica do país, em ambos os casos mandando prendê-los e expulsando-os da França antes de confiscar seus bens e dinheiro. Nenhum dos atos trouxe fundos suficientes para seus propósitos.

Além dos incentivos financeiros, é possível que Philip também acreditasse que, pelo menos, algumas das acusações contra os Templários fossem factíveis e, assim, via como seu dever religioso a dissolução da Ordem. O rei era extremamente piedoso, declarando-se "o rei mais cristão... escudo

✝ CAPÍTULO 8

da fé e defensor da Igreja". A expulsão dos judeus, ao mesmo tempo em que lhe proporcionava um sopro, foi aparentemente impulsionada, pelo menos parcialmente, por sua crença de que tinham profanado regularmente o anfitrião (pão sagrado).

As prisões dos Templários foram feitas em nome da Inquisição (o judiciário da Igreja para a supressão de heresias). Os mandados de prisão eram abertos com as palavras: "Deus não está satisfeito. Temos inimigos da fé no reino". Tecnicamente, os Templários eram imunes ao Ministério Público e, como uma ordem religiosa, também deveriam ser isentos da aplicação de tortura. Portanto, a melhor estratégia à disposição de Philip IV parecia ser prender todos os Templários na França ao mesmo tempo e torturá-los imediatamente, a fim de extrair confissões de culpa antes que uma objeção formal pudesse ser feita. Essas confissões justificariam, então, as ações. Nisto foi auxiliado pelo fato de que o Grande Inquisidor para a França, o padre dominicano William de Paris, era amigo de Philip e confessor pessoal.

De modo geral, a acusação inicial contra os Templários era heresia, uma ofensa relativamente fácil de provar, independentemente da culpa ou inocência. Assumindo que parte da motivação do rei para acusar os Templários era um desejo de adquirir sua riqueza, heresia era uma taxa conveniente porque exigia o confisco de propriedades.

Com o tempo, as acusações contra os Templários aumentaram. Especificamente, foi alegado que, durante a admissão das cerimônias da Ordem, os novos recrutas eram forçados a cuspir, urinar ou pisar na Cruz ou em uma imagem de Cristo, para negar Cristo e se engajarem em beijos indecentes com o receptor; que os membros da Ordem veneravam falsos ídolos; e que a Ordem permitia e até mesmo incentivava práticas homossexuais. Eles também foram acusados de inúmeros delitos relacionados à corrupção financeira, fraude e sigilo. Foram acusados de colocar a Ordem e seus interesses perante os interesses da Igreja e perante o princípio moral, exigindo que os novos recrutas fizessem um juramento secreto para enriquecer a Ordem por qualquer meio necessário; de permitir que os leigos absolvessem os pecados; de não fazer presentes caritativos como

O FIM DA ORDEM, 1305-20 ✠

deveriam; e de não fornecer hospitalidade. Seus padres também foram acusados de não terem falado as palavras de consagração durante a missa. A acusação de idolatria envolvia a suposta adoração de uma cabeça mumificada que tinham encontrado em sua sede original, no Templo Mount, dito ter sido a de João Batista; uma misteriosa deidade conhecida como Baphomet (pensa-se que o nome seja um antiga corrupção francesa de Muhammad); ou, talvez até mais bizarramente, um gato. Também foi dito que usavam um cordão em torno de sua cintura que tinha sido enrolado ao redor da cabeça mumificada.

O fato de que, como parte da regra, os forasteiros eram impedidos de assistir às cerimônias de admissão e reuniões capitulares – que, normalmente, eram realizadas à noite, com sentinelas armados guardando as portas - despertou as suspeitas dos Inquisidores durante os julgamentos posteriores. A tendência para o sigilo funcionava contra a Ordem porque ninguém fora dela poderia refutar as alegações sobre a base de qualquer conhecimento pessoal. A regra em si não era apenas escondida de pessoas de fora, só era revelada aos cavaleiros Templários se houvesse necessidade, e revelar qualquer parte dela para outra pessoa era uma grave quebra de disciplina; apenas os mais altos oficiais da Ordem estavam familiarizados com a regra na sua totalidade. Este sigilo permitia que rumores proliferassem.

Uma vez feitas as detenções, o governo francês começou uma campanha de propaganda com o objetivo de virar a opinião pública contra os Templários. William de Nogaret anunciou as acusações contra a Ordem em uma grande reunião em Paris, enquanto William de Paris instruiu seus companheiros dominicanos a pregar a notícia da heresia em suas congregações. Numerosas cópias das acusações haviam sido distribuídas pela França no dia em que as prisões foram feitas.

TORTURAS E CONFISSÕES

No dia seguinte, a notícia do que havia acontecido chegou ao Papa Clemente V. Embora as prisões tivessem sido feitas em nome da Inquisição, e embora os Templários tivessem sido especificamente visados, as ações do rei francês poderiam ser claramente interpretadas como um ataque à

✢ CAPÍTULO 8

autoridade do próprio Papado. Clemente V convocou seus cardeais e uma reunião de emergência da Cúria começou em 16 outubro, com duração de três dias. Em seu rescaldo, o Papa emitiu uma bula, *Ad preclarus sapiente*, afirmando que o rei tinha agido ilegalmente em prender os Templários, mas poderia expiar entregando suas propriedades para a Igreja. Algumas semanas depois, o Papa enviou dois cardeais a Paris para recolher os homens e o dinheiro. Entretanto, o rei se escondeu e os cardeais foram informados de que não havia necessidade de envolvimento do Papa, pois os prisioneiros já tinham confessado suas heresias.

Em 19 de outubro de 1307, as audiências inquisitoriais começaram no Templo de Paris. As confissões vieram densas e rápidas; dos 138 Templários presos em Paris, todos, exceto quatro, confessaram alguns ou todos os crimes dos quais foram acusados. Isto não foi surpreendente, pois a maioria foi submetida a alguma forma de tortura. De fato, tão brutal foi o tratamento que em Paris morreram 36 irmãos.

Jacques de Molay testemunhou em 24 de outubro, confessando vários dos supostos crimes, embora tenha negado a acusação de sodomia. No dia seguinte, ele e outros dos quatro principais Templários – Gerard de Gauche, Guy Dauphin, Geoffrey de Charney e Walter de Liancourt - foram trazidos perante os grandes religiosos, em uma secular audiência no Templo de Paris. Ao Grão-Mestre foi pedido para confessar em seu nome e em nome dos outros quatro líderes. Mais tarde, ele escreveu uma série de cartas nas quais exortava os outros membros da Ordem a confessar. A audiência se reuniu novamente no dia seguinte para ouvir as confissões dos quatro altos funcionários e outros 34 Templários, incluindo cavaleiros, sacerdotes e sargentos.

A recusa do rei em entregar os prisioneiros colocou o Papa em uma posição incômoda. Muitos de seus cardeais estavam ameaçando demitir-se se ele não exercesse sua autoridade, mas ele temia que seria deposto pelo rei se o excomungasse. Assim, em 22 de novembro, ele emitiu a bula papal *Pastoralis praeeminentiae*, que instruiu os monarcas cristãos da Europa a prender os Templários que viviam em seu país e confiscar seus bens. Vários governantes estavam relutantes em aceder ao pedido do Papa, mas, even-

O FIM DA ORDEM, 1305-20

tualmente, as autoridades na Espanha, Inglaterra, Itália, Alemanha e no Chipre o cumpriram, e a suposta heresia tornou-se um assunto da Igreja.

No final de dezembro, o Papa enviou, mais uma vez, dois cardeais a Paris para recolher os Templários aprisionados. Desta vez, eles também tinham autoridade para excomungar Philip IV no local e colocar toda a França sob interdição se o rei se recusasse a cumprir as ordens papais. As ameaças pareciam ter o efeito desejado - na véspera de Natal, Philip escreveu ao Papa para informá-lo de que estava disposto a entregar os Templários.

Poucos dias depois, os cardeais tiveram acesso a Jacques de Molay e uma série de outros Templários de alto nível, todos eles retrataram suas confissões anteriores. Havia riscos ligados às retrações: sob as regras da Inquisição, um herege recaído era para ser entregue às autoridades seculares, que iriam queimá-lo na fogueira. E, embora o rei tivesse permitido que os cardeais falassem com os Templários presos, ele ainda não os tinha realmente entregue à Igreja.

Em fevereiro de 1308, Clemente V suspendeu a Inquisição francesa. O governo francês respondeu, tentando pressioná-lo através de uma campanha de propaganda e intimidação. Ele permaneceu firme, porém, e em maio e junho, se reuniu com o rei em Poitiers. Lá, eles concordaram que o Papa criaria uma comissão para investigar a Ordem e uma série de conselhos com bispos-supervisionados provinciais que investigariam os Templários individualmente. Em troca, o rei entregaria alguns dos Templários cativos ao Papa para que ele mesmo pudesse questioná-los.

Pouco tempo depois, 72 prisioneiros foram acorrentados juntos e colocados em um comboio de carroças com destino a Poitiers. Eles foram unidos por Jacques de Molay e os outros quatro Templários de alto escalão, mas quando as carroças chegaram ao castelo real em Chinon, cinco funcionários templários foram levados, alegadamente doentes demais para viajar a curta distância até Poitiers. E assim, apenas os 72 prisioneiros, aparentemente escolhidos do maior agrupamento para a pobre impressão que provavelmente causariam, chegaram a Poitiers.

Entre 28 de junho e 1 de julho, uma comissão especialmente convocada de cardeais e o próprio Papa ouviu provas da maioria dos 72 Templários.

✝ CAPÍTULO 8

Clemente V concedeu, então, a absolvição àqueles que tinham confessado e pedido perdão. Entretanto, parece que as provas que ouviu eram tão contraditórias e, em muitos casos, rebuscadas, que em sua opinião, os prisioneiros não eram hereges.

Em 12 de agosto, Clemente V emitiu a bula Papal *Faciens misericordiam*. Estabeleceu uma estrutura para a coleta de depoimentos dos Templários presos através da cristandade e criando comissões papais encarregadas de investigar suas ações. As deposições deveriam ser levadas ao Papa, que as usaria para determinar o destino da Ordem e anunciar sua decisão em um novo conselho ecumênico a ser realizado em 1310. Deixou claro que o destino dos Templários descansava unicamente com o Papado.

Clemente também emitiu uma citação formal para Jacques de Molay e os outros quatro oficiais Templários, mas foi novamente rejeitado pelo rei, que continuou a afirmar que estavam doentes. De fato, não ficou muito claro se os funcionários papais, alguma vez, puderam falar pessoalmente, mas, em setembro de 2001, um pergaminho foi descoberto nos arquivos do Vaticano que, finalmente, acabou com o mistério. O chamado pergaminho Chinon, datado de 17-20 de agosto de 1308, foi escrito por três cardeais que juntos tinham formado uma comissão de inquérito apostólico com a plena autoridade do Papa. Eles haviam deixado Poitiers para Chinon em 14 de agosto e, no castelo real, de alguma forma, conseguiram falar com os prisioneiros líderes Templários. Após ouvirem suas confissões, concederam a absolvição dos homens.

EM DEFESA DA ORDEM

O tribunal papal sobre o qual Philip IV e Clemente V haviam concordado foi criado em Avignon (que, como Poitiers, fazia parte do Reino de Arles), em março de 1309. Em novembro, começaram a realizar as audiências. No início, aqueles que compareceram perante a comissão confessaram os seus supostos crimes, mas, lentamente, com um impulso crescente, os Templários começaram a se manter firmes na defesa da Ordem. Entre os que se recusaram a confessar estavam Pierre de Bologna, que tinha sido treinado como advogado canônico e foi o representante dos Templários para a corte papal em Roma, e Reginald de Provins, que tinha servido como o preceptor de Orleans. Em 23 de abril, a dupla, juntamente com alguns outros irmãos, apresentou-se perante a comissão e decretou o tratamento que haviam recebido. Eles, então, fizeram uma série de exigências: ver todo o material relevante para o caso, incluindo os termos de referência da comissão e os nomes de todas as testemunhas e acusadores; que as testemunhas fossem impedidas de falar umas com as outras, e de revelar os detalhes de seu testemunho a qualquer outra pessoa; que as testemunhas estivessem seguras do sigilo de seus testemunho; que o testemunho de irmãos que haviam morrido sob custódia fosse incluído no processo; e que aos Templários que se recusaram a defender a Ordem deveria ser perguntado o porquê, sob juramento. No começo de maio, quase 600 Templários haviam falado em defesa da Ordem e negaram suas confissões anteriores.

Esta virada de acontecimentos foi de grande preocupação para o rei. Em resposta, ele conseguiu que o Arcebispo de Sens reabrisse seu inquérito individualmente para os Templários de sua diocese. O arcebispo alegou que, por terem voltado atrás em suas confissões anteriores, os Templários foram recaídos hereges e ordenou que 54 deles fossem entregues às autoridades seculares. Em 12 de maio, eles foram queimados em um campo fora de Paris. O ato teve o resultado desejado e a defesa firme dos Templários se desmoronou. Peter de Bologna misteriosamente desapareceu, o conselho de Sens condenou Reginald de Provins à vida na prisão e a grande maioria dos Templários que havia renunciado suas confissões, mais uma vez, atestou sua verdade.

Em junho do ano seguinte, as audiências finalmente foram encerradas e, durante o verão, o Papa reuniu as descobertas das comissões, juntamente com o material que havia sido coletado em outro lugar na Europa. Foi somente na França que um número substancial de Templários havia confessado.

Em 16 de outubro de 1311, o Papa convocou um conselho ecumênico em Vienne, no Rhône-Alps, na França, uma reunião que esperava realizar três anos antes para discutir a possível fusão das duas ordens militares, a situação na Terra Santa e a reforma da Igreja. Agora, ele simplesmente

✝ CAPÍTULO 8

desejava traçar uma linha sob o assunto dos Templários. No final de outubro, sete Templários apareceram no conselho, esperando que lhes fosse dada uma oportunidade de defender a Ordem, mas o Papa, rapidamente, mandou retirá-los e aprisioná-los.

Enquanto isso, Philip IV estava se tornando inquieto. Ele, também, queria que o assunto fosse levado a uma rápida conclusão, mas estava muito menos equivocado sobre o resultado que desejava. Ele viajou para Vienne e fez sentir sua presença, aparecendo em público em áreas acima do rio onde o conselho estava sendo realizado. Quando isto falhou em

O rei Philip IV da França e seus cortesãos assistem aos executores queimar Jacques de Molay e outros Templários na fogueira. O Grão-Mestre e vários outros Templários de alto escalão foram executados perto de Paris, em 1314.

O FIM DA ORDEM, 1305-20 ✠

apressar os assuntos, em 2 de março de 1312, ele enviou uma carta ao Papa, expondo os crimes e heresias dos quais os Templários tinham sido acusados e pediu, mais uma vez, que a Ordem fosse suprimida. Quando isto também não teve o efeito desejado, reuniu seus irmãos, filhos e uma grande força armada e, em 20 de março, chegou a Vienne.

Esta provocação parece ter, finalmente, surtido efeito. Dois dias mais tarde, o Papa escreveu *Vox in excelso*, uma bula papal que dizia que, embora os Templários não estivessem condenados, a Ordem deveria ser suprimida devido ao fato da sua reputação ter sido tão minuciosamente manchada que não poderiam continuar seu trabalho sagrado. A bula era lida para o conselho em 3 de abril; os presentes foram proibidos de falar, sob pena de excomunhão. Os delegados ficaram indignados pois esperavam ter a oportunidade de debater a matéria. Em 2 de maio outra bula, *Ad providam*, entregou a maioria dos bens dos Templários para os Hospitalários (com exceção dos da Península Ibérica). Este, provavelmente, não era o resultado pelo qual Philip esperava, mas, pelo menos suas dívidas estavam, agora, saldadas. Ele até conseguiu extrair uma grande soma dos Hospitalários em recompensa pelos custos que incorreram para cercar e capturar os Templários e levá-los a julgamento. *Ad providam* também declarou que os irmãos que haviam sido considerados inocentes ou que haviam confessado e se reconciliado com a Igreja receberiam uma pensão e seriam libertados para viver o resto de seus dias em um mosteiro.

Com seu destino agora decidido, de acordo com a prática padrão da Igreja na época, os Templários foram oficialmente entregues às autoridades seculares para punição (embora a maioria já estivesse em custódia real). Aqueles que haviam confessado foram submetidos às penitências que, em muitos casos, envolveram um longo período na prisão; o restante foi enviado, em sua maioria, para mosteiros. Alguns se juntaram aos Hospitalários, outros foram aposentados e voltaram tranquilamente à vida civil.

Apesar de ter sido absolvido, o Grão-Mestre idoso, Jacques de Molay, e três dos outros quatro dos altos escalões Templários permaneceram na prisão (no ínterim, Raimbaud de Caron tinha morrido). A reunião em Chinon e a absolvição permaneceram secretas, portanto, o destino dos homens foi decidido em 18 de março de 1314 por uma pequena comissão de cardeais franceses e outros eclesiásticos em Paris. Entre os presentes estava o arcebispo de Sens. O conselho apontou para as confissões dos homens e ordenou que fossem presos por toda a vida. Jacques de Molay e Geoffroi de Charney, preceptor de Normandia, agora falavam alto, retirando suas confissões, suplicando sua inocência e afirmando que os Templários eram puros e a Ordem, sagrada. O rei, rapidamente, ordenou que a dupla fosse condenada como hereges recaídos e, naquela noite, em Vespers, foram queimados na fogueira, na Ile des Javiaux, uma pequena ilha no rio Sena, ao leste de Notre Dame.

Foi dito que, durante seus momentos finais, Jacques de Molay permaneceu desafiador. Ele pediu para ser amarrado de tal forma que pudesse olhar Notre Dame e segurar suas mãos em oração. Foi também relatado que, enquanto as chamas se elevavam ao seu redor, ele gritou que ambos Clemente V e o rei Philip logo se encontrariam com seu próprio julgamento diante de Deus: "Deus sabe quem está errado e pecou. Em breve uma calamidade ocorrerá para aqueles que nos condenaram à morte". Um mês mais tarde, o Papa Clemente morreu de um problema intestinal de longa data; o rei Philip, que tinha apenas 46 anos, morreu de um derrame cerebral enquanto caçava, em 29 de novembro.

E EM OUTROS LUGARES DA EUROPA...

Fora da França, os eventos se desenrolaram de forma bastante diferente. Na Inglaterra, o rei Edward I tinha morrido em julho de 1307. Ele tinha sido um bom amigo dos Templários (e um poderoso inimigo da França), e seu jovem sucessor, Edward II, foi considerado de pouca vontade. No entanto, Edward estava cético em relação às acusações e, em 30 de outubro de 1307, ele enviou cartas ao Papa e aos reis de Portugal, Castile, Aragão e Sicília, nas quais defendeu os Templários e os encorajou a fazer o mesmo. Mas, embora inicialmente se recusasse a prender os Templários locais, o rei precisava do apoio papal para sua guerra contra a Escócia e estava prestes a se casar com a filha de Philip IV assim, após receber a ordem do Papa para prender os Templários, em 20 de dezembro, ele cedeu. Em

O FIM DA ORDEM, 1305-20 ✠

7 de janeiro, ele mandou prender os Templários da Inglaterra e, três dias depois, os oficiais reais reunidos na Escócia, Irlanda e País de Gales.

Em 13 de setembro de 1309, dois inquisidores foram autorizados a questionar os Templários ingleses, mas eles não tinham permissão para usar tortura e nenhuma das pessoas interrogadas confessou as acusações. Em dezembro, o Papa fez pressão sobre o rei para permitir que os inquisidores usassem tortura e, no final de junho de 1311, três Templários presos em Londres fizeram confissões parciais depois de serem torturados. Eventualmente, todos os Templários britânicos foram enviados para mosteiros. Na Escócia e na Irlanda, as investigações levaram a umas poucas confissões menores e nada mais.

Na Alemanha e na Europa Central, as ações tomadas em relação ao Templários variavam de região para região, dependendo, em grande parte, da política local. Embora controlassem ali grandes quantidades de terra, o número real de Templários era relativamente pequeno, então, as provas eram assuntos mais moderados e, na maioria dos casos, os resultados favoreciam a Ordem. Poucos Templários foram presos e nenhum foi executado. A transferência de seus bens também variou de acordo com a região: alguns governantes locais tomaram parte deles para si antes de entregar o resto para os Hospitalários, enquanto em Hildesheim e em outras partes do sul Alemanha, os Templários tiveram que ser expulsos pela força antes que sua propriedade pudesse ser confiscada.

Na Itália, a tortura era utilizada em Nápoles, mas não em outros lugares. Na maioria das regiões do país, nenhum Templário confessou e as autoridades locais, em geral, os consideraram inocentes das acusações. Em Veneza, eles nem sequer foram presos. De fato, parece que em grande parte da Itália, pouco esforço foi feito para prender os oficiais Templários de alto escalão, muitos dos quais escaparam depois que chegaram notícias sobre as prisões na França.

Na Península Ibérica, onde os Templários haviam conquistado um papel fundamental na *Reconquista* e seus castelos eram vitais para a segurança, foram protegidos de processos judiciais. A fim de manter o Papado de lado, tanto o rei Denis de Portugal como o rei James II de Aragão for-

✣ CAPÍTULO 8

maram novas ordens militares, para as quais transferiram as funções dos Templários (ver Capítulo 9).

No Chipre, onde os Templários estavam profundamente envolvidos em política, foram inicialmente tratados de forma simpática pelo governante Aimery de Lusignan, a quem tinham sido aliados, mas em junho 1308, eles se renderam e foram confinados em suas propriedades ou presos. Em maio de 1310, começaram os questionamentos. Todos os 76 Templários que foram depostos negaram as acusações, e foram apoiados por numerosas testemunhas. Então, no início de junho, o Aimery foi morto e seu irmão, Henry II, retornou ao trono. Em maio do ano seguinte, o Papa pediu uma nova série de audiências, nas quais outras 21 testemunhas externas deram provas, principalmente em apoio aos Templários. No entanto, ele estava descontente com os resultados e, em agosto, exigiu um novo julgamento, apoiado pelo uso de tortura - não há registros se isso ocorreu. As propriedades dos Templários foram eventualmente transferidas para os Hospitalários, embora seu tesouro tenha sido retido pelas autoridades como pagamento dos custos dos julgamentos. Vários dos líderes Templários acabaram morrendo na prisão. Mesmo na terra de sua sede, a Ordem não existia mais.

CAPÍTULO 9
OS TEMPLÁRIOS
E A *RECONQUISTA*

Embora os Templários estivessem sempre mais estreitamente ligados à imaginação popular com suas façanhas na Terra Santa, eles também eram militarmente ativos dentro da própria Europa, principalmente, na Península Ibérica.

Entre 711 d.C. e 788 d.C., o califado árabe Umayyad atravessou o Estreito de Gibraltar e marchou sobre grande parte da Península, resultando no estabelecimento do Emirado Independente de Córdoba. A unificação da Ibéria governada pelos muçulmanos, que se tornou conhecida como al-Andalus, foi completada por Abd al-Rahman I, em 756 d.C. Enquanto muitos nobres locais nas regiões ocupadas começaram a abraçar o Islã e a língua árabe, na esperança de compartilhar poder, a maioria da população permaneceu cristã.

A invasão desencadeou séculos de conflitos na Península entre os ocupantes muçulmanos, ou mouros, como ficaram conhecidos, e entre eles e a população cristã local. Ao final do século IX, a ideia de uma reconquista cristã da Península começou a emergir, impulsionada pela *Chronica Prophetica*, uma crônica latina anônima escrita em 883 d.C., que delineou a divisão cultural e religiosa entre cristãos e muçulmanos nas populações da Península Ibérica. Esta campanha ficou conhecida como a *Reconquista*.

No início do século XI, o domínio muçulmano estava fragmentado. Naquela época, a Espanha, como agora conhecemos, não existia; ao contrário, a Península Ibérica era ocupada por uma coleção de estados cristãos e árabes que fizeram alianças e travaram guerras, os reinos cristãos de Portugal, Léon, Castile, Navarre e Aragon batalhando entre si e individualmente com os mouros *taifas*, cada um dos quais era liderado por seu próprio emir.

✝ CAPÍTULO 9

A causa dos ibéricos cristãos recebeu um novo impulso em 1063, quando o Papa Alexandre II deu sua bênção para os cristãos que lutavam com os muçulmanos na Península, oferecendo a remissão dos pecados por aqueles mortos em batalha. E, em 1085, os espanhóis celebraram uma significativa vitória quando expulsaram os árabes de Toledo, trazendo um terço do norte da Espanha de volta às mãos dos cristãos. No entanto, no ano seguinte, os exércitos do rei castelhano Alfonso VI foram derrotados pelos Almorávidas, uma dinastia imperial Berbere Muçulmana estabelecida em 1040 e centrada em Marrocos, na Batalha de Sagrajas. Os Almorávidas continuariam a tomar o controle de praticamente todos de al-Andalus.

DOAÇÕES DA IBÉRIA
O estabelecimento em Jerusalém dos Pobres Companheiros Soldados de Cristo e o Templo de Salomão no início do século XII coincidiu, aproximadamente, com o surgimento de Portugal como um reino independente, e os dois logo formaram uma relação que perduraria por séculos. Para o leste, Portugal enfrentou a hostilidade do reino vizinho de Léon e a nobreza galega; ao sul, estava o poderoso e rico califado muçulmano. Lidar com estes inimigos exigiria ajuda, e os líderes de Portugal perceberam que a contratação da assistência dos Templários seria uma boa forma de resolver seus problemas. E, como melhor atrair os Templários para Portugal do que dar castelos e terras, de preferência, próximos ao território detido pelo califado ou que fazia fronteira com os reinos espanhóis? A Ordem se tornaria a guarda da fronteira de Portugal.

Começou com o presente, no início de 1128, da cidade de Fonte Arcada, no norte de Portugal, cerca de 120 milhas (280 quilômetros) ao norte de Lisboa, por Teresa de Leão, Condessa de Portugal. Então, em 19 de março, Teresa deu aos Templários o castelo em ruínas de Soure, que estava localizado na fronteira sul de Portugal e só tinha sido arrancado do controle muçulmano alguns anos antes. Em troca, os Templários prestaram assistência na luta contra os ocupantes muçulmanos.

Como os Templários são conhecidos por terem chegado a Portugal em 1128, é provável que estivessem em alguns dos outros reinos ibéricos

OS TEMPLÁRIOS E A *RECONQUISTA* ✝

por volta dessa época, também, mas a primeira menção a eles, de forma confiável, nos documentos espanhóis, é datada de 1131. No entanto, uma carta anterior, sem data, sugere que em 1130 já estavam recebendo privilégios de Alfonso I, o rei de Aragon e Navarre. A carta parecia liberar os Templários do pagamento de impostos reais de um quinto de qualquer espólio capturado dos mouros.

Durante grande parte do século anterior, a coexistência entre cristãos e mouros havia envolvido, em sua maioria, uma paz inquietante, quebrada por invasões ao território um do outro, mas, na época da chegada dos Templários, os cristãos estavam ativamente tentando expandir-se para áreas de domínio muçulmano, com alguns sucessos notáveis na Península nordeste. Alfonso havia conquistado território ao longo de boa parte do vale de Ebro e dos rios Jalón e Jiloca. Como em Portugal, ele e outros da nobreza espanhola viram nos Templários uma forma de consolidar esses ganhos, dando-lhes fortalezas localizadas em áreas fronteiriças. A oferta de desistir do imposto sobre o saque também podia ser vista como uma tentativa de solicitar a assistência dos Templários.

Os Templários foram uma das várias ordens militares ativas na Península Ibérica. Inspiradas pelos Templários e Hospitalários, estas estavam tipicamente confinadas a territórios relativamente pequenos espalhados por toda a Península. Elas incluíram a Ordem de Aviz, em Portugal, a Milícia Christi Aragonesa, em Aragão e Navarra, e a Ordem de Calatrava, em Castela. Tão apreciadas e com suporte real e papal, assim como os Templários, tornaram-se proprietárias de terras significativas e corretoras de poder político. Entretanto, também como os Templários, seu crescente poder, às vezes, as colocava em conflito com seus patronos.

Durante o início dos anos de 1130, os Templários receberam os castelos de Grañena e Barbará, na Catalunha, mas como estavam cautelosos sobre reter os recursos necessários para a luta contra os infiéis na Terra Santa, levaram algum tempo antes de assumirem o controle das fortalezas. A nobreza recorreu, então, a outros métodos para tentar envolver os Templários na *Reconquista*. Em 1134, Raymond Berenguer IV, o Conde de Barcelona, e pelo menos 26 catalães nobres prometeram servir com os Templários

CAPÍTULO 9

durante um ano. O conde também prometeu fornecer equipamentos e terras para manter dez Cavaleiros Templários.

Naquele ano, em 8 de setembro, Alfonso I morreu. Sem nenhum herdeiro, deixou todo seu reino aos Templários a aos Hospitalários e a Igreja do Santo Sepulcro para ser dividida igualmente entre eles. No entanto, as disposições do testamento, que haviam sido escritas em 1131, nunca foram realizadas, a nobreza local colocou-o de lado. Em vez disso, o reino foi dividido, com o próprio Aragão indo para o irmão de Alfonso, Ramiro, um monge que deixou o mosteiro por tempo suficiente para gerar uma filha, Petronilla, que foi, então, noiva de Raymond Berenguer IV, que, por sua vez, assumiu o controle de Aragon.

Após muitas negociações, em 1143, os Templários receberam, por forma compensatória, seis grandes castelos em Aragão, um décimo das rendas reais, um quinto de qualquer terra que fosse arrancada de volta da ocupação muçulmana no futuro e isenções de certos impostos. Até então, os Templários na Espanha tinham se preocupado, principalmente, com a obtenção de bens e recrutas, mas, agora, com o consentimento do Grão-Mestre, a Ordem tinha se tornado um participante significativo na *Reconquista*. Ela forneceu tropas que lutaram com o exército real durante as principais campanhas e desempenhou um papel na decisão de como essas campanhas deveriam ser combatidas. Os Templários espanhóis também empreenderam pequenas batidas e expedições maiores por conta própria. Em geral, no entanto, como os governantes da região poderiam atrair soldados de uma grande população local, eram menos dependentes dos Templários para assistência em batalhas; ao invés disso, a Ordem estava envolvida, principalmente, na construção e manutenção de castelos e fortalezas nas margens das terras controladas por cristãos, de modo a limitar as invasões muçulmanas. Eles foram os principais responsáveis pela defesa das regiões da Catalunha e Aragão.

UMA CRUZADA IBÉRICA

Apesar das muitas doações de terras e fortificações feitas para os Templários em Portugal, parece que eles não entraram em atividades militares até 1144

Estátua do rei Alfonso I de Aragão no Parque José Antonio Labordeta, em Zaragoza, Espanha. Conhecido como Afonso, o Batalhador, o rei era um grande amigo dos Templários, deixando um terço do reino para eles em seu testamento.

✝ CAPÍTULO 9

- cinco anos após Portugal ter se tornado um reino independente – quando foram forçados a defender Soure de um ataque de Abu Zakaria, o vizinho de Santarém. Essa defesa falhou e o castelo foi arrasado. Até que, nesse período, o filho da Condessa Teresa, Afonso Henriques, o primeiro rei de Portugal, tinha se contentado em deixar os muçulmanos permanecerem no sul, mas, depois de 1143, prometeu expulsá-los completamente. A fim de cumprir sua promessa, ele teria que empreender operações militares ao sul do rio Tejo, ao longo do qual os Templários tinham estabelecido uma cadeia de posições fortificadas.

Em 1145, os Templários receberam o cunhado do rei Afonso no castelo de Longroiva, Fernão Mendez de Bragança. Localizado perto da fronteira com Castela, o castelo se tornou a primeira sede dos Templários em Portugal. No mesmo ano, o arcebispo John de Braga deu-lhes um hospital para os pobres, seguindo os desejos de seu predecessor, Pelagius, que tinha construído o hospital. Eles também receberam metade do dízimo que o arcebispo recebeu com o objetivo de financiar o hospital.

Durante 1146, o califado Berbere Almohad, estabelecido em 1120, varria para a Península Ibérica a partir de sua base no Marrocos e começou a confiscar territórios muçulmanos dos Almorávidas (a campanha duraria até 1172). Na primavera do ano seguinte, o Papa Eugênio III declarou que a campanha que seria conduzida por Alfonso VII de Castela contra os ocupantes muçulmanos da Espanha fosse uma Cruzada. Isto foi seguido por uma série de sucessos militares que empurraram os muçulmanos para o sul.

Em 15 de março de 1147, os Templários ajudaram Afonso a tomar o controle da cidade de Santarém, que estava sob domínio muçulmano desde o século VIII. Diz a lenda que o rei e um pequeno exército tomaram a cidade depois que 25 cavaleiros escalaram suas muralhas à noite, matando sentinelas mouros e abrindo o portão principal. Como recompensa pelo envolvimento dos Templários no ataque, em abril, Afonso emitiu uma carta sob a qual eles receberiam as receitas de todas as igrejas ao redor de seu castelo em Santarém. O controle de Santarém deu a Afonso uma base a partir da qual poderia atacar Lisboa, na boca do Rio Tejo.

OS TEMPLÁRIOS E A *RECONQUISTA* ✛

Em julho, o exército português foi acompanhado por cerca de 13.000 combatentes da Inglaterra, Escócia, Frísia, Normandia e Flandres, que haviam partido de Dartmouth, Inglaterra, em uma frota de 164 navios, no dia 19 de maio, a caminho de se juntar à Segunda Cruzada. O mau tempo tinha feito com que se refugiassem na costa portuguesa, no Porto, onde foram persuadidos pelo bispo Pedro II Pitões a participar do assalto a Lisboa. A força combinada sitiou a cidade por 17 semanas, atacando seus muros e outras fortificações de terra e mar, utilizando aríetes, torres de cerco e trabucos. Quando as defesas da cidade foram finalmente quebradas, os soldados entraram e, desafiando as ordens de Afonso, massacraram a guarnição dos mouros. Em 22 de outubro, os mouros se renderam.

Nos anos seguintes, os Templários se uniram aos ataques às cidades de Tortosa (na Espanha, não confundir com Tortosa em Outremer) e Lérida, e o castelo de Miravet, na Catalunha. Em troca, conforme seu acordo anterior com o Reino de Aragão, receberam uma quinta parte das receitas de Tortosa e um quinto da cidade de Lérida. Em 1153, depois que o resto da parte inferior dos vales de Segre e Ebro haviam sido conquistados, Raymond Berenguer entregou o equivalente a um quinto das receitas de toda a bacia hidrográfica de Ebro, desde Mequinenza até Benifallet, incluindo Miravet, seis redutos menores e várias propriedades.

TEMPO DE CONSTRUÇÃO NOVAMENTE

Enquanto isso, tendo tomado o controle de Lisboa, o rei Afonso criou um bispado na cidade, dotando as igrejas com as receitas com as quais ele havia, anteriormente, recompensado os Templários. Em compensação, em 1159, presenteou Gualdim Pais, Mestre dos Templários em Portugal, com a fortaleza arruinada de Ceras, no centro de Portugal, junto com um trecho de terra que corria de Mondego até o Tejo, ao longo do Zezere. Gualdim Pais, que nasceu em Amares, na região de Braga, tinha lutado ao lado de Afonso contra os mouros e foi nomeado por ele cavaleiro, em 1139, após a Batalha de Ourique. Ele partiu para a Terra Santa em 1152, passando cinco anos lá, durante os quais desempenhou um papel proeminente no cerco de Gaza, lutou no cerco de Ascalon e vários outros cercos e batalhas

CAPÍTULO 9

ao redor de Sidon e Antióquia, e participou de outras campanhas contra os Zengids e Fatimids. Ele foi ordenado o quarto Mestre de Portugal ao retornar à Europa, em 1157.

Depois de passar um ano em Ceras, Gualdim Pais decidiu que, ao invés de tentar reconstruir a fortaleza, ele construiria um novo castelo nas proximidades. Em 1º de março de 1160, começaram os trabalhos para uma fortificação em Tomar; nesse mesmo ano, foi estabelecida à cidade do mesmo nome. Ela se tornou a sede dos Templários em Portugal e foi um dos castelos mais defensáveis do país.

Em 1169-70, enquanto os Templários estavam finalizando a fortaleza de Tomar, Afonso concedeu-lhes um terço de qualquer território recém-liberado ao sul do Tejo. Eles teriam que defender a terra contra uma nova invasão muçulmana, assim como ataque potencial dos reinos cristãos de Léon e Castile ao leste, que consideravam a terra deles. Para tanto, os Templários construíram vários pequenos castelos; no entanto, fizeram pouco esforço para expandir suas terras para o sul, como simples detentor de territórios que já haviam adquirido, consumiram a maior parte de seus recursos disponíveis. Como parte do acordo, Afonso estipulou que qualquer que fosse o aluguel que os Templários coletassem da terra portuguesa, deveria ser usado para financiar a Cruzada contra os muçulmanos em Portugal e não ser enviado para a Terra Santa, o que, provavelmente, contentou tanto aos Templários locais quanto ao rei.

Por esta época, a posse dos castelos Templários de Cardiga, Foz do Zezere e Tomar foi confirmada e Afonso inchou ainda mais suas propriedades territoriais, dando-lhes o castelo de Almourol, situado em um afloramento de granito em uma pequena ilha no meio do rio Tejo, que havia sido conquistada recentemente por forças leais à nobreza portuguesa. Os Templários reconstruíram o castelo que, juntamente com outras três edificações recentemente adquiridas, fazia parte de uma linha defensiva de fortificações que funcionava ao longo do rio Tejo.

Este foi um período muito fértil para a construção e restauração dos Templários; Gualdim Pais supervisionou os trabalhos nos castelos fronteiriços de Almourol, Idanha, Ceres, Monsanto e Pombal. Em muitos casos, estes castelos acabaram se transformando em importantes centros urbanos.

Em 13 de julho de 1190, Yusuf I, o califa Almohad, sitiou o castelo de Tomar. O fato de os Templários terem podido expulsar o cerco confirmou suas proezas militares e os estabeleceu como uma parte indispensável da defesa do norte de Portugal.

Durante o restante do século XII, os Templários adquiriram uma grande coleção de outras propriedades e territórios como resultado das conquistas de Alfonso VIII de Castela em territórios ocupados pelos muçulmanos e através de suas próprias campanhas militares. Em 1195, ganharam uma coleção significativa de propriedades no sul de Aragão, quando a capela local da Ordem de Mountjoy, uma ordem militar estabelecida por volta de 1173 para proteger os peregrinos cristãos na Península Ibérica, foi incorporada à Ordem do Templo, Alfonso havia decidido que os Templários estavam melhor posicionados para defender o território. Eles também tiveram uma presença temporária em Valência: em 1190, Alfonso II de Aragão deu-lhes o castelo de Pulpís, mas o perderam novamente em 1195, quando os Almohads lançaram uma contraofensiva.

Em julho daquele ano, Alfonso VIII sofreu uma derrota esmagadora nas mãos dos Almohads, no que ficou conhecido como o Desastre de Alarcos. No rescaldo da batalha, as forças muçulmanas conquistaram várias cidades espanholas importantes, incluindo Trujillo, Plasencia, Talavera, Cuenca e Uclés. Até então, os Templários haviam acumulado um importante portfólio de castelos nas fronteiras e estavam desempenhando um papel vital na defesa da fronteira cristã, ao longo dos confins do rio Ebro e no sul de Aragão.

Em 1203, os Almohads tomaram o controle das ilhas Baleares e, em 1210, Abubola, o Ancião, um tio do califa Muhammad al-Nasir, liderou uma frota que transportava um exército muçulmano de tropas de Magreb e al-Andalus até a costa catalã. Uma vez em terra, foram à luta, saqueando e pilhando toda a zona rural. Enquanto isso, o rei Peter II de Aragão estava reunindo um exército para atacar os mouros de Taifa de Valência. Entre as tropas estavam vários cavaleiros Templários e

✝ CAPÍTULO 9

Hospitalários, incluindo Peter de Montaigu (também conhecido como Peire de Montagut), que iria se tornar Grão-Mestre dos Templários entre 1218 e 1232. A campanha, que começou em março, viu os cristãos se apoderarem do controle da Ademuz, uma das fortalezas que formavam uma linha defensiva ao longo do rio Turia, após um cerco de dois meses, assim como o castelo de Serreilla.

A perda de Ademuz foi um golpe humilhante para os Almohads na Espanha e, em seu rescaldo, enviaram uma delegação a Marrakech para pedir reforços ao califa. Em maio de 1211, eles atravessaram o Estreito de Gibraltar com um grande exército de guerreiros muçulmanos, recrutados de todos os lados africanos do Império Almohad e nas regiões meridionais da Península Ibérica. As forças muçulmanas varriam por Castela, conquistando cidade após cidade. Em setembro, capturaram o castelo de Salvatierra, o reduto da Ordem de Calatrava.

Preocupado com a crescente ameaça aos reinos cristãos hispânicos, o Papa Inocêncio III emitiu um apelo de proclamação de cavaleiros europeus para uma Cruzada. A esta altura, já estava claro para muitos na região que as forças cristãs precisavam se reunir em uma aliança para virar a maré em favor da *Reconquista*. Vários bispos franceses aceitaram o chamado e, na primavera de 1212, grupos dos cavaleiros seculares franceses e Templários começaram a convergir para a cidade de Toledo. Lá, se juntaram aos membros da Ordem de Calatrava e da Ordem de Santiago, e aos três exércitos espanhóis cristãos - de Castela-Léon, Aragão e Navarra - assim como algumas tropas portuguesas. Mais uma vez, as forças templárias foram comandadas por Peter de Montaigu.

Em 21 de junho, as forças cristãs, sob o comando de Alfonso VIII de Castela, assistido por Pedro II de Aragão e Sancho VII de Navarra, começaram a marchar para o sul. Rapidamente, tomaram posse de duas fortalezas de propriedade muçulmana - Malagón e Calatrava la Vieja - mas já estavam aparecendo rachaduras na coalizão. Pensava-se que os cavaleiros franceses e outros cavaleiros europeus estavam infelizes com a misericórdia que Alfonso havia demonstrado para com os judeus e muçulmanos capturados após as batalhas pelas duas fortalezas. De acordo com a alguns relatórios, também estavam descontentes com o calor e condições de vida. Independentemente de sua motivação, quase todos os franceses cruzados, incluindo muitos dos Templários franceses, juntaram seus pertences e voltaram para casa.

O restante do exército cristão - estimado em cerca de 12.000 soldados - continuou para o sul e, eventualmente, chegou a 300 milhas (480 quilômetros) da cadeia de montanhas Sierra Morena, no início de julho, assumindo o controle da Castroferral no dia 12. As montanhas, que ficam ao sul das planícies de La Mancha, formam uma natural - e aparentemente impenetrável - fronteira com a Andalucia. A única passagem conhecida pela serra, conhecida como La Llosa, era fortemente guardada. Ao pararem para considerar suas opções, os cristãos foram abordados por um pastor local, que conduziu Alfonso e suas tropas através do desfiladeiro de Despeñaperros, um desfiladeiro escondido, desconhecido pelos Almohads, em 14 de julho. Na noite seguinte, à meia-noite, os Cruzados preparados para a batalha, receberam uma bênção e perdão por seus pecados do arcebispo de Toledo.

Em 16 de julho, o próprio Alfonso conduziu as tropas cristãs para a batalha. Embora as forças de coalizão estivessem em grande desvantagem, possivelmente em até três para um, eles cercaram os muçulmanos. Um guarda-costas de guerreiros-escravos cristãos, os acorrentou juntos como um escudo humano, cercando toda a tenda do califa, mas as forças Navarras, lideradas por seu rei, romperam através dessa defesa. O califa conseguiu escapar, fugindo para Marrakech, onde sucumbiu a suas feridas não muito tempo após a batalha. Seu exército foi devastado, com cerca de 100.000 feridos deixados no campo de batalha. O rei Alfonso, mais tarde, escreveu: "Quando nosso exército descansou, após a batalha, no acampamento inimigo, para todas as fogueiras necessárias para cozinhar e fazer pão e outras coisas, nenhuma outra madeira era necessária a não ser a das flechas e lanças inimigas que estavam no chão e, até então, nós queimamos apenas metade delas..." Os exércitos cristãos sofreram perdas muito menores, por alguns relatos, tão poucos quanto 2.000 homens; no entanto, as várias ordens militares-religiosas sofreram muito.

✝ CAPÍTULO 9

As forças cristãs e muçulmanas na Batalha de Las Navas de Tolosa. A batalha, que ocorreu em 16 de julho de 1212, terminou na derrota esmagadora dos muçulmanos Almohads e virou a maré da Reconquista.

A VOLTA DAS MARÉS

A *Reconquista* estava, agora, muito na ascendente. Posteriormente, o exército cristão assumiu o controle das cidades fortificadas próximas de Baeza e Ubeda, matando dezenas de milhares de habitantes muçulmanos e escravizando muitos mais. O controle destas cidades abriu caminho para a invasão de cidades controladas por muçulmanos na Andalucia.

Tão devastadora foi a derrota muçulmana que os Almohads entraram em um declínio acentuado e, em poucas décadas, a dinastia tinha desabado. Os Marinids e os Nasrids, que tomaram seu lugar, não eram fortes o suficiente para expandir significativamente os territórios muçulmanos da Península Ibérica ou mesmo se agarrar às terras ocupadas e acabaram sendo forçados a sair. Ao final do século XIII, Granada, Almería e Málaga foram as únicas grandes cidades sob controle mu-

OS TEMPLÁRIOS E A *RECONQUISTA* ✛

çulmano, formando o núcleo dos Emirados de Granada, governado pela dinastia Nasrid.

No entanto, mesmo quando a causa cristã desfrutou de seus sucessos, ela sucumbiu às lutas internas. Em 12 de setembro de 1213, como parte da Cruzada Albigensiana contra os cátaros, o exército de Simão IV de Montfort, o conde de Leicester, derrotou as forças do rei Peter II de Aragão na Batalha de Muret, perto de Toulouse. O rei estava morto e seu filho de cinco anos de idade, James I, que tinha estado sob os cuidados de Simon de Montfort desde 1211, acabou sendo levado para o Castelo Templário de Monzón, na província de Huesca, em Aragão, onde foi colocado sob os cuidados de Guillem de Montredó, o chefe dos Templários na Espanha e Provence, que cuidou de sua educação. O episódio foi o prelúdio de uma longa associação entre James I, que passou a governar Aragão, e os Templários.

Já em 1129, um ano antes de os Templários serem reconhecidos no Conselho de Troyes, a Ordem havia identificado as Ilhas Baleares como alvo de reconquista, e elas, eventualmente, desempenharam um papel importante no planejamento e na execução da conquista de Mallorca por James I, fornecendo a ele algumas das suas melhores tropas. No último dia de 1229, Palma, a capital, foi capturada após um cerco de três meses e o resto da ilha em seguida, rapidamente. O sucesso da campanha trouxe amplas recompensas para os Templários - eles receberam 22.000 hectares de terra, 393 casas, 54 lojas e 525 cavalos, também, foram autorizados a assentar 30 famílias sarracenas em suas terras, de modo que teriam trabalhadores para a colheita da azeitona.

Na esteira da batalha, as perdas cristãs foram tais que James I decidiu não continuar para a ilha vizinha de Menorca. Ele também estava interessado em prosseguir com a conquista de Valência e estava preocupado em comprometer suas tropas com outra batalha custosa. Entretanto, o Mestre dos Templários em Mallorca, Ramón de Serra, sugeriu que poderia ser possível assegurar uma rendição muçulmana sem lutar. O rei concordou com o plano e, em junho 1231, Ramón de Serra viajou para Menorca com um contingente de cavaleiros, um intérprete e as exigências do rei escritas

✝ CAPÍTULO 9

em árabe. Enquanto os líderes muçulmanos estavam deliberando, o rei, que estava estacionado em Capdepera, o ponto mais oriental de Mallorca – claramente visível de Menorca - ordenou que suas tropas acendessem fogos enormes para sugerir a presença de um grande acampamento militar que se preparava para uma invasão. Os mouros se renderam devidamente, assinando o Tratado de Capdepera, que permitiu que a ilha ficasse sob o domínio e controle muçulmano, embora como vassalos do rei. Ibiza e Formentera logo também foram capituladas.

Os Templários também lutaram ao lado do rei enquanto ele libertava Valência, uma campanha que foi concluída em 1238. Mais campanhas eliminaram efetivamente a presença muçulmana em Aragão, permitindo que os Templários reduzissem suas atividades na Península Ibérica e que rei James I procurasse por mais ação em outro lugar. Em 1267, ele levou a cruz e, dois anos depois, embarcou numa Cruzada malsucedida para a Terra Santa, acompanhado por um contingente de Templários espanhóis; uma tempestade fez a frota sair da rota e o rei, e a maioria dos navios, logo retornaram à Espanha (ver Capítulo 7).

Em 1294, o rei James II de Aragão deu aos Templários o castelo de Peniscola, assim como outros dois: Pulpis e Xivert. Eles planejaram desenvolver um reino centrado em Peniscola e estabelecer-se demolindo as fortificações muçulmanas originais e reconstruindo os castelos, completando o trabalho em 1307.

UM RÁPIDO FIM E RENASCIMENTO

Enquanto isso, os Templários continuavam a acumular território em Portugal. Quando o rei Sancho I morreu, em março de 1211, seu filho, Fernando, os presenteou com propriedades importantes em Vila Franca da Cardosa, a cerca de 12 milhas (20 quilômetros) da fronteira Castelhana. Eles construíram rapidamente um castelo no topo da colina, na terra recém-adquirida, em torno da qual cresceu um assentamento. A fortaleza, juntamente com os castelos de Almourol, Monsanto, Pombal, Tomar e Zezere, fazia parte da linha defensiva dos Templários ao longo da fronteira de Portugal.

OS TEMPLÁRIOS E A *RECONQUISTA*

Entretanto, com o passar dos séculos, tais aquisições se tornaram menos frequentes. De fato, a atitude dos governantes do país em relação à Ordem começou a ser mais ambivalente. O fato de os Templários também estarem ativos na Espanha fez com que alguns em Portugal suspeitassem e temessem potenciais conflitos de interesse e comprometidas lealdades. Isso não ajudou até 1288, o comandante dos Templários portugueses recebia suas ordens de um mestre geral que tinha jurisdição sobre Portugal, León e Castela.

As coisas mudaram para melhor quando o rei Denis tomou o trono, em fevereiro de 1279. Ele rapidamente forneceu a confirmação geral dos privilégios e posses da Ordem, e até lhe deu algumas novas propriedades e direitos. Mas, também, chegou a um acordo com a Ordem, que todos os Templários em Portugal fossem portugueses.

No início do século XIV, os Templários eram um dos maiores proprietários de terras de Portugal, exercendo muito controle sobre a Beira inferior e Bragança oriental, sem contar os postos avançados em áreas estratégicas ao longo da fronteira com Castela. Então, aparentemente do nada, vieram as acusações de heresia do rei Philip IV da França.

Quando foi emitida a ordem do Papa Clemente V para prender os Templários, o rei Denis estava relutante; de fato, nenhuma prisão havia sido efetivada em Portugal. Embora a ameaça muçulmana tivesse sido eliminada do país, uma nova invasão da África era sempre uma possibilidade, e os castelos dos Templários eram a primeira linha de defesa.

Na Espanha, as reações à ordem do Papa variaram de acordo com a península. Em Navarra, que foi governada pelo filho de Philip IV, Louis X da França, os Templários foram presos, mas em Aragão, James II estava relutante em se mover contra a Ordem e, de fato, saiu em seu apoio. Ele contava com ela para a defesa de seu território e estava cético quanto às acusações feitas contra ela. Entretanto, quando as notícias das confissões dos Templários franceses chegaram, ele ordenou o confisco de propriedades templárias e a criação de uma comissão para investigar as acusações. Em algumas regiões, as apreensões foram feitas rapidamente e sem dificuldade, mas, em outras, os Templários resistiram, fortificando seus

✝ CAPÍTULO 9
===

castelos e retendo as forças reais. Alguns castelos resistiram por um ano ou mais, mas todos acabaram caindo. O questionamento dos Templários foi concluído em 1310, mas o Papa não ficou satisfeito com os resultados e ordenou que a tortura fosse utilizada.

A ação contra os Templários fez com que o rei Denis se tornasse preocupado com o destino de seus bens em Portugal e começou a tentar "provar" que grande parte das propriedades detidas pela Ordem, realmente, pertencia à corte real. Quando, em 1312, o Papa ordenou a abolição dos Templários e a transferência de seus bens para os Hospitalários, o rei chegou ao ponto de trabalhar com Fernando IV de Castela e James II de Aragão em um estratégia comum, bem-sucedida, para convencer o Papa de que suas posses deveriam ser excluídas do pedido de transferência das propriedade templárias para os Hospitalários.

Em novembro, os Templários aragoneses foram absolvidos por um conselho provincial realizado em Tarragona, que também decretou que eles deveriam receber acomodações e uma pensão. Embora mantivessem seus votos religiosos, muitos deixaram as casas religiosas às quais tinham sido designados e entraram na vida secular – alguns continuaram a lutar como cavaleiros.

A morte do Papa Clemente V, em abril de 1314, abriu o caminho para outros desenvolvimentos. Na Espanha, em 1317, foi acordado que uma nova ordem militar - essencialmente um ramo da Ordem de Calatrava - seria estabelecida, com sua sede em Montesa, em Valência. Conhecida como a Ordem de Montesa, ela ganhou todas as posses dos Templários no reino de Valência, juntamente com muitas que pertenciam aos Hospitalários. As propriedades dos Templários em Aragão e na Catalunha foram para os Hospitalários.

Em Portugal, o rei Denis ainda se perguntava quem iria defender seu reino com o fim dos Templários. Em 14 de março de 1319, o novo papa, João XXII, emitiu a bula *Ad ea ex quibus* que, oficialmente, reconheceu uma nova ordem militar: a Ordem de Cristo. Denis concedeu todos os castelos, propriedades e bens que tinham pertencido aos Templários para a nova Ordem, cuja sede foi estabelecida em Tomar, a antiga base dos

OS TEMPLÁRIOS E A *RECONQUISTA* ✠

Templários. Há evidências de que alguns dos Templários locais aderiram à nova Ordem, incluindo o último mestre templário de Portugal, Vasco Fernandes, que terminou sua dias como comandante de Montalvão, na fronteira leste, quase certamente o único Mestre Templário na Europa a continuar seu deveres como membro de uma ordem militar após os Templários terem sido suprimidos.

CAPÍTULO 10
Entendendo a Organização Templária

Tornar-se um Templário era uma grande honra. A iniciação (conhecida como recepção; *receptio*) envolvia uma cerimônia solene que, geralmente, acontecia ao amanhecer, muito provavelmente depois de uma vigília noturna. As presenças de forasteiros eram desencorajadas, mas não proibidas.

A adesão à Ordem representava um compromisso profundo. Irmãos faziam os votos de pobreza (após sua iniciação, novos membros abriam mão de todo seu dinheiro e seus bens), castidade, piedade e obediência, e promessa de trabalhar para a libertação da Terra Santa. As promessas eram feitas a Deus e à Virgem Maria.

A maioria se unia por toda a vida, embora, em alguns casos, era permitido aderir apenas por um período fixo. Aos homens casados era, ocasionalmente, concedida permissão para aderir à Ordem desde que a esposa houvesse concordado; no entanto, um cavaleiro casado não estava autorizado a usar o manto branco. Aqueles que se juntaram como membros plenos deveriam estar livres de qualquer compromisso com o mundo exterior tais como dívidas, casamento ou servidão. Associados à Ordem só deveriam fazer um voto de obediência.

O objetivo principal dos Templários, o motivo pelo qual a Ordem surgiu primeiramente, era proteger os peregrinos. Inicialmente, o foco estava em peregrinação à Terra Santa, mas, como a Ordem foi estabelecida em capelas e preceptórios em toda a Europa, os Templários poderiam ser encontrados patrulhando as rotas populares de peregrinação através do continente, incluindo o Caminho de Santiago, na Espanha, e a Via Francigena, que ligava Canterbury, na Inglaterra, com Roma, e a guarda de grandes santuários como Mont St Michel, na França, e a Catedral Canterbury.

ENTENDENDO A ORGANIZAÇÃO TEMPLÁRIA ✚

Em Jerusalém, esperava-se sempre que o comandante Templário tivesse dez cavaleiros de reserva, juntamente com uma série de animais de carga, para acompanhar e proteger os peregrinos que desejavam visitar o rio Jordão, e para levar comida, bebida e qualquer um que se tornasse cansado para fazer a viagem de volta. Os Templários até mantinham um pequeno castelo com vista para o lugar onde se dizia que Jesus havia sido batizado.

Como deviam sua única lealdade ao Papa, os Templários eram capazes de permanecer, em grande parte, distantes das regiões de brigas em todos os níveis, local ou internacional. De fato, até certo ponto, a Ordem poderia ser considerada um Estado independente que existia dentro de outros países e reinos estabelecidos. Tinha seus serviços diplomáticos próprios, cobrava seus próprios impostos e comandava sua própria frota de navios.

Embora fosse, no fundo, uma ordem militarista, apenas um relativamente pequeno número de membros realmente participava dos combates; ao invés disso, a grande maioria fornecia apoio aos cavaleiros Templários ou ajudava a gerenciar a infraestrutura comercial da Ordem, executando suas instituições financeiras e cuidando da administração de suas numerosas propriedades na Europa e Outremer. As estimativas sugerem que em seu auge, contava com cerca de 15.000-20.000 membros, com cavaleiros perfazendo cerca de um décimo do total, e possuía mais de 9.000 propriedades.

Uma forte cadeia de autoridade percorria a estrutura da Ordem, em linhas similares às dos Cistercienses, dos Hospitalários e da Ordem Teutônica. Cada país em que houve uma significativa presença dos Templários havia um mestre local da Ordem. Estes mestres obedeciam às diretrizes do Grão-Mestre, que exercia sua autoridade através de uma confraria de visitantes-gerais. Especialmente indicado pelo Grão Mestre e pelo "Convento Central" (um "órgão de governo" de altos funcionários Templários) de Jerusalém, esses cavaleiros Mestres eram os "aplicadores" da ordem, visitando as diferentes províncias e trabalhando para resolver disputas internas, corrigir práticas erradas e introduzir novos regulamentos. Eles poderiam remover um cavaleiro do cargo e até suspender os mestres provinciais.

Dentro da Ordem havia, inicialmente, duas fileiras principais: cavaleiro e sargento. Entretanto, a partir de 1139, uma terceira classe templária, o

✠ CAPÍTULO 10

capelão, foi adicionada. Os capelães eram padres ordenados encarregados de atender às necessidades espirituais dos Templários, liderando a massa e rezando com eles. Eles não deveriam participar de combates, já que os padres eram proibidos de derramar sangue.

CAVALEIROS E SARGENTOS

Os próprios Templários não realizavam cerimônias de cavaleiros. Portanto, se alguém quisesse ser um cavaleiro Templário, precisava já ser um cavaleiro. Eles eram o ramo mais visível da Ordem. Equipados como cavalaria pesada, normalmente, tinham três ou quatro cavalos cada um, e um ou dois escudeiros. Os escudeiros, que cuidavam dos cavalos e equipamentos, não pertenciam à Ordem, mas eram contratados para servir um cavaleiro por um período determinado. Eles faziam parte de um "pessoal de apoio" que acompanhava o cavaleiro e que, muitas vezes, incluía um sargento levemente armado e até outros sete.

Somente os cavaleiros usavam o famoso manto branco. Com uma cruz vermelha sobre o peito esquerdo, simbolizava a pureza dos cavaleiros e a castidade. A cruz vermelha era um sinal de martírio e de morte em combate, era considerada uma grande honra - uma que assegurava ao Templário morto um lugar no céu. Este manto era usado sobre uma túnica longa, de cor escura, sob a qual se encontrava um cordão, representando castidade, amarrado sobre uma camisa de baixo. O manto branco foi atribuído aos Templários no Conselho de Troyes, em 1129, e pensa-se que a cruz vermelha foi, provavelmente, acrescentada em 1147, quando o Papa Eugênio III, o rei Louis VII da França e vários outros notáveis estiveram presentes em uma reunião de Templários franceses, em sua sede perto de Paris, para lançar a Segunda Cruzada. Os cavaleiros deveriam usar a manto branco em todos os momentos; eram proibidos de comer ou beber quando não estavam com ele.

Os cavaleiros eram guerreiros profissionais altamente treinados que, em sua maioria, lutavam a cavalo, usando uma espada e uma lança. Ao lutar a pé, usariam um machado de batalha, espada ou arco e flecha. Muitos eram de nascimento nobre, simplesmente porque o custo do treinamento

ENTENDENDO A ORGANIZAÇÃO TEMPLÁRIA ✠

e equipamento de um cavaleiro estava, geralmente, além dos meios de qualquer um, menos da nobreza. Isto levou a um argumento circular: como só os nobres poderiam se tornam cavaleiros, a condição de cavaleiro veio a ser vista como um sinal de nobreza. A cultura que cresceu em torno dos cavaleiros enfatizava sua honra, disciplina e senso de autoestima.

Cavaleiros altamente treinados também eram caros para manter. As estimativas sugerem que, durante a segunda metade do século XII, seria exigida a renda de cerca de 750 acres (304 hectares) de terra para manter um cavaleiro no campo; um século mais tarde, cerca de 3.750 acres (1.518 hectares) seriam necessários. A luta no exterior, na Terra Santa, aumentou os custos substancialmente, pois as necessidades dos cavaleiros tinham que ser importadas. Cavalos tinham de ser substituídos regularmente à medida que sucumbiam às doenças, eram feridos ou mortos em batalha e, também, exigiam quantidades substanciais de alimentos que teriam de ser importadas se as culturas locais falhassem. No caso dos Templários, estes custos eram suportados pela Ordem, através de doações feitas explicitamente para esse objetivo – por um monarca ou outro nobre pagador para manter um número de cavaleiros na Terra Santa.

Os sargentos eram, frequentemente, recrutados localmente e, geralmente, vestidos com uma túnica preta ou marrom, e um manto de cor semelhante, como era típico dos irmãos em um mosteiro (as cores eram mantidas para representar o pecado humano). Eles eram oriundos de famílias não-nobres e, muitas vezes, traziam habilidades e ofícios vitais da vida secular, tais como ferreiro, carpinteiro, pedreiro, criador de animais e construtor. Àqueles que viajavam para os estados Cruzados era dado um único cavalo e eles lutavam ao lado dos cavaleiros como cavalaria ligeira. Apesar de estarem oficialmente classificados abaixo dos cavaleiros, os sargentos poderiam ocupar cargos importantes, incluindo o de comandante do cofre de Acre, o almirante da frota templária.

ADMINISTRAÇÃO ORDENADA

O cargo mais alto da Ordem era o do Grão-Mestre. Era uma combinação de líder espiritual, comandante do exército e CEO, supervisionando tanto

✠ CAPÍTULO 10

as campanhas militares da Ordem, como suas participações financeiras e negociações comerciais. Ele também era seu principal representante para o mundo exterior. Como líderes de uma ordem militar, muitos Grão-Mestres serviram como comandantes de campo de batalha, com resultados decididamente mistos; em vários casos, a tomada de decisão dos Grão-Mestres Templários antes e durante o combate levava a derrotas militares esmagadoras.

O Grão-Mestre era eleito em uma assembleia da Ordem pessoal na Terra Santa - tanto os altos funcionários como todos os irmãos que viviam na sede da Ordem participavam. No dia da eleição, os irmãos na Europa deveriam rezar e jejuar, pedindo a Deus que aconselhasse aqueles que participariam da eleição a fazer a escolha correta. Um procedimento complexo, projetado para maximizar a intervenção de Deus era então utilizado para escolher 13 eleitores – oito irmãos cavaleiros, quatro irmãos sargentos e um irmão capelão, representando Cristo e seus 12 discípulos - selecionados para representar o país de onde o membro da Ordem foi retirado. Um grupo de "homens dignos" escolheria um oficial presidente que, após uma noite de oração e com a ajuda de um acompanhante designado, selecionaria mais dois irmãos. Este processo era repetido até que eles fossem 12, aos quais era acrescentado o capelão-irmão. Este grupo escolheria o novo Grão-Mestre por uma decisão da maioria, com preferência por um irmão local em vez de um que vivia na Europa. Embora a posição de Grão-Mestre fosse tecnicamente por toda a vida, a posse era tipicamente curta; todos, exceto dois Grão-Mestres, morreram no posto, principalmente durante as campanhas militares.

Com base na sede da Ordem na Terra Santa e, eventualmente, no Chipre, o Grão-Mestre era assistido por uma hierarquia de funcionários que cuidavam dos elementos burocráticos do governo da Ordem. No topo estavam os senescais (mais tarde, renomeados como grandes comandantes ou preceptores), seguidos pelo Mestre (o oficial chefe militar), o *draper* (que cuidava das roupas e outros artigos domésticos em geral) e o comandante da Terra de Jerusalém (que dobrava como tesoureiro). Havia, também, oficiais conhecidos como turcopolistas, que comandavam os mercenários

ENTENDENDO A ORGANIZAÇÃO TEMPLÁRIA ✢

turcopoles; ganfaneiros, que levavam a bandeira da Ordem na batalha; e uma enfermeira, que dirigia a enfermaria da sede, onde irmãos idosos eram atendidos. O tempo de mandato para os abaixo do nível do Grão-Mestre, geralmente, era de quatro anos.

Na Europa, as propriedades dos Templários eram divididas em províncias, cada uma das quais era liderada por um Mestre. Como a quantidade de propriedades da Ordem cresceu, novas províncias foram acrescentadas, e províncias mais antigas eram, às vezes, divididas em regiões menores. Entre os países e reinos com uma presença significativa dos Templários estavam a França, Inglaterra, Espanha, Portugal, Itália, Hungria e Croácia. Dentro de cada província havia uma casa central ou sede, onde documentos oficiais e a tesouraria local eram mantidos. Nesses locais era onde todas as quotas pagas pelas casas individuais eram cobradas e preparadas para o transporte para a Terra Santa.

Os comandantes das casas locais, efetivamente, agiam como o senhor da propriedade, supervisionando os inquilinos e assegurando que pagassem seu aluguel, recebendo presentes para a Ordem, reunião e envio de dinheiro e produtos para a sede provincial, e mantendo lei e ordem. Dentro da sede havia um cofre contendo as cartas oficiais que registravam as doações para a Ordem e os detalhes de quaisquer decisões legais relativas à posse de propriedade. Estes eram, geralmente, unidos em um único volume conhecido como um cartulário. As cartas, frequentemente, continham uma lista de testemunhas presentes quando a doação era feita - pessoas que poderiam atestar a autenticidade da carta. Os documentos oficiais eram validados por meio de selos especiais. Os do Grão-Mestre eram duplos, com uma imagem do Templo de Salomão ou da cúpula circular da Igreja do Santo Sepulcro de um dos lados e o símbolo oficial da Ordem - dois cavaleiros em um único cavalo, simbolizando o voto de pobreza dos irmãos – no verso.

As reuniões capitulares mantinham as regiões geograficamente separadas das organizações templárias informadas sobre os negócios umas das outras. Cada ano, era realizada uma seção geral na sede da Ordem, no leste. Nessas reuniões, com a presença do Grão-Mestre, convento cen-

✝ CAPÍTULO 10

tral e altos funcionários, eram discutidos os negócios Templários, novos funcionários eram nomeados e quaisquer casos disciplinares/legais eram ouvidos. Em alguns casos, isto levaria à aposentadoria e ao retorno para a Europa de irmãos considerados não mais aptos para o serviço no leste. Oficiais do Ocidente participavam destas reuniões a cada quatro anos.

Reuniões das seções provinciais, com a participação de todos os chefes das casas individuais da província e supervisionadas pelo Mestre local, eram realizadas anualmente. Às vezes, a nobreza local dava doações para essas reuniões; por exemplo, John, rei da Inglaterra, forneceu aos Templários ingleses dez cervos machos para suas reuniões. As casas individuais, conhecidas como preceptórios (latim) ou comandarias (francês), realizavam reuniões semanais dos comitês.

As próprias comandarias eram lugares simples – pequenos e escassamente mobiliados – já que todos os recursos disponíveis eram enviados para Outremer, para apoiar o esforço militar. Os irmãos viviam assim, muito como aqueles ao seu redor. Habitantes do comando incluíam membros plenos, membros associados, servidores (tanto livres como indenizados) e pensionistas - muitas vezes, ex-serviçais idosos e aqueles que tinham feito uma doação em troca de apoio em sua velhice. Os não-membros, às vezes, também viviam na casa; pessoas como ermitãos religiosos, que moravam nas proximidades em isolamento.

Embora as mulheres não tivessem permissão para entrar na Ordem, para que não liderassem os irmãos extraviados, há registros de empregadas e lavadeiras trabalhando em algumas comandarias europeias e, às vezes, as ex-mulheres de irmãos viviam no comando local. Os Templários também possuíam, pelo menos, um convento, doado pelo Bispo Eberhard de Worms, na Alemanha, em 1272. Casas Templárias, particularmente aquelas em Outremer, também eram, frequentemente, o lar de muçulmanos escravos. Antes de serem executados ou vendidos a comerciantes de escravos, os prisioneiros de guerra eram interrogados sobre suas ocupações anteriores e os que tinham sido artesãos eram mantidos e forçados a produzir, manter os equipamentos, construir e manter as fortalezas templárias. Os Templários, geralmente, mantinham oficinas onde equipamentos de equitação como

ENTENDENDO A ORGANIZAÇÃO TEMPLÁRIA ✠

ferraduras, selas e materiais militares, tais como barracas, correntes de correio e armas, eram produzidos. Este trabalho foi particularmente vital em Outremer, pois não era prático importar todo o equipamento necessário da Europa. Os escravos também trabalhavam, com frequência, nas cozinhas de comando. Na Espanha, as terras templárias eram, às vezes, administradas e trabalhadas por mouros e judeus.

REGRAS DE VIDA

A conduta dos membros da Ordem foi, inicialmente, regida por um código de comportamento de 72 cláusulas elaborado por Bernard de Clairvaux e Hugh de Payns, em 1128-9, conhecido pelos historiadores modernos como o Regra Latina. No momento em que a Regra original foi codificada, a Ordem já existia há vários anos e tinha desenvolvido algumas de suas próprias tradições e costumes - a chamada Regra Primitiva - portanto, pelo menos, parte da regra latina foi baseada em práticas existentes. Com o tempo, à medida que a Ordem crescia, também crescia o número de cláusulas na Regra. Seguindo emendas durante os anos 1160 e 1260, eventualmente, ela foi ampliada para incluir quase 700 cláusulas.

Como continha um grande número de cláusulas, a Regra foi altamente específica sobre como um irmão Templário deveria viver sua vida. Especificava o número de cavalos que os Templários de diferentes fileiras poderiam ter e as roupas que deveriam usar. Aos Mestres da Ordem foram designados "quatro cavalos, um capelão-irmão e um escrivão com três cavalos, e um sargento irmão com dois cavalos e um criado para carregar seu escudo e sua lança, com um cavalo". Os Templários eram proibidos de usar sapatos com pontos ou cordões ("Pois é manifesto e bem conhecido que estas coisas abomináveis pertencem aos pagãos") e tinham que cortar seus cabelos curtos. Não havia nada na Regra sobre pelos faciais, mas, com o tempo, se tornou costume os Templários terem longas e proeminentes barbas. Eles também usavam, normalmente, as capas que eram muito usadas por homens religiosos e eram obrigados a dormir totalmente vestidos na Ordem, para estar prontos para entrar em ação se acordados durante à noite, para um engajamento militar.

✠ CAPÍTULO 10

O roubo era particularmente malvisto: aqueles apanhados roubando eram expulsos da Ordem. Os que feriam os forasteiros também eram punidos severamente - às vezes, publicamente, a fim de restaurar a fé na disciplina da Ordem. Os cavaleiros eram proibidos de ter qualquer contato físico com as mulheres, incluindo membros de sua própria família, particularmente, sob a forma de beijos, dos quais eles foram instruídos a "fugir". As relações sexuais, de qualquer tipo, eram proibidas, com atividade sexual do mesmo sexo especialmente reprovadas. Eles deviam comer em silêncio, consumindo carne não mais de três vezes por semana e, devido à escassez de tigelas, deveriam comer em pares, "para que um pudesse estudar o outro mais de perto, e para que nem a austeridade, nem a abstinência secreta fossem introduzidas na refeição comunitária".

Qualquer irmão que saísse do campo de batalha sem permissão, independentemente de seus ferimentos, era punido de forma severa. A rendição somente era permitida se o padrão Templário, uma bandeira em preto e branco, conhecida como *confanon bauçant* ou bandeira bragada, caísse e, mesmo assim, esperava-se que os lutadores se juntassem aos que lutavam por quaisquer outras ordens cristãs, como os Hospitalários. Eles só recebiam permissão para sair do campo de batalha quando as bandeiras de todas as ordens cristãs presentes estivessem caídas. O padrão serviu como um ponto de encontro durante a batalha, onde os combatentes se reagrupariam antes de fazer um novo ataque. Sua perda era considerada terrivelmente desastrosa e era para ser defendida a todo custo - mesmo até a morte. A bandeira era hasteada e levada pelo marechal e, somente ele, poderia baixá-la, somente em caso de vitória ou derrota total, quando todos os outros cavaleiros no campo estivessem mortos.

Enquanto a percepção popular dos Templários girava em torno de suas atividades militares, os membros da Ordem eram monges cujos dia a dia era estruturado em torno da tradicional monástica rotina diária, como havia sido estabelecido durante o século VI, na Regra de São Beneditino. A cada dia, eles se levantavam entre às 2 e 4 horas da manhã, dependendo da estação do ano, para a hora canônica conhecida como Matins. Depois de cuidar de seus cavalos, voltavam para a cama para dormir um pouco mais. Eles se levantavam novamente às 6 horas da manhã e passavam as próximas seis horas participando de três serviços, treinamentos e escovação de seus cavalos. Ao meio-dia, era servida uma refeição de carne cozida, que eles comiam em silêncio, enquanto o capelão lia a Bíblia. Havia mais cultos religiosos às 15 e às 18 horas, seguindo-se o último jantar, às 21 horas, eles compareciam ao Compline, o serviço final do dia, após o qual os cavaleiros recebiam um copo de vinho e água. As instruções para o dia seguinte eram, então, dadas e os cavalos ficavam prontos. Sob a bula papal *Omne datum opimum*, liberada em 1139, a Ordem foi autorizada a ter suas próprias capelas, mas só deveriam ser utilizadas por seus membros. No entanto, muitas acabaram por atuar como igrejas paroquiais. A bula também dava permissão aos irmãos para servirem como padres que não eram sujeitos à autoridade do bispo local.

Como em outras ordens religiosas, os Templários possuíam uma coleção de relíquias religiosas. Dentre elas, várias foram citadas como estando ligadas à Santa Eufêmia de Calcedônia, que tinha sido martirizada em 303 d.C., incluindo seu corpo ou apenas sua cabeça. Elas foram obtidas após o saque de Constantinopla, em 1204, e foram enterradas no castelo Pilgrim, na costa norte de Israel. Pensa-se que a infame cabeça, referida muitas vezes durante o julgamento dos Templários era, provavelmente, de Santa Eufêmia.

PATRIMÔNIO E FINANÇAS

Quando foi estabelecida pela primeira vez, em 1119, a Ordem nascente tinha poucos recursos financeiros, confiando em doações para sobreviver. No entanto, isto logo mudou. Enquanto os irmãos tomavam um voto de pobreza, a Ordem em si não tinha tais restrições e seus cofres rapidamente começaram a inchar, à medida que as doações fluíam do outro lado da cristandade. Mantendo uma presença militar em Outremer, desempenhando suas funções relativas à proteção dos peregrinos, lutando batalhas, construindo, mantendo e tripulando fortalezas, tudo custou somas significativas, por isso não é surpreendente que os Templários tenham sido desejosos de acumular riqueza, tanto lá como na Europa.

✝ CAPÍTULO 10

No início, as doações vinham, principalmente, das regiões francesas ao norte do rio Loire e nos arredores da Provence, da Inglaterra e da Espanha. Graças, em grande parte, à defesa de Bernard de Clairvaux, em particular sua carta "Em Louvor do Novo Cavaleiro" e seus gestos em apoio aos Templários no Conselho de Troyes, a Ordem tornou-se uma caridade favorecida em toda a cristandade, recebendo dinheiro, terras e negócios, assim como filhos de nobres ansiosos para ajudar a defender a Terra Santa. Os doadores de presentes o faziam na expectativa de que Deus concederia uma recompensa espiritual, seja por eles mesmos ou para sua família, em troca de seu apoio.

Com estas doações substanciais que chegavam regularmente, combinadas com a renda de suas inúmeras transações comerciais e o fato de que seu "trabalho" significava que estavam geograficamente dispersos, os Templários acabaram por estabelecer uma rede financeira que se espalhou em toda a cristandade. Este fato tem sido utilizado por alguns para sugerir que a Ordem pode ser considerada como a primeira corporação multinacional do mundo. E, enquanto as "diretivas primordiais" dos Templários eram de natureza militar, a atividade militar real era, em grande parte, confinada à Península Ibérica e à Terra Santa. Em todo o resto da Europa - particularmente na Inglaterra, França e Itália – suas atividades estavam mais relacionadas às finanças. Nos primeiros anos, com sua reputação de disciplina e honestidade, os Templários detinham a confiança de todos os níveis da sociedade. Eles também eram vistos, em grande parte, como sendo independentes da classe dominante. Eles rapidamente adquiriram experiência no comércio e nas finanças, tornando-se efetivamente a primeira corporação bancária da Europa.

Os mosteiros já serviam, há muito tempo, como depositários de importantes documentos e objetos de valor. Os Templários tomaram este modelo e o desenvolveram significativamente. Em 1150, a Ordem começou a fornecer cartas de crédito para os crentes que faziam uma peregrinação à Terra Santa. Antes de embarcar, o peregrino depositaria seus bens de valor como uma garantia aos Templários locais. Estes lhes forneceriam um documento declarando o valor do depósito, que eles poderiam usar para

ENTENDENDO A ORGANIZAÇÃO TEMPLÁRIA ✠

recuperar seus fundos em uma quantia de tesouro de igual valor quando chegassem à Terra Santa. O sistema, que alguns consideram ser o primeiro uso formalizado do que hoje conhecemos como cheques, foi projetado para melhorar a segurança dos peregrinos, tornando-os menos atraentes para ladrões e bandidos, e acabando com a possibilidade de perder todos os seus objetos de valor enquanto em trânsito. Tinha o bônus de contribuir para os cofres dos Templários. O sistema exigia uma anotação meticulosa e uma honestidade escrupulosa – ambas eram marcas registradas dos Templários. Eles mantinham uma detalhada contabilidade diária, que era compilada em um registro maior e arquivada, e até emitiam extratos de conta várias vezes ao ano.

A Ordem também tinha uma riqueza substancial sob seu controle de outras fontes. Muitos fidalgos que participaram das Cruzadas colocavam seus ativos sob a administração templária, durante sua ausência. Como construíram com reservas de caixa significativas, os Templários começaram a atuar como financiadores. Além de manter tesourarias em suas sedes regionais, operavam navios do tesouro - efetivamente bancos flutuantes - a partir dos quais, reis de campanha, cavaleiros e nobres poderiam fazer retiradas ou contrair empréstimos para ajudar a financiar seus empreendimentos. Quando Louis VII marchou à Terra Santa, para a Segunda Cruzada, ele o fez com apoio financeiro significativo dos Templários. E, durante os primeiros anos do século XIII, por volta do tempo da Carta Magna (1215), o rei John da Inglaterra tomou emprestado fundos do Mestre do Templo em Londres para pagar uma dívida ao rei da França e pagar às tropas francesas que estavam lutando por ele.

Na Terra Santa, os Templários dependiam muito dos impostos cobrados sobre o comércio que passava pelos estados cruzados em seu caminho entre o Oriente muçulmano e a Europa. Apesar de toda essa atividade, seus fundos sempre foram baixos, pois tinham que gastar grandes somas na manutenção de seus castelos e para manter suas tropas e mercenários alimentados e pagos.

Enquanto isso, na França, o Templo de Paris servia como a sede nacional dos Templários. Ele foi construído na parte norte do que hoje é o

✠ CAPÍTULO 10

distrito de Marais, em terras adquiridas durante os anos de 1140, e passou a ser um dos centros financeiros mais importantes na Europa. Fortificado com um muro perimetral e torres, abrigou vários prédios. Durante o final do século XIII, os Templários acrescentaram uma torre de 165 pés (50 metros) de altura, que atuou como o centro do banco Templário. Este banco também atuou efetivamente como a tesouraria da França.

Na Inglaterra, os Templários estavam sediados em Londres. Templo, também conhecido como o Novo Templo, localizado no que é agora o lado sul da Fleet Street. Por volta da época da Carta Magna, o rei John vivia no templo. Quando teve seu encontro com os barões de Runnymede, foi acompanhado pelo Mestre do Templo. Ao contrário da França, a tesouraria da Inglaterra era mantida sob o controle da família real.

Embora os Templários tenham recebido doações substanciais em dinheiro, a maioria dos presentes vieram na forma de propriedades. Eles também usaram sua crescente riqueza para comprar terrenos e edifícios, mesmo vilarejos inteiros. Pensa-se que, em meados do século XII, entre eles, os Templários e Hospitalários podem ter possuído um quinto das terras em Outremer; em 1188, pode ter sido tanto quanto um terço.

O acúmulo dessa substancial carteira de terrenos possibilitou à Ordem outra maneira de gerar fundos. Atividades comerciais templárias no Ocidente - uma mistura de manufatura, agricultura, importação/exportação e bancos - foram uma importante fonte de capital para suas atividades no leste. Um terço dos lucros que cada casa templária fazia, era enviado ao exterior para apoiar a causa da Ordem.

AGRICULTURA, COMÉRCIO E TRANSPORTE MARÍTIMO

Em muitos casos, as terras que os Templários recebiam eram subdesenvolvidas ou eram terras que o doador não podia pagar para manter. Como os Templários eram abençoados com a mão de obra e os fundos necessários para trabalhar a terra, muitas vezes, eram capazes de torná-la produtiva. Quando isto acontecia, as doações poderiam, eventualmente, beneficiar o doador, melhorando a situação econômica na região. Nos casos em que os recursos Templários eram insuficientes ou o tamanho da terra significava que não

ENTENDENDO A ORGANIZAÇÃO TEMPLÁRIA ✝

era administrativamente eficiente cultivá-la, eles a alugavam aos agricultores rendeiros, que pagavam um dízimo de um décimo do produto; no entanto, as condições econômicas eram tais que esta estratégia, raramente, produzia lucros significativos e era utilizada apenas como parcimônia.

Durante o século XII, os Templários receberam um número de vinhedos perto de La Rochelle, que costumavam produzir vinho tanto para consumo próprio como para venda. Alguns destes últimos exportavam, utilizando seus próprios navios ou navios alugados.

Os moinhos para transformar grãos em farinha eram uma excelente fonte de renda: caros para construir e manter, eles eram relativamente pequenos em fornecimento para que os proprietários pudessem cobrar grandes taxas pelo seu uso. Os Templários possuíam vários, incluindo tanto os que eram acionados pelo vento como pela água, muitos recebidos como doações. Enquanto operavam alguns eles mesmos, outros eram alugados a terceiros. Eles também eram usados para moer grãos cultivados em propriedades templárias.

Como eles eram capazes de oferecer crédito aos comerciantes, os Templários ingleses se tornaram grandes fornecedores de lã. Naquela época, isto era uma mercadoria extremamente valiosa e gerava renda do comércio de lã. Os Templários mantiveram grandes rebanhos em Yorkshire e na Península Ibérica - embora os níveis de produção de lã foram diminuídos pelos produtos dos cistercienses – que possuíam uma licença especial de exportação e venda.

Eles até organizaram mercados e feiras agrícolas. Estes ajudaram a impulsionar o comércio local e deram aos Templários uma saída para produtos de suas próprias fazendas e uma renda de cotas pagas por outras.

Seu sucesso como fazendeiros, ocasionalmente, levou ao ciúme de vizinhos. Em 1274, um grupo de nativos, liderado por Sir John Giffard, emboscou alguns serventes Templários quando estavam levando aveia da comandaria templária em Lydley para o mercado de Shropshire, para comercialização. Os criados viajavam sem guarda armada e foram forçados a entregar o grão, que Giffard e seus associados rastelaram para o solo usando os cavalos dos carros dos Templários.

✠ CAPÍTULO 10

Embora eles tivessem fazendas e oficinas em Outremer, os Templários ainda tinham que importar commodities como cavalos, ferro e trigo, tipicamente trazendo mercadorias por mar, utilizando embarcadores e agentes. Com o tempo, porém, construíram uma pequena frota de navios, que eram utilizados para a movimentação de fundos, tropas, peregrinos e material bélico, bem como compromissos navais, e para o comércio marítimo. A partir do início do século XIII, construíram navios em portos europeus desde a Espanha até a costa de Dalmatian. O porto mais importante dos Templários era o Acre, que se tornou a capital da Ordem na Terra Santa, e a sede internacional, em 1191, após a queda de Jerusalém para Saladino. Do Acre e de outros lugares, eles navegaram para o oeste, para Marseilles, na França, que era principalmente uma fonte de peregrinos e mercadores, e para a Itália, para os portos do Adriático, como Bari e Brindisi, que ofereciam acesso a Roma, bem como mercadorias como trigo, cavalos, tecidos, azeitonas, óleo e vinho - e peregrinos. Eles estavam operando a partir de Marseilles desde pelo menos 1216. A Sicília tornou-se uma região importante para os embarques Templários após 1260, quando Charles de Anjou tomou o controle da região.

No Atlântico, a maior base dos Templários era La Rochelle, na França, onde sua frota principal estava ancorada. Eles tinham uma forte presença em La Rochelle desde seus primeiros dias, fortalecida quando Eleanor da Aquitânia isentou-os de impostos e deu-lhes moinhos em um estatuto em 1139. A base em La Rochelle permitiu aos Templários assumir o papel de intermediários no comércio entre Inglaterra e o Mediterrâneo.

Durante as primeiras décadas do século XIII, os navios Templários estavam operando a partir de Constantinopla, também navegando ao redor do Golfo da Biscaia. Seus navios de guerra foram, às vezes, contratados pelos governantes europeus para suas campanhas militares. Por exemplo, em 1224, o rei Henry III da Inglaterra contratou um navio de guerra templário espanhol para usar na França e, mais tarde, o adquiriu deles.

Os Templários também eram ativos no comércio de escravos brancos, transportando carga humana - em sua maioria turcos, gregos, russos e circassianos - da Terra Santa para a Europa, em particular para o sul da

ENTENDENDO A ORGANIZAÇÃO TEMPLÁRIA ✠

Itália e Aragon. Estes escravos foram vendidos ou usados para ajudar a administrar as casas Templárias. A Ordem estava longe de estar sozinha quando se tratava de comércio de escravos; os Hospitalários, os marítimos da Itália e a maioria dos estados muçulmanos também eram muito ativos. Os escravos - os prisioneiros de guerra, os filhos de pais empobrecidos e vítimas de sequestro – eram, em sua maioria, adquiridos de turcos e mongóis escravagistas, que os traziam para o porto mediterrâneo de Ayas, no reino armênio da Cilícia. Naquela época, Ayas era um dos principais centros para o comércio de escravos e na segunda metade do século XIII, os Templários estabeleceram ali seu próprio cais para facilitar seu comércio.

O sucesso da Ordem nos negócios trouxe significativos resultados financeiros, recompensas, mas não sem suas armadilhas. As participações de capital eram uma constante fonte de tentação para os monarcas ligados ao dinheiro e casas Templárias foram invadidas várias vezes pelos reis da França, Inglaterra e pelos reis espanhóis de Aragon. No entanto, os reis trataram essencialmente dos fundos invadidos como empréstimos-ponte, fazendo a restituição uma vez passado o tempo de necessidade. Além da obrigação moral de devolver o que levaram, estavam cientes de que não poderiam se dar ao luxo de ficar do lado errado da Europa, contra os mais poderosos banqueiros, nem de uma causa espiritual popular. No entanto, a riqueza dos Templários cresceu assim como sua reputação de cobiça, avareza, parcimônia e interesse próprio, então, quando Philip IV da França decidiu correr o risco de assumi-los, não foi difícil colocar a opinião pública contra eles e, assim, apressar sua queda.

CAPÍTULO 11
O LEGADO TEMPLÁRIO

Apesar da passagem de mais de sete séculos desde seu súbito desaparecimento, o legado dos Templários perdura - nas práticas dos bancos modernos, nos castelos, igrejas e outras estruturas que eles construíram e, é claro, na cultura popular moderna. Seus edifícios fornecem uma ligação direta com o apogeu medieval da Ordem, mas apenas um número seleto sobreviveu à marcha do tempo implacável, enquanto seu legado cultural, às vezes, mais tênue, é próspero. A rápida queda dos Templários de uma posição de extrema riqueza e poder gerou rumores de que eles nunca foram realmente embora. As pessoas ainda parecem ter dificuldade de acreditar que uma organização tão poderosa pudesse ser varrida da face da Terra efetivamente, tão rápido. A partir desta ideia, de uma irmandade sobrevivente, cresceu uma teia de emaranhado de teorias conspiratórias que retratam os Templários como controladores sombrios dos assuntos mundiais.

O LEGADO CONSTRUÍDO

Enquanto os Templários foram forçados a gastar uma quantidade significativa de dinheiro apenas para manter sua força de combate em Outremer, eles também araram uma grande parte de seus abundantes recursos financeiros em projetos de construção na Europa e na Terra Santa. Como uma Ordem sagrada, construíram numerosas catedrais e, como uma Ordem militar, construíram numerosos castelos de pedra maciça; muitas destas estruturas existem até hoje. Os edifícios templários, frequentemente, apresentam o símbolo da Ordem, uma imagem de dois cavaleiros montados em um único cavalo, e muitos são redondos, uma homenagem arquitetônica à Igreja do Santo Sepulcro, em Jerusalém.

Embora, por sua natureza, seja de se esperar que os castelos resistam à devastação do tempo, a tendência de ambos os lados de arrasar regularmente fortificações para que não pudessem ser utilizadas pela oposição significa que a maioria das fortificações dos Templários desapareceu. Entre elas, ainda existem os castelos Pilgrim (também conhecidos como Château Pèlerin), o último posto avançado Cruzado na Terra Santa, que está localizado em um promontório sobre o que é agora a costa norte de Israel; Safita (Chastel Blanc), no sul da Síria; Baghras, na Turquia; e a impressionante fortaleza na ilha de Arwad, na Síria.

Fora do Oriente Médio, há também alguns bons exemplos na Península Ibérica. Entre as mais impressionantes na Espanha estão o castelo de Ponferrada, na região de Castela e Léon e o castelo de San Servando, em Toledo, enquanto Portugal ostenta o castelo de Almourol, no meio do rio Tejo, no centro de Portugal e o castelo do Convento de Cristo, em Tomar que, eventualmente, se tornou a sede da renomada Ordem de Cristo. Este último edifício foi adicionado à lista de Patrimônio Mundial em 1983, um dos sete Patrimônios Mundiais que têm ligação com os Templários. Os outros incluem as antigas cidades do Acre e Jerusalém, e a Iglesia de la Vera Cruz, uma igreja templária de 12 lados, construída em Segóvia, Espanha.

Em outra parte da Europa, a França tem a maior concentração de estruturas templárias sobreviventes. A nação desempenhou um papel central na criação inicial da Ordem - todos os seus fundadores vieram do norte da França - e foi de lá que a Ordem recebeu seu apoio mais precoce. Estimativas do número de comandarias na França, na época da supressão do pedido, variava de 300 a mais de 600. Para colocar isto em perspectiva, havia aproximadamente tantas na região de Champagne como em toda a região da Inglaterra.

Em grande parte da França, edifícios Templários de todos os tipos foram demolidos ou incorporados a outras estruturas, mas, em algumas regiões, tais como Burgundy e Provence, vestígios dos edifícios permanecem abundantes e, em alguns casos, ainda em boas condições, embora a maioria esteja em áreas rurais. Alguns são utilizados como hotéis. Os mais prováveis de terem sobrevivido são igrejas e castelos, mas há também alguns grandes celeiros, por exemplo, em Beauvais-sur-Matha, em

CAPÍTULO 11

Saintonge e Sainte-Vaubourg. Na região de Larzac, no sul, há cinco aldeias templárias fortificadas que ainda retêm seus muros defensivos e muitas de suas construções medievais.

A sede europeia dos Templários estava localizada em Paris, perto da Place de Grève, no que é agora o distrito de Marais, no Terceiro Arrondissement. Originalmente, ocupava uma casa doada à Ordem pelo rei Louis VII, em 1137, mas, depois de parcialmente drenada pelo pântano ao redor (*marais* significa 'pântano'), os Templários embarcaram em um ambicioso projeto de construção. O preceito resultante, que ficou conhecido como o Enclos du Temple, eventualmente, ocupou uma área de 6 acres (2,5 hectares) e foi cercado por uma parede de 26 pés (8 metros) de altura, perfurando cerca de 15 torres. Dentro das paredes estavam numerosos edifícios, incluindo duas grandes torres, a casa do Mestre provincial, duas capelas, um hospital, dormitórios, cozinhas e prisões, assim como as terras agrícolas, estábulos e alojamentos dos trabalhadores.

Durante a Revolução Francesa, a família real foi aprisionada em uma das torres e, na sequência, os monarquistas começaram a tratar o Enclos du Temple como um local de peregrinação, portanto, em 1808, Napoleão ordenou sua demolição. Napoleão III completou a destruição em 1854, para dar lugar à visão do Barão Haussmann de uma nova Paris. Hoje, a área originalmente ocupada pelo templo é um jardim conhecido como Square du Temple, estabelecido em 1857, que é servido pela estação do Templo Métro na Rue du Temple. O Carreau du Temple, um mercado coberto, que remonta à demolição original do Enclos du Temple, fica na borda da praça. Durante a reforma do mercado, em 2007, os restos de um cemitério Templário foram desenterrados. Embora ainda não exista nada do Enclos du Temple original, as localizações de suas duas torres são marcadas no chão na Square du Temple e as portas pesadas originais da torre maior podem ser vistas no Château de Vincennes, fora de Paris.

Como na França, inúmeras localidades nas Ilhas Britânicas continuam a ostentar nomes derivados da Ordem. De fato, praticamente qualquer sítio na Inglaterra que leva a palavra "templo" em seu nome, provavelmente, tem uma conexão templária.

O LEGADO TEMPLÁRIO ✣

A história dos Templários na Inglaterra começou com a chegada de Hugh de Payns, em 1128, durante sua missão de recrutamento. Esta visita chamou a atenção para a Ordem nascente, que logo começou a receber doações de terras. Algumas das primeiras propriedades mais importantes templárias foram dadas pelo rei Stephen e pela rainha Matilda, incluindo uma propriedade no Cressing, em Essex, que eles receberam em 1136 ou 1137. As doações e aquisições posteriores viram esses sítios se expandirem significativamente, até cobrir uma área de mais de 1.000 acres (400 hectares). Durante o século XIII, os Templários construíram dois grandes celeiros de madeira em Cressing e estes estão entre os poucos edifícios Templários que permanecem na Grã-Bretanha; o celeiro de Barley, construído entre 1205 e 1235, é o celeiro de madeira emoldurado mais antigo do mundo.

Na época da supressão, no início do século XIV, os Templários detinham propriedades em todos os condados ingleses, exceto Cheshire, Durham, Lancashire e Cumberland, incluindo 130 diretamente cultivados demesnes (terra anexada a uma mansão) e em pelo menos 11 demesnes alugados a vários inquilinos. Coletivamente, os demesnes gerenciados diretamente cobriam mais de 22.000 acres (8.900 hectares) de terra arável e cerca de 12.400 acres (5.020 hectares) de terras não cultivadas. O desaparecimento deles foi quase total.

Entre os mais conhecidos edifícios Templários sobreviventes da Inglaterra está a Igreja do Templo, localizada no centro de Londres, entre Fleet Street e o Rio Tâmisa. Construída para servir como a sede inglesa da Ordem, foi consagrada em 10 de fevereiro de 1185, por Heraclius, Patriarca Latino de Jerusalém; acredita-se que o rei Henry II esteve presente na cerimônia. Como muitas igrejas templárias na Europa, o edifício original, conhecido hoje como o Round Church, era circular. A igreja passou a ser o local para os rituais de iniciação de novos recrutas e, em pouco tempo, estava também servindo como tesouro real do rei John. Em janeiro de 1215, acolheu as negociações entre o rei John e os barões, que exigiam que o rei defendesse os direitos consagrados na Carta de Coroação de seu predecessor e irmão mais velho, rei Richard I.

✝ CAPÍTULO 11

Estas negociações acabaram por conduzir à assinatura da Carta Magna, em junho. No entorno imediato, os Templários também possuíam uma série de moinhos, lojas, casas e bancas de mercado, enquanto na Fleet Street eles possuíam duas forjas e um certo número de casas.

Seguindo a ordem do Papa, de 1307, para a prisão dos Templários, o rei Edward II assumiu o controle da igreja como uma posse da Coroa. Mais tarde, foi entregue aos Hospitalários que, a partir de 1347, a alugaram a duas faculdades de advogados que eventualmente evoluíram para o Inner Temple and the Middle Temple, dois dos quatros prédios do Tribunal de Londres. Hoje, a área de Londres ao redor da Igreja do Templo é conhecida como o Templo; é servida pela estação do metrô Temple.

A Igreja do Templo em Londres. Atuando como a sede dos Templários em Londres, a Igreja do Templo foi consagrada em 10 de fevereiro de 1185, pelo Patriarca Heraclius de Jerusalém.

O LEGADO CULTURAL

Dada sua proeminência e o quão profundamente enraizados eles estavam na sociedade, tanto na Europa como na Terra Santa, não é de surpreender que os Templários começaram a aparecer em obras de ficção, mesmo quando ainda estavam presentes. A primeira menção a eles, registrada na literatura, pode ser encontrada em *Parzival*, do poeta alemão Wolfram von Eschenbach, escrito em cerca de 1220. Com base em um trabalho anterior, inacabado, *Perceval, The Story of the Holy Grail* de Chrétien des Troyes, o poema épico romântico de von Eschenbach também pode ser considerado como a origem da associação dos Templários à lenda do Santo Graal. A ideia do próprio graal (originalmente um prato para servir, em vez do cálice que, mais tarde, ficou conhecido como, e sem conexão a Jesus; o graal de von Eschenbach era uma pedra) tinha sido inventada por Chrétien des Troyes e, em *Parzival*, a "fraternidade cavalheiresca" que guarda o castelo que contém o graal e é conhecida como *Templeisen* e se baseia claramente nos Templários.

A velocidade e a natureza abrangente da queda dos Templários devem ter sido desconcertantes para seus contemporâneos, uma situação agravada pelas revelações sobre o suposto comportamento herético e rituais bizarros que emergiram das provas. O manto de sigilo e o ar de mistério geral em torno da Ordem, junto com a natureza de seu falecimento, proporcionaram terreno fértil para boatos e especulações. Histórias da maldição de Jacques de Molay, a partir da fogueira, em 1314 e seu aparente efeito só teriam intensificado o interesse do público em geral.

Com o tempo, estas especulações se firmaram em torno de três teorias entrelaçadas: a sobrevivência contínua da Ordem, apesar de sua supressão; o tesouro escondido pouco antes das prisões serem feitas; as descobertas religiosas-mágicas que supostamente eram feitas durante seu tempo no Monte do Templo. As origens destas fantasias podem, sem dúvida, ser traçadas desde o advento da Maçonaria, na Grã-Bretanha, durante o início do século XVIII, e esse segredo da pseudo-história da sociedade criada.

Em 1737, o escritor escocês e maçom sênior na França, Andrew Michael Ramsay, também conhecido como Chevalier Ramsay, criou uma "história"

CAPÍTULO 11

da Maçonaria que incluía conexões com os cavaleiros Cruzados. Entregue como um discurso, seu "Discurso pronunciado na recepção da Maçonaria, por Monsieur de Ramsay, Grande Orador da Ordem", não fazia nenhuma declaração da ligação entre os maçons e os Templários; no entanto, em sua publicação póstuma, *Philosophical Principles of Natural and Revealed Religion*, ele declarou que "todo maçom é um cavaleiro Templário".

A conexão Maçom-Templária foi estendida durante os anos 1700, quando os maçons na Alemanha começaram a sugerir explicitamente que os Templários haviam adquirido sabedoria secreta no Templo de Salomão, entregues através de Jacques de Molay, conferindo poderes mágicos. No início da década de 1750, o barão Karl Gotthelf von Hund desenvolveu o que ficou conhecido como a Ordem de Observação Estrita, um ritual que ele alegou ter recebido após ter sido iniciado em uma versão reconstituída dos Templários em Paris, por volta de 1742. Hund também afirmou ter encontrado dois dos "superiores desconhecidos" que dirigiam, secretamente, toda a Maçonaria.

Depois, em 1760, um maçom na Alemanha, que passou pelo nome presumido de George Frederick Johnson - e pode ter sido francês, alegou ser um nobre escocês com acesso direto a segredos Templários - inventando uma lenda que, durante seu tempo no Monte do Templo, os templários haviam descoberto tesouros que tinham pertencido ao tempo dos judeus essênios. De acordo com Johnson, na noite antes de ser queimado na fogueira, Jacques de Molay ordenou que este tesouro fosse retirado do Templo de Paris e escondido. Dizia-se que um grupo de Templários o carregou em 18 galerias templárias antes de navegar de La Rochelle para a Escócia onde, mais tarde, fundaram a Maçonaria.

As reivindicações de Johnson, provavelmente, se originaram da confissão de um irmão templário francês de nome Jean de Châlon, que declarou durante os ensaios templários que Gérard de Villiers, o preceptor da França, tinha recebido aviso prévio das iminentes prisões e conseguiu escapar com 18 galerias cheias de tesouro templário. Estas lendas foram, posteriormente, embelezadas por outros escritores; dizia-se que os Templários que fugiram para a Escócia foram ajudados por Robert the

O LEGADO TEMPLÁRIO ✢

Bruce, por terem lutado com os escoceses em Bannockburn e encontrado refúgio em Rosslyn, onde esconderam seu tesouro. Mais recentemente, teorias têm sido apresentadas para sugerir que, ou eles desenterraram o tesouro e navegaram com ele para Nova Escócia, onde o depositaram no famigerado "Fosso do Dinheiro" na Ilha de Oak, ou o esconderam em algum lugar no norte da Espanha.

Embora os maçons modernos tenham rejeitado, em grande parte, suas supostas origens templárias, o nome da Ordem ainda cresce regularmente na organização. Por exemplo, existe um grupo de jovens maçônicos chamado Ordem de DeMolay, cujo nome vem de Jacques de Molay, e vários "graus" da Maçonaria (essencialmente postos) têm nomes e rituais associados aos Templários. Há também uma ordem fraterna filiada à Maçonaria conhecida como Ordens Religiosas, Militares e Maçônicas Unidas do Templo e de São João de Jerusalém, Palestina, Rodes e Malta, ou os cavaleiros Templários, abreviadamente, que só estão abertas a maçons que professam uma crença no cristianismo. Aqueles que desejam entrar na Ordem devem declarar que protegerão e defenderão a fé cristã. Na Escócia, existe uma organização sem fins lucrativos, atuando como uma instituição maçônica, chamada Observância Estrita Templária.

As teorias da conspiração que haviam começado a girar em torno dos Templários receberam um novo ímpeto entre o final do século XVIII e meados do século XIX, um período de rápidas e desconcertantes mudanças sociais e políticas, quando as pessoas se voltam para noções como encontrar uma forma de explicar o tumulto que as cerca. Em 1796, Charles Louis Cadet de Gassicourt, farmacêutico pessoal de Napoleão e, provavelmente, o filho ilegítimo do rei Louis XV, publicou *The Tomb of Jacques de Molay*, na qual ele afirmava que a Revolução Francesa havia sido iniciada pelos maçons - cujas origens ele disse que estavam com os Templários - a fim de vingar a execução do último Grão-Mestre Templário em 1314.

No ano seguinte, Augustin Barruel, um publicista e padre jesuíta francês, estendeu estas ideias, tecendo-as juntas em uma conspiração oculta que ligava os Templários aos Illuminati, um grupo de intelectuais radicais sediados na Boêmia durante o final do século XVIII. Em suas *Memoirs*

CAPÍTULO 11

Illustrating the History of Jacobinism, Barruel afirmava que um Templário-Maçom-Illuminati-Jacobino havia planejado e desencadeado a Revolução Francesa na esperança de desestabilizar as monarquias em toda a Europa, a Igreja Católica e sociedade civil em geral.

Em 1818, a conexão do graal reapareceu em *The Mystery of Baphomet Revealed*, do escritor austríaco pseudo-historiador Joseph von Hammer-Purgstall, um livro que também explorou a ideia de uma sociedade secreta Templária-Maçônica. Como prova, von Hammer-Purgstall documentou exemplos de símbolos que apareceram em monumentos antigos, estabelecendo um precedente de significado de leitura secreta em iconografia histórica que seria uma característica de muitas teorias de conspiração posteriores relacionadas aos Templários.

Pouco tempo depois, a Ordem apareceu em duas obras do romancista escocês Sir Walter Scott, que também, evidentemente, tinha uma visão bastante icônica dos Templários, fundindo-os como vilões tanto em *Ivanhoe* (1819) quanto em *The Talisman* (1825). Scott retratou-os como arrogantes e heréticos: o pai de Ivanhoe, Cedric, descreve o cavaleiro templário Sir Brian de Bois-Gilbert como "valente como o mais corajoso de sua Ordem, mas manchado com seus vícios habituais, o orgulho, arrogância, crueldade e voluptuosidade".

Por esta época, os Templários começaram a entrar na consciência popular através de um caminho muito diferente. Em meados do século XIX, entre as muitas sociedades de temperança que surgiram nos EUA, havia um grupo que se formou na pequena cidade de Utica, Nova York, e levou o nome de Bons Templários, porque seus fundadores sentiram que estavam combatendo uma cruzada contra a venda e o consumo de álcool – ironicamente, durante os últimos anos da ordem original, os irmãos tinham desenvolvido tal reputação de beber pesado que "Ele bebe como um Templário" tornou-se uma expressão comum utilizada para descrever um bêbado. Baseando sua estrutura na Maçonaria, com rituais similares, senhas secretas, grandes títulos e regalias majestosas, o grupo de temperança mudou seu nome para Ordem Independente dos Bons Templários (mais tarde, Ordem Internacional dos Bons Templários) e começou a se espalhar por todo o mundo; ela, atualmente, reivindica uma filiação de cerca de 600.000 pessoas. Da mesma forma, em 1845, os Templários de Honra e Temperança foram estabelecidos nos EUA depois de uma cisão desenvolvida dentro dos mais antigos dos Filhos de Temperança. Como os Bons Templários, eles apresentavam um ritual secreto com base nos Templários originais, apertos de mão secretos e senhas. A organização ainda existe na Escandinávia, onde é conhecida como *Tempel Riddare Orden* (A Ordem dos Cavaleiros Templários).

Entretanto, foram os elementos místicos do mito dos Templários que mais capturaram a imaginação das pessoas. Em 1867, a ideia de que os Templários haviam encontrado relíquias religiosas importantes durante sua ocupação do Templo de Salomão ganhou apoio quando os Engenheiros Reais Britânicos realizaram um exame na mesquita de al-Aqsa e descobriram um eixo vertical que tinha sido cavado através de rochas sólidas. A cerca de 82 pés (25 metros) de profundidade, o eixo conduzia para uma série de túneis que irradiavam sob a Cúpula da Rocha, que continha vários artefatos Templários, incluindo uma espada, um esporão e uma pequena cruz. Não está claro se os Templários construíram os túneis para um determinado fim ou se eram exploratórios – eram os Templários em busca de algo? Mas, muitas pessoas ficaram convencidas de que tinham, de fato, encontrado algo - algo de grande significado religioso. Entre os possíveis itens, incluem-se os textos religiosos perdidos, a Arca da Aliança, um pedaço da lança usada para apunhalar Jesus na cruz, a própria Cruz Verdadeira e, é claro, o Santo Graal.

Durante a segunda metade do século XX, as teorias ocultas conspiratórias sobre os Templários tornaram-se cada vez mais populares entre os escritores de ficção e nas histórias que se apresentavam como fatos. A partir dos anos de 1960, os autores começaram a ressuscitar a veia da pseudo-história e lendas do graal que antes tinham sido ligadas aos Templários, revisitando histórias que surgiram do início do pedido de ocupação do Monte do Templo e relíquias que, supostamente, foram encontradas ali, e as camuflando com uma coleção de "fatos históricos". Entre os livros para extrair esta rica veia estavam *The Mysteries of Chartres Cathedral* (1966) e

CAPÍTULO 11

The Templar Mysteries (1967), do jornalista francês Louis Charpentier. De acordo com Charpentier, os Templários haviam trazido a Arca da Aliança de volta da Terra Santa e usaram o tesouro que encontraram nela, junto com ouro que haviam extraído no México, para financiar a construção de um número de catedrais góticas, incluindo Chartres.

Nos anos de 1980, as conspirações templárias assumiram novos temas. Em 1982, Michael Baigent, Richard Leigh e Henry Lincoln publicaram *The Holy Blood and the Holy Grail*, uma coleção não-oficial de uma série de documentários da BBC. Um bestseller, o livro sugeria a existência de uma linha de sangue com suas origens na história de Jesus e Maria Madalena, com quem Cristo teria casado e tido várias crianças. Acabando no sul da França, dizia-se que os descendentes de Jesus tinham se casado com famílias nobres e, eventualmente, formado a dinastia Merovingian, a primeira de reis cristãos da França, que governaram de 457 d.C. a 751 d.C. Ao contrário da crença popular, esta pseudo-história declarava que a dinastia não morreu e hoje sua reivindicação ao trono da França é, supostamente, defendida por uma sociedade secreta chamada Priorado de Sion, que foi originada em 1099 e cujos líderes incluíam Leonardo da Vinci, Victor Hugo e Isaac Newton. Os Templários foram formados logo após o nascimento do Priorado de Sion para atuar como seus banqueiros e financiadores, bem como as autoridades militares. A ligação ao Santo Graal tomou uma forma incomum: subvertendo a tradicional descrição do graal como o cálice usado por Jesus na Última Ceia e, posteriormente, utilizado por José de Arimatéia para capturar o sangue durante a crucificação, os autores afirmaram que o graal era o próprio sangue de Cristo - ou seja, a sagrada linha de sangue real à qual ele e Maria Madalena deram à luz.

As complexas teorias do livro, que também puxaram os cátaros e Maçons, foram construídas sobre uma enorme gama de "fatos" que foram, por sua vez, apoiados por uma vasta bibliografia, dando ao livro uma aura de bolsa de estudos. No entanto, os historiadores foram quase unânimes em desdenhar, assim como muitos revisores do volume. Em uma revisão para *The Observer*, o romancista e crítico literário Anthony Burgess escreveu: "É típico de minha alma não regenerável que só posso ver isto como um tema maravilhoso para um romance". Aparentemente, o autor Dan Brown pensou o mesmo, pois reciclou muitas das teorias colocadas posteriormente em *The Holy Blood and the Holy Grail* por seu notável romance de sucesso O Código Da Vinci (2003). De fato, Brown, aparentemente, tinha copiado tão fortemente o *The Holy Blood and the Holy Grail* que os autores do livro o processaram por plágio. O juiz presidente, eventualmente, se colocou a favor de Brown, argumentando que como os autores do livro anterior o haviam apresentado como um estudo histórico, suas teses foram abertas à interpretação e uso dentro de uma ficção de trabalho sem que os direitos autorais dos autores tenham sido violados.

O Código Da Vinci foi apenas um dos muitos livros criados por pseudo--histórias templárias. O tema popular que sustenta que a Ordem existe como controladores sombrios do mundo foi explorada no romance satírico de Umberto Eco, *Foucault's Pendulum* (1988), em que três amigos inventam uma teoria de conspiração chamada de Plano, que envolve a posse de conhecimento secreto sobre fluxos de energia durante as Cruzadas, pelos Templários. O livro é divertido na popularidade duradoura de tais teorias, como o Plano é retomado pelos teóricos da série de conspirações, e os três personagens centrais acabam por sucumbir à crença de que existe uma conspiração, afinal de contas. Em certo momento, um dos personagens declara que você pode reconhecer um lunático "pelas liberdades que ele toma como senso comum, por seus flashes de inspiração e pelo fato de que, mais cedo ou mais tarde, ele traz à tona os Templários".

Desde o final do século XX, os Templários também estão aparecendo com uma regularidade crescente nos filmes. Estes tendem a cair em dois campos: os épicos históricos e os que comercializam as teorias da conspiração. Entre estas últimas estão o *National Treasure* (2004), em que um historiador americano e um caçador de tesouros vão em busca de um acúmulo perdido, uma vez mantido pelos Templários e, mais tarde, escondido pelos maçons e *Indiana Jones and the Last Crusade* (1989), em que um grupo sombrio chamado os Irmãos da Espada Cruciforme, uma organização fictícia baseada livremente nos Templários, se opõe ativamente à busca do Santo Graal pelo herói. Entre os primeiros estão *Kingdom of*

CAPÍTULO 11

Heaven (2005), um retrato da vida de Balian de Ibelin, ambientado em torno do tempo do Terceira Cruzada, e *Ironclad* (2011), que registra o cerco ao castelo de Rochester, no sul da Inglaterra, pelo rei John, em 1215, e apresenta três cavaleiros Templários.

Até mesmo os videogames retomaram o tema. Em *Broken Sword: The Shadow of the Templars* (1996), os jogadores tentam resolver um mistério relacionado aos Templários em Paris, enquanto em *Assassin's Creed* (2007) e suas muitas sequelas, os Templários desempenham o papel de vilões em uma luta de séculos com a seita Assassina de Persa. Esta última é dita que luta pela paz com livre arbítrio enquanto os Templários lutam pelo desejo da paz através do controle.

Ocasionalmente, o fascínio moderno com os Templários tem tomado um tom escuro. Em seu manifesto divagante de extrema-direita, o assassino em massa, Anders Behring Breivik, que matou 77 pessoas na Noruega no verão de 2011, alegou pertencer a um grupo militante antimuçulmano chamado cavaleiros Templários, que ele tinha ajudado a "refundar" para lutar contra a imigração e o multiculturalismo na Europa - embora não houvesse evidência de outros membros.

Breivik não foi o primeiro criminoso violento a invocar os Templários. No início de 2011, um cartel de drogas operando no estado mexicano de Michoacán também adotou o nome, assim como alguns dos simbolismos associados. Membros de Los Caballeros Templarios estavam vinculados por um rigoroso código moral baseado na Regra Templária original, estabelecida em um livro de 22 páginas intitulado *The Code of the Knights Templar of Michoacan*, que foi decorado com imagens de cavaleiros com lanças e cruzes. Eles foram forçados a tomar um voto de obediência, punível com a morte, e a promessa de dar ajuda aos pobres e indefesos, respeitar as mulheres e as crianças, não matar por dinheiro e não usar drogas.

Igualmente, entretanto, os ideais originais dos Templários inspiraram a formação de grupos dedicados às boas ações. Entre eles estão a Ordem Militar Soberana do Templo de Jerusalém, uma organização cristã humanitária sediada na Flórida; a Milícia da Ordem Templo dos Pobres Cavaleiros de Cristo, uma ordem romano católica italiana; e a

O LEGADO TEMPLÁRIO ✠

Grande Comandaria dos Cavaleiros Templários, um grupo baseado em Londres que promove atos aleatórios de bondade ao lado da pesquisa histórica e do cavalheirismo.

Cada uma destas manifestações díspares dos Templários, permanentes na imaginação popular, demonstra que não há sinais de escurecimento, mesmo depois de mais de sete séculos que aqueles nove cavaleiros se uniram em Jerusalém. A Ordem que fundaram pode ter durado apenas 200 anos, mas seu legado, provavelmente, continuará a viver por vários séculos.

Cronologia

1099	Jerusalém capturada durante a Primeira Cruzada
1119	A ordem dos Pobres Colegas-Soldados de Jesus Cristo é formada no dia de Natal, em Jerusalém, para defender os peregrinos à Terra Santa
1120	Templários formalmente reconhecidos, provavelmente no Conselho de Nablus, e dada sede em uma ala da Mesquita de al-Aqsa
1127	Hugh de Payns viaja para a Europa para obter suporte para a Ordem
1128	Ordem concedida em primeiro lugar em Portugal; Zengi assume o controle de Aleppo e Mosul
1129	Conselho de Troyes. Bernard de Clairvaux e outros líderes religiosos aprovam e endossam oficialmente a Ordem. A Regra Latina é estabelecida
1130	Bernard de Clairvaux escreve *Em Louvor do Novo Cavaleiro*
1136	Templários responsáveis pelo castelo de Baghras, guardando o Passo de Amanus ao norte de Antioquia
1139	O Papa Inocêncio II isenta a Ordem das leis locais na bula papal *Omne Datum Optimum*
1144	O condado de Edessa cai para Zengi
1146	Zengi é assassinado; seu filho, Nur ad-Din, lhe sucede
1147	Templários ajudam o rei Afonso de Portugal a capturar Lisboa
1148-9	Segunda Cruzada
1149	Templários concedem o controle de Gaza
1150	A Ordem começa a gerar cartas de crédito para os peregrinos viajando à Terra Santa
1153	Francos assumem o controle de Ascalon
1154	A Grande Sisma entre católicos romanos e as igrejas ortodoxas orientais acontece
1164-7	Os Templários lutam em apoio do rei Amalric às campanhas egípcias
1171	Saladino toma o controle do Egito e funda a dinastia Ayyubid no Egito e na Síria
1174	Nur ad-Din morre; Saladino toma o controle de Damasco

CRONOLOGIA ✠

1177	Batalha de Montgisard, os Templários ajudam a derrotar Saladino
1185	Igreja do Templo consagrada em Londres
1187	Batalha de Hattin, Jerusalém recapturada por Saladino
1189-92	Terceira Cruzada
1191	A sede dos Templários é transferida para o Acre
1191-2	Templários compram e ocupam brevemente Chipre
1193	Morte de Saladino
1202-4	Quarta Cruzada
1217-21	Templários constroem o castelo de Atlit
1218-21	Quinta Cruzada
1228-9	Sexta Cruzada sob a liderança do Imperador Romano Sagrado Frederick II recaptura Jerusalém
1239-41	Cruzada dos Barões. O controle de Jerusalém é perdido e recuperado
1244	Batalha de La Forbie; dinastia Ayyubid recaptura Jerusalém
1250	Mamelucos Sultanários assumem o controle do Egito
1291	Templários forçados a sair do Acre e de outros países do continente dos bastiões em Outremer. A sede é transferida para Chipre
1300	Tentativas de engajamento militar com os mongóis
1302	Ilha de Ruad perdida para mamelucos
1305	O Papa Clemente V sugere a fusão dos Templários e Hospitalários
1306	O Papa Clemente V convida os líderes a Poitiers para discutir a fusão
1307	O rei Philip IV ordena a prisão dos Templários da França; o Papa Clemente V emite a bula papal instruindo os cristãos europeus monarcas a prender os Templários e confiscar seus bens
1308	Líderes templários detidos em Chinon absolvidos pelos emissários do Papa
1309	A comissão papal começa na França
1310	Cinquenta e quatro Templários queimados na fogueira como hereges recauchutados
1312	O Papa Clemente V dissolve oficialmente a Ordem do Templo e transfere seus bens para os Hospitalários
1314	Líderes templários queimados na fogueira em Paris
1319	Cavaleiros de Cristo formados em Portugal
1571	A maior parte do arquivo central templário destruído pelos Otomanos

Glossário

Ahdath: milícias urbanas encontradas na Síria durante a Idade Média

Arrière-ban: uma proclamação real que convoca vassalos para o serviço militar

Askar: um soldado de infantaria nativo de um exército do Norte da África, especialmente em Marrocos

Atabeg: um governador regional que era subordinado a um monarca; a maioria comumente usada pelos turcos Seljuk

Bezant: uma moeda de ouro ou prata cunhada no Império Bizantino durante a Idade Média

Império Bizantino: o Império Romano Oriental, com sua capital em Constantinopla (Istambul moderna), formado quando o império romano ocidental desmoronou durante o século V; às vezes, também referido como Bizâncio; principalmente de língua grega; o centro dos ortodoxos do cristianismo

Califa: um líder espiritual islâmico que afirma ser uma religião política sucessora do profeta Muhammad

Califado: um estado islâmico sob a liderança de um califa. Pode, também, referir-se à regra ou reinado de um califa

Convento central: um grupo de altos funcionários Templários sediado, primeiro, em Jerusalém e, depois, no Acre e Chipre, que atuaram como conselheiros do Grão-Mestre e administradores do pedido

Comandarias: um centro administrativo templário, muitas vezes, uma mansão ou propriedade; também conhecido como um preceptório

Emir: um governante muçulmano; pode se referir a um líder militar, a um governador ou monarca

Fatimid: um membro do Califado Fatimid, um Califado Ismaili Shia que controlava uma grande área do Norte da África; os Fatimids afirmavam ser descendentes da filha de Muhammad, Fatimah

Franco: um termo amplamente utilizado durante a Idade Média para pessoas de regiões da Europa ocidental e central que seguiram os ritos latinos do cristianismo, sob a autoridade do Papa

Grão-Mestre: o comandante supremo militar, político e espiritual dos Templários

Fogo grego: um composto combustível, provavelmente, à base de petróleo, diz que pega fogo espontaneamente. Usado, principalmente, para incendiar navios inimigos. Tipicamente atirado em potes ou descarregado em tubos

Hajj: peregrinação islâmica anual a Meca, Arábia Saudita. Espera-se que todos os adultos muçulmanos façam a peregrinação pelo menos uma vez

GLOSSÁRIO ✠

Hospitalários: uma ordem militar religiosa formalmente nomeada (A Ordem de Cavaleiros do Hospital de São João de Jerusalém) e reconhecida em 1113. Originalmente formada para prestar assistência a peregrinos doentes, pobres ou feridos visitando a Terra Santa

Inquisição: um tribunal eclesiástico estabelecido na França do século XII pela Igreja Católica, para a investigação e supressão de heresias

Mamelucos: soldados escravos que serviram sob liderança dos governantes muçulmanos antes de, eventualmente, tomar o poder no Egito e assumir o controle de partes do Levante

Mouros: habitantes muçulmanos de Magrebe, da Península Ibérica, Sicília e Malta durante a Idade Média

Outremer: o nome coletivo para os estados cruzados no Levante, do *outre-mer* francês ("ultramarino")

Bula papal: um decreto ou carta oficial emitida pelo Papa Patriarca: o bispo mais alto das Igrejas Ortodoxa e Católica

Preceptórios: um centro administrativo templário, muitas vezes, uma mansão ou propriedade; também conhecido como uma comandaria

Sarraceno: o termo usado para os muçulmanos durante a Idade Média

Seljuks: Muçulmanos sunitas de origem turca; também, frequentemente, referidos como os Seljuk Turcos

Senescal: vice-líder dos Templários

Assumir a cruz: fazer um juramento vinculativo para participar de uma Cruzada cristã; normalmente, envolvia a aceitação da cruz de pano que era costurada no traje exterior do cruzado

Cavaleiros Teutônicos: uma ordem militar católica, oficialmente reconhecida em 1198; fundada em 1189-90 por um grupo de comerciantes alemães que formaram uma fraternidade para cuidar dos doentes durante o cerco do Acre

Verdadeira Cruz: relíquia sagrada considerada como sendo os restos físicos da cruz sobre a qual Jesus foi crucificado

Turcopoles: arqueiros montados nativos e leves cavaleiros recrutados localmente para a cavalaria que serviu tanto nos exércitos seculares de Outremer como nas fileiras das ordens militares

Turkoman: um membro de um povo turco, principalmente, nômade, da região central Ásia

Vizier: um executivo de alto escalão em países muçulmanos, geralmente, servindo sob um califa e incumbido de implementar suas políticas

BIBLIOGRAFIA

Barber, Malcolm. *The Trial of the Templars*. Cambridge University Press, Cambridge, 1978.

Barber, Malcolm: *The Military Orders: Fighting for the Faith and Caring for the Sick*. Variorum, Aldershot, 1994.

Barber, Malcolm: *The New Knighthood: A History of the Order of the Temple*. Cambridge University Press, Cambridge, 1994.

Barber, Malcolm & Bate, Keith: *The Templars: Selected Sources*. Manchester University Press, Manchester, 2002.

Forey, Alan: *The Military Orders: From the Twelfth to the Early Fourteenth Centuries*. Macmillan, Basingstoke, 1992.

Haag, Michael: *The Templars: History & Myth*. Profile, London, 2008.

Haag, Michael: *The Tragedy of the Templars: The Rise and Fall of the Crusader States*. Profile, London, 2012.

Hodge, S.J.: *Secrets of the Knights Templar: The Hidden History of the World's Most Powerful Order*. Quercus Editions, London, 2013.

Hodge, Susie: *The Knights Templar: Discovering the Myth and Reality of a Legendary Brotherhood*. Lorenz, Wigston, 2013.

Howarth, Stephen: *The Knights Templar*. Collins, London, 1982.

Jones, Dan: *The Templars: The Rise and Fall of God's Holy Warriors*. Head of Zeus, London, 2017.

Martin, Sean: *The Knights Templar: The History and Myths of the Legendary Order*. Thunder's Mouth Press, New York, 2004.

Newman, Sharan: *The Real History Behind the Templars*. Berkeley Books, New York, 2007.

Nicholson, Helen J.: *The Knights Templar: A Brief History of the Warrior Order*. Robinson, London, 2010.

BIBLIOGRAFIA ✣

Nicholson, Helen J.: *The Everyday Life of the Templars: The Knights Templar at Home*. Fonthill Media, Stroud, 2017.

Ralls, Karen. *Knights Templar Encyclopedia*. Career Press, Franklin Lakes, 2007.

Read, Piers Paul: *The Templars: The Dramatic History of the Knights Templar, the Most Powerful Military Order of the Crusades*. Weidenfeld & Nicholson, London, 1999.

Robinson, John J.: *Dungeon, Fire and Sword: The Knights Templar in the Crusades*. M. Evans & Company, New York, 1991.

Upton-Ward, J.M.: *The Rule of the Templars: The French Text of the Rule of the Order of the Knights Templar*. Boydell Press, Woodbridge, 1992.

ÍNDICE REMISSIVO

Acre, cerco de 117-26
Acre, Conselho de 52
ad-Daula, Iftikhar 22, 23
ad-Din, Mu'in 42-3, 52, 53, 54-5, 58, 68
ad-Din, Nur 2, 53, 55-60, 62, 63, 68-9, 70, 72-3, 74, 75, 76, 77, 78-9, 82, 83, 86, 90
Adhemar, Bispo 21
Ager Sanguinis, Batalha de 28
Aimery de Chipre 117, 123, 135-6, 137, 200
Aimery de Limoges 59-60
Aimery de Lusignan 123, 131, 133
al-Adil 116, 127, 128, 131, 133, 135, 137, 139
al-Afdal 103, 105, 109
al-Atabeki, Mu'in ad-Din Unur 42
al-Durr, Shajar 155
Alexandre II, Papa 202
Alexandre III, Papa 92
Alexius I Comnenus, Imperador 17, 20, 22, 23
Alfonso I, Rei 203, 204
Alfonso II, Rei 209
Alfonso VI, Rei 202
Alfonso VII, Rei 206, 207
Alfonso VIII, Rei 209, 210-12
al-Hakim bi-Amr Allah, Califa 15
al-Kamil 141, 142, 144, 147
al-Malik, Abd 31
al-Rahman I, Abd 201
Amalric de Jerusalém 70-1, 72, 73, 74, 75-7, 78, 80, 81, 82, 85-6
Amalric de Lusignan 182
Amalric II 110
Andrew II, Rei 139
an-Nasir Muhammad 180
an-Nasir Yusuf 159
Antioquia, cerco de 20, 165
Arnold de Torroja 96, 100, 101
Ascalon 61, 63-7
Ayub, Najm ad-Din 83
Ayyub do Egito 148
Baibars al-Bunduqdari 155, 156, 159, 161, 162, 163-5, 166-9, 170, 171, 172
Baigent, Michael 244
Balduíno III, Rei 44, 52, 53, 60, 61, 62, 63, 67, 72
Baldwin da Flanders e Hainault, Conde 135
Baldwin de Montferrat 99
Baldwin I, Rei 25, 26, 27
Baldwin II, Rei 27, 29, 30, 32, 33, 34, 36, 39, 40

Baldwin IV, Rei 86, 87, 92, 93, 94, 96, 97, 98, 100, 101
Baldwin V, Rei 101, 102
Balian de Ibelin 103, 111, 171, 246
Barruel, Augustin 241-2
Bartholomew, Peter 21
Becket, Thomas 100
Bérard, Thomas 160, 167-8, 171
Berenguer, Raymond IV 203, 204, 207
Bisol, Geoffrey 29
Bohemond IV, Príncipe 139, 147, 160-1
Bohemond VI, Príncipe 167
Bohemond VII, Conde 172
Bohemond, Príncipe 18, 22
Bohemund II, Príncipe 29
Bohemund III, Príncipe 82, 97
Bonifácio VIII, Papa 181, 183
Bouchart, Armand 129, 130
Breivik, Anders Behring 246
Brown, Dan 245
Celestino II, Papa 41
Cerularius, Michael 14
Charles de Anjou, Duque 153, 157, 165, 169, 172, 232
Charles de Valois, Conde 188
Charpentier, Louis 244
Chastellet, Castelo de 91, 92, 93
Clemente IV, Papa 165
Clemente V, Papa 185, 186, 188, 192, 193, 198, 215
Clermont, Conselho de 17
Comnena, Anna 20
Conrad de Montferrat 111, 115, 116, 118, 122, 125
Conrad III, Rei 46, 52, 53
Constantino IX Monomachos, Imperador 15
Constantino, Imperador 10
Cresson, Batalha de 105
Cruzada dos Barões 147
Daimbert, Arcebispo 25, 27
Damasco 38-9, 42-3, 52-6
Damietta 140-3, 154
Dauphin, Guy 192
Dawud, An-Nasir 148, 150
de Assailly, Gilbert 77
de Beaujeu, Guillaume 171, 175, 176, 177-8
de Blanchefort, Bertrand 68
de Brienne, John 136-7, 138, 139, 143, 145, 146

ÍNDICE REMISSIVO

de Chartres, William 136, 142
de Châtillon, Reynald 88, 97, 103, 110
de Clairvaux, Bernard 34, 37, 38, 45, 228
de Craon, Robert 36, 41, 43, 45
de Floyran, Esquieu 185-6
de Gassicourt, Charles Louis Cadet 241
de Gauche, Gerard 192
de Ibelin, John 135, 137
de Joinville, Jean 156, 158
de Leão, Teresa 202
de Molay, Jacques 181, 182, 186, 188, 192, 194, 198, 239, 240, 241
de Montaigu, Guérin 142
de Montaigu, Peter 142, 146, 210
de Montbard, Andrew 58, 60, 67
de Montdidier, Payen 36
de Montferrat, Maria 135
de Montfort, Simon 213
de Montredó, Guillem 213
de Moulins, Roger 100, 102, 104
de Nogaret, William 189, 191
de Payns, Hugh 27, 29, 33, 34, 35, 36, 37, 38, 41, 237
de Périgord, Armand 146, 153
de Plessis, Philip 134, 136
de Poitiers, Alphonse 154, 157
de Ridefort, Gerard 101, 103, 104, 106, 110, 115, 120, 124
de Sable, Robert 124, 126, 129, 130, 132
de Severy, Peter 178
de Sonnac, Guillaume 153, 155, 156, 158
de St Agnan, Archambaud 29
de St Amand, Odo 69, 74, 85, 88, 93, 94, 97
de St Omer, Godfrey 29
de Tremelay, Bernard 62, 65
de Troyes, Hugh 27, 34, 35
de Vichiers, Renaud 153, 155, 158, 159, 160
de Villaret, Fulk 186, 188
de Villaret, Guillaume 181
Denis, Rei 199, 215, 216
des Barres, Everard 46, 49, 51, 58, 62
Dirgham 71-2, 73
Eco, Umberto 245
Edward I, Rei 169, 188, 198
Edward II, Rei 198, 238
Erail, Gilbert 132, 134
Eugênio III, Papa 35, 41, 44, 206, 220
Fernandes, Vasco 217
Filangieri, Richard 149
Philip de Nablus 80, 83

Frederick I Barbarossa, Imperador 47, 114, 115, 120, 121
Frederick VI da Swabia, Duque 121, 122
Frederico II, Imperador 143, 145, 149
Fulcher de Chartres 23, 26
Fulk V, Rei 33, 36, 38, 39, 40, 42
Gaudin, Thibaud 163, 178, 180
Gaza 60-2, 82-3
Ghazan, Khan 181, 183, 184
Ghazi, Az-Zahir 137
Godfrey de Bouillon 18, 24, 28
Gondemar 29, 35
Gregório IX, Papa 145, 147
Gregório VII, Papa 16
Gregório VIII, Papa 114
Gregório X, Papa 171
Guy de Lusignan 97, 98, 99, 102, 105, 107, 117, 129, 131, 132
Güyük, Grande Khan 153
Hattin, Batalha de 105, 114, 125
Henriques, Afonso 206
Henry de Jerusalém, Rei 129, 131, 133
Henry I, Rei da Inglaterra 36
Henry I, Rei de Chipre 153
Henry II de Champagne 121, 122, 126, 129
Henry II, Rei da Inglaterra 97, 100-1, 106, 114, 115, 116, 237
Henry II, Rei de Chipre 174, 176, 177, 178, 181, 182, 200
Henry III, Rei 147, 232
Honório II, Papa 37
Honório III, Papa 139
Hospitalários de São João de Jerusalém 33
Hugh I, Rei 139
Hugh II, Rei 162
Hugh III, Rei 168, 171, 182
Hulagu, Khan 160, 161, 162
Humphrey IV de Toron 99, 110, 121
ibn-Wafa, Ali 59
Igreja do Santo Sepulcro (Jerusalém) 7, 11, 14–15, 28–9, 131, 150
Ilghazi de Mardin 28
Inab, Batalha de 58
Inocêncio II, Papa 41
Inocêncio III, Papa 133, 138, 189, 210
Inocêncio IV, Papa 152
Isabella de Jerusalém 99, 121
Isabella II de Jerusalém 145
James I, Rei de Aragon 169, 213
Jerusalém 10, 11, 12, 14-15, 16-17, 22-3

✟ ÍNDICE REMISSIVO

Jerusalém, Reino de 23-6, 32-3, 41-2, 149
John, Rei 229, 230, 237
Johnson, George Frederick 240
Joscelin II, Conde 58, 60
Joscelin III, Conde 73, 88, 109
Julian de Sidon e Beaufort, Conde 161
Keykavus I, Sultão 140
Khalil, Al-Ashraf 175
Khan, Genghis 152, 160
Leigh, Richard 244
Leo IX, Papa 14
Leopold V, Duque 123, 125
Leopold VI, Rei 139
Lincoln, Henry 244
Louis IX, Rei 154, 155, 157, 158, 159, 165, 169
Louis VII, Rei 220, 229, 236
Louis X, Rei 215
Manuel I Komnenos, Imperador 47
Manzikert, Batalha de 16
Maria de Antioquia 172
Martel, Charles 12
Melisende, Rainha 36, 40, 44, 59, 80
Miguel VII, Imperador 16
Mleh, Príncipe 73, 81
Mongke, Khan 161
Montbard, André de 29
Monte do Templo 30-2, 112-13
Nablus, Conselho de 33
Nasr 71
Nicolau IV, Papa 174
Nona Cruzada 169
Oitava Cruzada 169
Pais, Gualdim 207, 208
Pedro II Pitões 207
Pelagius, Cardeal 141, 143, 144, 206
Peregrinações 11
Philip de Montfort 150, 162
Philip II, Rei 114, 115, 136
Philip IV, Rei 185, 186, 190, 193, 196, 215, 233
Pierre de Bolonha 194, 195
Plaisance, Rainha 162
Primeira Cruzada 7, 18, 19, 26, 28, 40
Qalawun, Emir 164, 165, 172, 173, 175
Quarta Cruzada 133
Quinta Cruzada 138, 154
Qutuz, Saif ad-Din 161, 162
Ramsay, Michael 239
Raymond de Toulouse, Conde 18, 21, 23, 26
Raymond de Trípoli, Conde 42
Raymond II de Trípoli, Conde 44, 62
Raymond III de Trípoli, Conde 72, 73, 74, 86-7, 97, 101
Raymond, Príncipe de Antioquia 44, 51, 58, 65
Reginald de Sidon 88, 99
Reynald, Príncipe 67, 69
Richard I, Rei 115
Robert de Artois, Conde 153, 155, 156
Robert, Duque da Normandia 18
Roger de Salerno 28
Rossal 29, 35
Saladino 73, 75, 76, 78-9, 80, 82-3, 86, 87-91, 92, 93, 94-6, 97-100, 101, 103-4, 105, 106-7, 109-13, 115, 116-17, 118-21, 122, 123, 124-5, 126-9, 130-1, 132, 133, 137, 148
Sancho I, Rei 214
Sancho VII, Rei 210
Scott, Walter 242
Segunda Cruzada 46, 52, 58, 62, 101
Seljuks 16, 17, 49, 50
Sétima Cruzada 152, 158, 161
Sexta Cruzada 145
Shah, Farrukh 93, 98
Shawar 71, 73, 76, 77, 78
Shirkuh 73, 75, 76, 78
Sibylla, Condessa 42, 87, 97, 99, 102, 117
Terceira Cruzada 114-31
Terricus, Irmão 111
Theobald de Blois, Conde 36, 122
Theobald de Champagne, Rei 147
Thierry d'Alsace, Conde 37, 42, 47, 55, 69, 74
Thoros II, Príncipe 67, 73, 81
Tortosa 62-3
Troyes, Conselho de 213
Turanshah, Sultão 155, 157, 158, 159
Urbano II, Papa 17, 18, 19
Urbano III, Papa 114
von Eschenbach, Wolfram 239
von Hammer-Purgstall, Joseph 242
Warmund, Patriarca 29, 33
William de Montferrat 87, 117, 147
William de Paris 190, 191
William de Tyre 27, 29, 44, 61, 65, 65, 68, 70-1, 75, 77, 86, 87
William II Longespée 153, 155, 156
Yusuf I, Sultão 209
Zengi, Imad ad-Din 42